中国人信札

〔法〕布瓦耶·德·阿尔让（Boyer d'Argens）著
〔法〕陆婉芬 〔法〕贾乐维（Jean-Yves Calvez）编注
邵立群 王馨颐 译 〔法〕陆婉芬 译校

中央编译出版社
Central Compilation & Translation Press

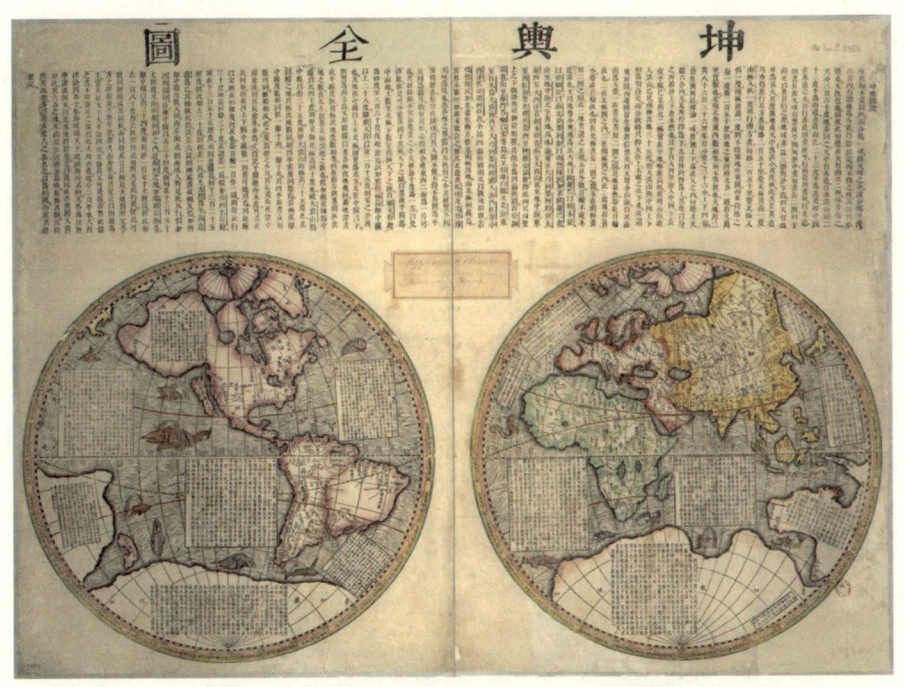

耶稣会士南怀仁（Ferdinand Verbiest, 1623—1688）于1674年应康熙皇帝要求绘制的《坤舆全图》。现藏法国国家图书馆（BnF）。绘图主题是"海兽"（monstres marins），是理性与科学想象的结合，也是吉祥与权势的象征。

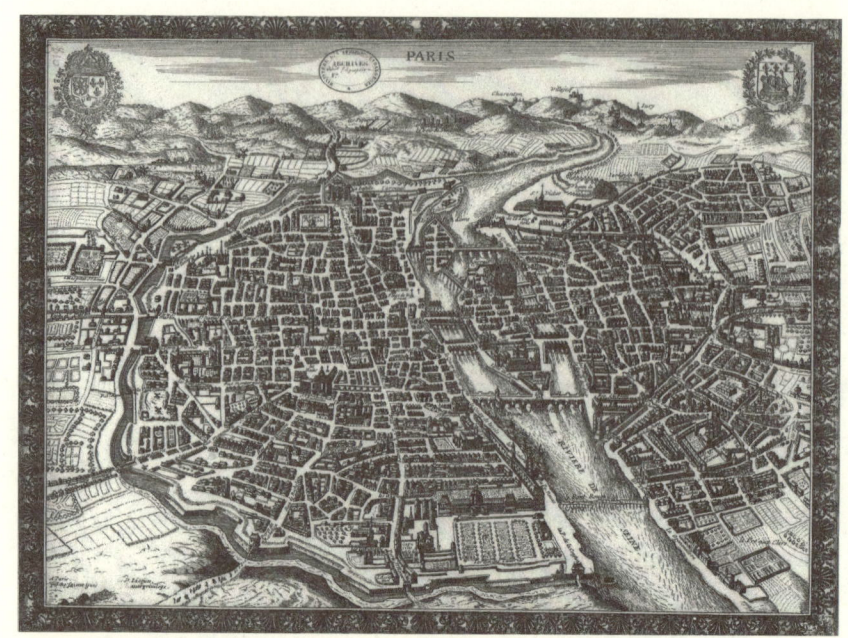

- 17世纪的巴黎地图，1630年绘制。
- 17世纪传教士绘制的中国地图，现藏罗马耶稣会档案馆。

北京城郊与万里长城图,绘者不详,1750年发表于巴黎,现藏法国国家图书馆(BnF)。

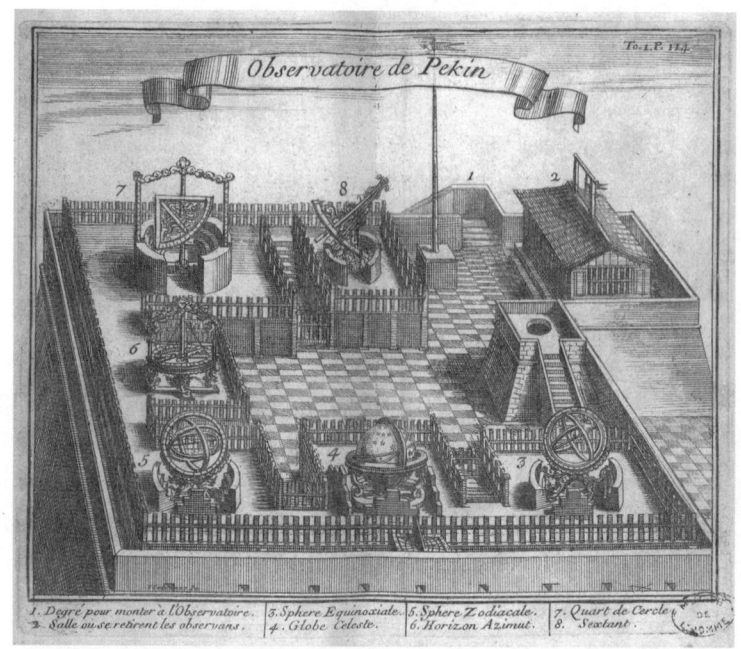

- 北京天文台，耶稣会士李明（Louis Le Comte，1655—1728）著作《中国现状新志》（*Nouveaux Mémoires sur l'état présent de la Chine*, Paris, 1696）中的插图，现藏法国国家图书馆（BnF）。

- 君士坦丁堡苏丹王的后宫，1727年在海牙出版的游记 *Voyages du Sr.A.de la Montraye en Europe, en Asie et en Afrique* 中的插图，现藏法国国家图书馆（BnF）。这幅图反映了波斯文化对当代文学想象的影响。

《腓特烈大帝在无忧宫演奏长笛》,布面油画,德国画家阿道夫·门采尔(Adolfvon Menzel,1815—1905)作于1850至1852年,现藏德国柏林国家美术馆。

法国国王路易十四画像,布面油画,法国画家亚森特·里乔德(Hyacinthe Rigaud,1659—1743)作于1701年,现藏法国卢浮宫博物馆。

- 画中人物是耶稣会士利玛窦与中国明代科学家徐光启，图片来源于《天主教文明》(Civiltà Cattolica) 杂志图书馆。
- 画中人物是耶稣会创始人罗耀拉 (Ignacio de Loyola, 1491—1556) 与教皇保罗三世 (Paul III, 1468—1549)，图片来源于《天主教文明》杂志图书馆。

- 穿着家常便服的中国妇人，耶稣会士李明著作《中国现状新志》中的插图，现藏法国国家图书馆（BnF）。
- 中国士兵，耶稣会士李明著作《中国现状新志》中的插图，现藏法国国家图书馆（BnF）。
- 中国学童，耶稣会士李明著作《中国现状新志》中的插图，现藏法国国家图书馆（BnF）。

引 言

　　1989年7月，笔者初次到巴黎的时候，正值法国大革命爆发两百周年的国庆日。在读了一篇伏尔泰的小说之后，笔者深为这种既清晰又感性的语言所吸引，从此与启蒙时代的法语结下了不解之缘。

　　启蒙思想的批判精神就是源于这种既精炼又犀利的文体，尤其是对欧洲17、18世纪书信体小说的语言而言，对其翻译并非纯粹的文学创作，而是对其哲学思想的重建。当时的思想家与神学家对中国的哲学、道德和思想的深沉关注，也反映了欧洲启蒙思想诞生的历史和社会因素。

　　笔者在参阅和比较了巴黎拉丁区的图书馆、法国国家图书馆以及荷兰、德国、罗马和英国牛津大学的图书馆中珍藏的无数手稿后，发现，德·阿尔让这位18世纪的法国学者对欧洲历史、哲学的省察，以及他对中国的看法非常特别，表现了客观的批评精神，其语言也很精炼，堪称欧洲18世纪杰出的思想家。在此，笔者以巴黎索邦大学的思想史理念，通观近代西方对中国文化的看法，从中法比较文学的一个崭新视角将德·阿尔让的这部《中国人信札》呈现于读者。

《中国人信札》原文有162封信，长达1500页，编纂过程中，笔者在法国国家图书馆经历了数个寒暑。所幸有像家人一样的法兰西院士布律诺·内沃（Bruno Neveu）的谆谆鼓励，笔者才有勇气将著作的五个版本的异同作比较与考察。布律诺·内沃是一位优秀的史学家，也曾经是外交官，对中国礼仪之争的问题特别感兴趣。

　　《中国人信札》法文版的成书真是要感谢贾乐维神父的支持与参与。从拉丁文的翻译到书稿的编辑，他都给出了极宝贵的建议。在本书导读中，包含了他对路易十四时期精神文明的定义与定位所作的精辟注解。在此书出版之前，他忽然逝世，没有实现四个月后到北京的计划。为了纪念他生前对中国文化和中国当代社会的关注，笔者从原书162封信中，精选出对中国哲学、宗教和习俗有关注以及凸显启蒙时代法国在全欧洲文化强势的38封信，先予出版。

　　最后，笔者要特别感谢父亲，他常常告诉我，很希望知道我对法国文学研究的内容。谨将这本书的中文版献给他老人家在天之灵。因准备本书中文版的付梓，笔者回到北京，将北京当成我的家，将北京的朋友当成我最好朋友。

陆婉芬

写于北京，2013年7月5日

目录

导　读　1

信集概览　20

出版声明（1739）　35

出版声明（1739）　37

出版声明（1739—1740）　38

绪　言　40

献给孔子的在天之灵　45

第一封信　图索致陈渊哲　48

写自巴黎，主题：巴黎风貌

第五封信　图索致陈渊哲　54

写自巴黎，主题：图索发现中国在科学发展方面的落后和传教士对于欧洲描述的不切实际。介绍了中国和欧洲的实际情况

第八封信　图索致陈渊哲　59

写自巴黎，主题：中国人信仰的三种宗教

第九封信　图索致陈渊哲　64

写自巴黎，主题：中国宗教和历史纪年的产生以及老子的传奇人生（宗教历史方面）

第十封信　图索致陈渊哲　68

写自巴黎，主题：中国道教

第十一封信　图索致陈渊哲　73

写自巴黎，主题：汉朝时的印度佛教。在这封信里，德·阿尔让对比了中国佛教和法国的莫利纳派

第十二封信　图索致陈渊哲　78

写自北京，主题：圣依纳爵·罗耀拉的讽刺画像

第十三封信　庄致陈渊哲　84

写自伊斯法罕，主题：伊斯法罕概述

第十四封信　图索致陈渊哲　89

写自巴黎，主题：新儒教及其玄学

第十六封信　陈渊哲致图索　94

写自北京，主题：对于新儒教中玄学的批判

第十九封信　哲求致图索　99

写自长崎，主题：日本与中国、葡萄牙以及荷兰的外交关系

第二十封信　哲求致图索　104

写自长崎，主题：日本传教会的历史

第二十二封信　庄致陈渊哲　108

> 写自伊斯法罕，主题：法国和波斯的妓女（风俗方面）

第三十一封信　图索致陈渊哲　113

> 写自巴黎，主题：图索为中国的历史记载辩护。欧洲人认为中国的历史记载建立在传说的基础之上，图索认为欧洲的历史记载同样建立在传说的基础之上

第四十一封信　庄致陈渊哲　119

> 写自伊斯法罕，主题：对世界和物质的永恒的思考，以及这些思考和"天意"的比较

第四十七封信　图索致陈渊哲　123

> 写自巴黎，主题：中国量才录用的制度

第六十封信　庄致陈渊哲　128

> 写自伊斯法罕，主题：波斯法律中设置的酷刑

第六十二封信　陈渊哲致庄　133

> 写自北京，主题：波斯人的酷刑起源于犹太人，中国的刑罚不那么野蛮（风俗方面）

第六十三封信　哲求致图索　138

> 写自长崎，主题：日本的三种宗教。在这封信里，德·阿尔让把罗马宗教比作达里语，嘲讽了天主教会。这种讽刺反映了新教的影响

第七十封信　哲求致图索　145

写自长崎，主题：日本宗教，灵魂不朽和哲学

第七十一封信　哲求致图索　151

写自长崎，主题：儒教在日本，德·阿尔让结合柏拉图和亚里士多德的思想谈儒家思想中的"德"

第七十六封信　图索致陈渊哲　157

写自巴黎，主题：日本历史，欧洲的基督教传教士受到日本人蔑视，中国和日本的关系，国际关系

第九十一封信(1756)　图索致陈渊哲　164

主题：对尤利安大帝的看法。这是《中国人信札》中首次提到尤利安大帝

第九十二封信(1756)　图索致陈渊哲　170

主题：续写对尤利安大帝的看法

第一百一十六封信　图索致陈渊哲　177

写自德累斯顿，主题：开封的犹太人（历史和宗教方面）

第一百一十七封信　刁致陈渊哲　183

主题：在这封信和下一封信中，德·阿尔让介绍了瑞典国王查理十二世。他依据的是伏尔泰写的查理十二世的传记，强调了连年战争导致的灾难，指出了一个国家繁荣强盛的由来和查理十二世的残暴

第一百二十一封信　刁致陈渊哲　190

> 写自柏林，主题：腓特烈二世加冕，君王的善与恶（政治和道德方面）

第一百二十二封信　刁致陈渊哲　195

> 写自哥本哈根，主题：丹麦历史（政治和历史方面）

第一百二十七封信　刁致陈渊哲　201

> 写自哥本哈根，主题：丹麦人的政治和城市生活（政治方面和所谓"人民的声音就是上帝的声音"）

第一百二十八封信　图索致陈渊哲　207

> 写自德累斯顿，主题：犹太教的逾越节（宗教、社会和历史方面）

第一百四十一封信　伊涂礼致陈渊哲　214

> 写自罗马，主题：对都城南京和北京的看法以及城市的发展和演变

第一百四十四封信　陈渊哲致伊涂礼　221

> 写自北京，主题：回应对于中国礼仪形式的争论（神学和道德方面）

第一百四十六封信　陈渊哲致伊涂礼　227

> 写自北京，主题：开封的犹太人，中国与早期基督教

第一百四十七封信　陈渊哲致伊涂礼　233

> 写自北京，主题：中国皇帝太宗等对中国的犹太人的看法，以及犹太教在中国的宗教仪式

第一百四十八封信　伊涂礼致陈渊哲　239

> 写自罗马，主题：中国教堂中汉语的应用，以及对汉语的颂扬

第一百四十九封信　伊涂礼致陈渊哲　246

> 写自罗马，主题：对于远古事情记述的比较，例如《圣经》的创世和中国神话传说的记载。这封信中的内容反映了中国的纪年方法对17世纪和18世纪传教士的影响，比如在17世纪思想家拉莫特·勒瓦耶的作品中就有所体现

第一百五十封信　伊涂礼致陈渊哲　253

> 主题：德·阿尔让在结束《中国人信札》时，介绍了自己

第一百六十二封信(1756)　图索致陈渊哲　256

> 主题：美洲

重大历史事件年鉴　260

参考书目　268

译者的话　274

导读

孟德斯鸠的《波斯人信札》是法国读者耳熟能详的作品，这个作品成就了18世纪的哲学家爱不释手的写作手法，也就是罗歇·卡耶瓦（Roger Callois）所说的：把自己假装是外国人，才能对所处的社会作更深刻的批评。就是用这种手法，孟德斯鸠叙述了两个波斯人到欧洲——尤其是到法国——游历时，所经历的新鲜事。而本书是德·阿尔让（d'Argens，1704—1771）所写的《中国人信札》的选集，与《波斯人信札》属于同一种18世纪风格的作品，且有诸多类似之处。但根本的不同之处在于前者突出描写了中国旅行者本国的文化和社会。当时，传教士在中国设立了一些教会，教会中的教士把中国的情况介绍到欧洲，并在欧洲流传开来，那些内容成为本书描述的依据。读者不禁会问：《中国人信札》中描述的"中国"是个什么样的中国？其真实性如何？

德·阿尔让在完成《中国人信札》之前

德·阿尔让的全名是：让－巴蒂斯特·德·布瓦耶（Jean-Baptiste de Boyer），他于 1704 年 6 月 24 日出生于普罗旺斯地区的艾克斯。他是家中的长子，父亲皮埃尔－让·德·布瓦耶（Pierre-Jean de Boyer）封号阿尔让侯爵，被封领地艾吉耶、如瓦耶兹－加尔德和昂热利科。法国大革命前夕，他的家族可谓声名显赫的法官贵族世家：其中有五代人曾做过议员，一代人进入到艾克斯的财政议会。1341 年，吉姆·德·布瓦耶（Guilhme de Boyer）被任命为尼斯的最高行政官。至少从那时起，布瓦耶家族就已为人所知。

布瓦耶家族是笃信天主教的贵族，"这是在普罗旺斯议会中的一个有教养的、古老的议会家族"。[1] 但是，青年时期的德·阿尔让却发表了许多反基督教、甚至仅仅是反宗教的抨击性文章。也许是出于谨慎，他隐居到荷兰，因此受到这个国家的胡格诺派清教徒[2]的影响，尤其他的编辑普罗斯佩·马尔尚（Propser Marchand）的影响。在 1735—1737 年间，他以《哲学信札》（La Correspondance philosophique）为总标题，出版了《犹太人信札》，可以算是《中国人信札》的前身。作者当时的作品中对宗教的批判，反映的不仅是他个人的哲学思想，同时也深刻反映了当时欧洲天主教徒与清教徒之间神学上的思辨与分歧。因此，作者的作品中不时反映了不同教派之间带有个人怨恨的争辩。在《中国人信札》出版期间（1739—1740），德·阿尔让成为欧洲著名的作家，因而普鲁士国王腓特烈二世（Frédérique II）邀请他到无忧宫。在那里，他个人的思想得到真正的释放，不再受反宗教论战思想和个人仇恨的束缚。借助中国的

---

[1] *Mémoires du président d'Éguilles sur le parlement d'Aix et les jésuites*, publiés par Auguste CARAYON, Paris, 1867.

[2] 胡格诺派是指 17 世纪被法国国王路易十四迫害从而流散在欧洲各地的清教徒。法国国王路易十四于 1685 年 10 月撤消了保护清教徒的南特赦令，并迫害了清教徒。三十万清教徒因此远离法国，逃到荷兰、德国、瑞典、都柏林、日内瓦等地方。清教徒流散在欧洲各地，对法国的经济、社会都造成了极大的损失。德·阿尔让的作品受清教徒史学家的影响很深。他的论战技巧也多受了清教徒作家的影响。

例子，德·阿尔让以令人信服的方式阐述了一整套积极、建设性的政治和道德理念。

回过头来，我们先说他在普罗旺斯受到的教育。德·阿尔让早期极有可能在天主教奥拉托利（les Oratoriens）教士办的学校学习。[1] 马尔尚曾经在写给德·阿尔让的信中指责他对冉森教派（les jansénistes）[2] 教徒严守戒规的做法带有偏见。德·阿尔让则认为他的态度可能是奥拉托利教士对他进行过鞭笞的结果。但与此同时，德·阿尔让对耶稣会的教育方法有相当的认识。他的家族与耶稣会士们一贯保持联系。他的父亲在1717年任艾克斯议员总检察长的时候就与耶稣会士交游甚近。18世纪下半叶，耶稣会受到迫害时，他的弟弟也保护过耶稣会士。

在整个学术生涯中，德·阿尔让不断声明他对耶稣会士的教育和人文修辞的重视。1756年，在《中国人信札》的第五版中，作者表达了自己的批评、道德和政治思想。因此，他中年以后，对耶稣会教士的品德的赞誉是一点也不令人意外的。通过他对耶稣会士的优秀品德和冉森教士的比较，可以看出他的观点：

> 我曾经措辞强烈地反对过耶稣教士和冉森派教士的争执。前者野心勃勃，热爱权术，后者信仰虚伪，因而我将他们二者都视为危险分子。但我这么做是为了大众的好处。然而，每次特别提到耶稣会教士的时候，我都会称赞他们纯洁的德行、学

---

[1] *Correspondance entre Prosper Marchand et d'Argens*, Oxford, The Voltaire Foundation, 1984, lettre XXXIV.

[2] 冉森派是17世纪、18世纪主要在法国产生的宗教、神学思潮，主要针对法国的天主教，是天主教改革教派。冉森派的拥护者在神学上提出了反对耶稣教士对圣奥古斯丁的思想的诠释。在18世纪的哲学家笔下，这个教派常被比喻成极端、迷信的教派。耶稣会教士与冉森派的拥护者之间的争执也受到18世纪启蒙哲学家的批评。

识、礼貌、温和以及对人性弱点的包容。冉森教士缺乏上面提到的后三个美德，他们有的仅具有刻板的德行与学识，这样的特质是对公众的利益有损的。[1]

总之，一方面是作者的文学观和艺术品位，另一方面是他的政治道德态度所流露出的公正无私，两方面都体现了他年轻时期所受教育的影响。作者文章的整体风格体现了拉丁作家对他的思维方式的深刻影响。他跟拉丁作家学会了"句子衔接的准确，逻辑关系的精确限定，以及用示范论证、论据、平铺直叙、选题和整理的方法让作品清晰"。[2]

另外，德·阿尔让对美的鉴赏力不仅仅体现在他对这种品位的描述和他的绘画理论作品中。同时，他对文学与哲学的所有的感受力也都表现了他高度的视觉鉴赏力，这源于他对绘画的热爱。绘画对他的智性培养起了重要作用。可以说，作者的美学感性主义与绝对的、粗略的唯物主义是有相当距离的。德·阿尔让的感性主义的特点是他赋予感性以无限的价值。对他来说，感性是人性和人类精神存在的保证，但是，他也认为感性是用来辨识理性的。

需要强调的是，德·阿尔让的素养源于家教传统。早年教育所培养出的品位，决定了他后来作品的整体风格。同时，这种严肃、一丝不苟的治学精神让他对新知识具备了客观的观察力，也因而决定了他的哲学思想。这同时造就了他思想的开放，也就是唯物哲学所必备的内在要求。

另一点可以证明作者在年轻时就有开放思想的事情是：他在他

---

[1] Préface des *Lettres chinoises*, édition de l'année 1756.

[2] François de DAINVILLE, *L'éducation des jésuites* (SVI^e – XVIIIe siécle), Paris, Minuit, 1978, p. 205.

的回忆录中叙述了犹太人的生活。马赛附近的居民与地中海流域的居民接触频繁，而犹太人是两地不可或缺的中间人。这些社会因素造就了那个时代普罗旺斯贵族的普遍特征：与当地的犹太望族有很深的关系渊源。对犹太文化的感受力，深深影响了德·阿尔让历史探讨的方法。他的很多作品（如《德·阿尔让侯爵回忆录》、《犹太人信札》、《中国人信札》）都表现出对欧洲犹太人历史和文化传统的关注，就像对中国历史的关注一样。对于中国的历史纪年，在《犹太人信札》和《中国人信札》中，作者运用《圣经》纪年法作为普世性历史的根本，论证基础并不是《圣经》中创世起源和太初的概念，而是《圣经》的历史见证。

《德·阿尔让侯爵回忆录》（*Mémoires du marquis d'Argens*）很可能是作者的第一部作品。在这部作品中，他回忆了青年时代的生活（确切说是到荷兰之前的生活），提到了他去君士坦丁堡旅行时与一位犹太哲学家的谈话，以及他与女戏子西尔维（Sylvie）的情愫。毫无疑问。这篇自传反映了当时自传体小说写作的潮流，同时也是作家对文坛所作的个人表述。之后，《哲学信札》和《犹太人信札》出版，作者也秉持了同样的态度。

出版回忆录之前，德·阿尔让几乎没想过在荷兰羁留。可能是遇到他提过的"著名的葡萄牙裔犹太富翁弗朗索瓦·罗佩·德·利兹（Francisco Lopez de Liz）"[1] 之后，他才想到的。到荷兰后，一些出版商特别是普罗斯佩·马尔尚很快出版了他的作品。1737年，紧随《回忆录》之后，出版了《犹太人信札》，同期出版的还有系列小说。给他带来最大成功的还是《犹太人信札》，他因而在避难于荷兰的清教徒界，成为新闻记者和知名的论战作家。他承袭了哲学家

---

[1] 选自《德·阿尔让侯爵回忆录》中结尾部分添加的《关于荷兰人的信》。

皮埃尔·贝尔（Pierre Bayle）的思想，通过《通识哲学》（*La Philosophie du bon sens*）的出版，阐述了最初的哲学思想，同时，也表现了在历史方面的批评精神。作品《文坛秘事》（*Mémoires secrets de la République des lettres*）就证明了一个有人文思想的历史学家的抱负。不过，《犹太人信札》的出版却不是如此：在这本书中，作者所抨击的是宗教狂热分子。尽管作品成功，他却因书商的忘恩负义而感到痛苦，有一种极度焦虑纠缠于心。他经常因为敌人追赶而感到恐惧，以致在四年之内搬过不少于八次家：海牙—阿姆斯特丹—乌德勒支—马尔桑—鲁弗勒通—阿姆斯特丹—乌德勒支。

在《犹太人信札》和1737年公开发表的《哲学信札》中，德·阿尔让不仅仅批判宗教，他还嘲讽宗教道义，经常把教士、中世纪的神学家以及那个时代讲道的人都归为一类。他很有写作才华，并以新颖的写作技巧，在小说中用不同方式描写了修道人无数次个人出轨的经历。而他的朋友马尔尚编辑则利用指导作者撰写《犹太人信札》的机会，将这本书当作哲学论战与个人复仇的战场。

马尔尚给他的信中写道："我认为，对于有关不利于您的那些可笑的话，您可以在小说开头写您名字的地方放上一段他们所说的失礼的话，他们对您的指责是相互矛盾的，只能更显他们的愚蠢。"[1]

但是，《哲学信札》的出版，也同时激发了德·阿尔让的文学创造力。实话实说是他作为新闻记者的主要职责，实话实说可以触动每一位读者的感受力。作家的力量在于他能设身处地为读者着想并且激起读者的好奇心。从风俗到宗教，从政治到司法，一切都值得关注和描写。德·阿尔让的作品越来越体现出对社会和政治制度基

1　Voir «L'Angleterre des Lettres juives» de Christiane MERVAUD *in Le marquis d'Argens*, Actes du colloque international de 1988, Centre aixois d'études et derecherches sur le XVIIIᵉ siécle, éd. par Jean–Louis VISSIÈRE, Aix–en–Provence, Publications de l'Université de Provence, 1990. p. 146–147.

础的思索。带着醒世者的热情，他同时着手写作好几篇哲学论文和几部讽刺小说，事实上是对人类思想的研究。

在德·阿尔让撰写《犹太人信札》时，伏尔泰一直与他保持通信联系，也成为他仿效和辩护的对象。伏尔泰的《英国人信札》是他写作的典范。《犹太人信札》的一部分篇章中，再次选用了《哲学信札》中对英国文明的赞美，并在其中结合了荷兰的资料。《哲学信札》自始至终反映了伏尔泰在《英国人信札》中提出的观点：伏尔泰将宗教简化为泛神论，以便适应基督的道德，并从教会的政治干预中解放出来。

伏尔泰还在书信体方面给德·阿尔让提出了许多宝贵的建议。书信体避免了叙事的单调，尤其是文体的选择变得很自由，主题的选项因而具备了蒙田散文的多样风格。在对《波斯人信札》的一些反思中，孟德斯鸠也提到书信体的好处："《波斯人信札》最大的优势就在于它是小说，有开始、发展和结局。"[1] 书信体可以引入许多不同的话题，甚至是题外话，自由的对话语气使作品在探讨多种多样的主题的同时，也不会失去叙事的线索。"作者能把哲学、政治和道德融入小说中，并在无形中将所有的主题连接起来。"[2]

还要注意的是，作者年少时，在普罗旺斯地区的艾克斯，曾受教于耶稣教士，而在《犹太人信札》中，作者却对耶稣教士作了极负面的评判。在《中国人信札》中，作者重新表达了对耶稣教士的敬重。德·阿尔让对宗教的批判实际上反映了流放在欧洲的清教徒对天主教徒的抨击。而他个人批评宗教之间的抨击与论战。德·阿尔让的批判直指近代史和耶稣教士的历史与哲学方法：

---

[1] MONTESQUIEU, *Lettres persanes*, èd. par Jacques ROGER, Paris, Garnier Flammarion, 1964, p. 21.
[2] *Ibid*, p. 21.

"现代哲学家的作品在我们的中学里都被禁了。我们灌输给小学生们的那些笛卡尔派、洛克派和伽桑狄派的人都是些平庸之辈,他们的名气来自对新奇事物的爱好。我们把那些人看作疑似的或确凿的异端分子。没有任何一个哲学辅导教师不在本子上痛斥他们。"[1]

《德雷福期刊》(les Mémoires des Trévoux)严厉批判了《犹太人信札》,并把作者看作"泛神论者"、"自由思想者"和"异端分子"。《犹太人信札》中反耶稣会的看法事实上是受了普罗斯佩·马尔尚的影响。在他们的通信中,马尔尚曾责备德·阿尔让迁就耶稣教士。

德·阿尔让的哲学思想是建立在唯物论基础上的怀疑思想。这种思想的确是对形而上学的嘲讽,但是同时也不否定物质世界之外还有一个存在空间的可能性。德·阿尔让将从柏拉图(Platon)到笛卡尔(Descartes)对灵魂的反思作了系统性的整理,这些评论有助于理解这种怀疑思想中的唯物观念:严厉批判现实的同时,极力维护历史传统,使之产生并延续一种文明。

德·阿尔让的作品结合了清教徒的宗教思想和17世纪怀疑论思想家的自由思想,反射出蒙田(Michel de Montaigne)和夏隆(Charron)的影响。同时,德·阿尔让运用新科学的理念,来抨击亚里士多德的传统哲学。他的批评精神是对人类理性的价值与局限的定义。对人类理性的定义也是一种定义人文思想与道德的科学方法,与自然科学是有区别的。

通过在物理与数学方面的研究,用机械的方式来解释宇宙现象是科学进步的必然阶段。然而在《文坛秘事》中,德·阿尔让用冷静的态度对这种机械性的解释表现怀疑。就像帕斯卡(Pascal)一

---

[1] *Lettres juives*, t. VII, lettre CXCIII.

样，德·阿尔让用几何的直观来定义科学的可靠性，但他对信仰与道德的定义却是人类自由选择的范畴。同样，当德·阿尔让研究当代的物理学家斯格拉维桑德（Willem's Gravesande）时，他谴责后者忽视了科学研究中的道德范畴，并呼吁不朽和灵性的必要性。德·阿尔让对物质世界的描述是机械的，但他将这种描述归于想象性的认知。他的哲学思想是一种人文思想。在他眼中，人文和道德思想是有其特殊性的，不同于科学。透过这个背景，就可理解德·阿尔让的《中国人信札》代表了新的创作精神，也因此，这个作品可以为作者带来比《犹太人信札》更大的声望。

编撰 《中国人信札》

与《犹太人信札》中的论战风格截然不同，也不同于随后出版的《神灵信札》中的讽刺风格，《中国人信札》的特点是风格清新、立论清晰。《中国人信札》出版时，恰逢作者旅居柏林，新生活开始。这部作品中的内容反映了他的宫廷生活以及和国王腓特烈二世的主从关系。

这部作品由几位熟知欧洲语言、历史和文化的中国文人之间的往来信件构成。他们的法语讲得准确而优美。事实上，德·阿尔让侯爵通过这几个虚构的人物，以游记的形式，展现了一系列的哲学信件。《中国人信札》在主题上也有不同，它不再属于反教权或反宗教的作品，也不再由普罗斯佩·马尔尚出版，也不像其他作品那样深受荷兰清教徒贝尔的哲学批判思想的影响。

极有可能，德·阿尔让是在离开荷兰之后开始撰写《中国人信札》的。《犹太人信札》的序言很多地方都被他的朋友普罗斯佩·马尔尚做过改动，而《中国人信札》的序言则不同，它不再受制于欧洲清教学者对中国思想的批判。作者只提到德拉·克罗兹（La Croze）对中国宗教的批评。虽然作者仍旧提到到了贝尔、阿尔诺（Antoine Arnauld）和皮埃尔·尼古拉（Pierre Nicole）等的著作中关于中国无神论的批评，但是，《中国人信札》主要是客观地反映了17、18世纪欧洲神学和哲学界对中国礼仪的争辩。序言中向孔子献词，这显示了孔子在神学界辩论中的重要性。同时，德·阿尔让清楚地区分了原始儒教和公元1世纪的汉朝儒教，他也强调了原始儒教和宋朝新儒教之间的不同。德·阿尔让笔下的文人同样对新儒学中的玄学思想很敏感，尤其是重要的哲学理念，比方说"太极"。德·阿尔让将新儒学中的玄学与亚里士多德的哲学相比，甚至与从柏拉图开始的西方哲学传统相比。在《通识哲学》、《文坛秘事》，特别是《中国人信札》中，作者都不断强调玄学与唯物论的起源之间的关系。

德·阿尔让对中国思想和希腊哲学的反思和比较依据了一些可靠的来源，特别是依据了曾和中国社会、宗教接触过的耶稣教神父，像利玛窦（Matteo Ricci）、杜赫德（Du Halde）和金尼阁（Trigault）等人的作品。在1739年的序言中，作者明确指出传教士，特别是耶稣教士在作品中的重要性。

应该把我笔下的中国人看作有教养的人。他们是一些文人，是传教士和耶稣教士的朋友，称不上基督徒，但称得上哲人。他们愿意学习欧洲兴盛的科学，他们还学了哲学、神学等。这是当今许多中国人、越南人和暹罗人每天都学习的。我肯定那些曾经批评过我的人并不知道，在北京、在暹罗的论文答辩，就像在巴黎索邦大学一样。因此，责备我把游客描绘得过于博学的人应就此闭嘴。

德·阿尔让完全没把中国思想当成哲学思想的典范,他也不像当时的欧洲哲学家那样用"地大物博"来形容中国。德·阿尔让用客观的眼光来看中国,将中国当成地球上所有国家的成员之一。他笔下的中国文人也是从全球的视角来描述中国的壮丽。这也是17世纪传教士传入中国的科学客观性。

政治和道德方面

与《犹太人信札》和《神灵信札》相比,在《中国人信札》中,作者更明确地表现了自己的政治立场。信件的字里行间流露出外交政治与传教士在远东的基督教传道活动之间的由来已久的紧密关系。同时,从信件中还可以明显看出作者对欧洲君主制和对王权局限的深入思考。归根到底,《中国人信札》的最终目的是阐述他的政治蓝图。

游记形式的《中国人信札》记述了在印度、暹罗和中国的传教士的生活;涉及的时期是从发现开封的犹太人一直到雍正皇帝(1678—1735)统治的时代。信里特别提到的是在中国的基督教传道活动,即耶稣会士从明朝进入皇宫直到1722年康熙皇帝去世这段时期的传道活动。《中国人信札》的记事顺序完全依照欧洲对于中国礼仪进行争论的不同阶段,但又把中国历史的重要事件,特别是1644年的王朝更迭,准确地表现出来。另外,作者在书中明确区分了满族人和汉族人,他把满族人称作鞑靼人。而1644年那个重要的时间,我们都知道那时路易十四(Louis XIV)开始执政,准确地说是1643年5月14日。拉布吕耶尔(La Bruyère)的《性格论》(*Les Coractères*,1688年版)中的巴黎人和外省人的生活在《中国人信札》开篇就得到描述,清晰地反映了17世纪到18世纪上半叶的法国社会面貌。

《中国人信札》的编撰处于有关中国礼仪的争辩时期，中国人的偶像崇拜问题成为辩论中的关键。如何知道中国人是不是偶像崇拜？帕斯卡认为中国人不相信《圣经》中唯一的真神，祭祖是崇拜偶像的行为。他又认为中国人既不认识基督徒的神，也没听过福音中发生的奇迹，所以中国人的思想是既理性又唯物的。1700年，神父李明（Louis Le Comte）在巴黎大学的批判使争辩达到顶峰。这一点，从圣多明加（Saint Dominique）的修会神父诺埃尔·亚历山大（Noël Alexandre）在1700年所写的《中国礼仪与希腊及罗马偶像崇拜的一致性》（Conformité des cérémonies chinoises avec l'idolatrie grecque et romaine）中也可以清楚地看到。

在《中国人信札》中，德·阿尔让回顾了欧洲人关于中国人宗教与道德的辩论的缘起，同时也介绍了中国人祭祖的重要观点，这些观点可以印证作者对耶稣教会的维护。他不认为中国人是可让人谴责的唯物论者。他同时也谴责一些神学家对中国宗教的批评，如帕斯卡、马勒伯朗士（Malebranche）、费奈隆（Fénelon）等人的观点。另外，莱布尼茨（Gottefried Wilhelm Leibniz）亦充分解释了耶稣教士在中国的福音传教并一再强调中国人崇拜孔子是纯粹的荣誉性的和非宗教的，可能由于孔子是17世纪欧洲人眼中唯一重要的哲学家，致使欧洲人相信中国人的精神信仰与基督教相容。

尽管作者同样表达了基督教神学家对于新儒教形而上学的看法，但这并不表示他认同新儒学的学说。新儒教诞生于宋朝（960—1279），由当时的几位思想家，如朱熹（1130—1200）、程颢（1032—1085）与程颐（1033—1107）等阐述出来。对德·阿尔让来说，新儒教受到佛教的影响过多，其中复杂的非唯物思想与原始儒学思想无丝毫关联。德·阿尔让赞同的仍是理性的、通识性的哲学，他反对所有形而上学的思想，认定人类精神的普遍性应当建立在历史的凭据上。他对中国人祭拜亡灵所表现出的尊重也是基于人类学的客观要求。这是对宗教迷信、基督教不宽容的间接反击。整体上讲，《中国人信札》是一幅活生生的、应当永远受尊重的"他人"的画卷。科普特人（Les Coptes）、犹太人、日本人、暹罗人、波斯人和中国人，所有这些"他人"都得到细致的描写：作者深深理解了这些礼仪与所有真正的人性化生活中的客观现象之间的意义和关系，这些描写因而成了宽容的告诫，宽容也是《中国人信札》的主题背景。

德·阿尔让把客观形象的中国当成是信仰基督的欧洲的政治与道德体系的一面镜子，进而向读者介绍一个四海民族的政治神话与蓝图。

信中提到主题的方式是以四海民情为出发点的，作品包含了18世纪上半期欧洲的道德风俗；另一方面，由于是中国人之间的通信，作品还包含着中国历史及中国和欧洲之间交流的背景。

《中国人信札》 中的中国

在这部以各个国家为背景的作品中，中国究竟扮演了什么角色？德·阿尔让眼中的中国和中国人是什么样子？当图索（Sioeu-Tcheou）到巴黎后，法国人的温文尔雅给他留下了深刻的印象。与荷兰商人相比，他这样写道：

> 亲爱的陈渊哲（Yn-Che-Chan），他说道，法国人和中国人在很多方面相像，大多数人都性情温和，有人情味，举止和蔼，一点也不冷酷、刻薄和暴躁。我观察到法国人的礼貌遍及

他们的每一个行动当中。甚至巴黎的普通人也丝毫不粗野无礼：一个做工的工人，离开作坊把一位就要迷路的陌生人领回正路，而不要求一点酬谢。在这点上荷兰商人与法国人有天壤之别，我问一下时间，他们就一定要收费。

在作者看来，美德盛行的法国社会是建立在诚挚的话语之上的一种文明的体现。思想和行为中的彬彬有礼体现了人类爱的天赋。

尽管图索认为中国人同样可爱，但他觉得中国人更狡猾，对陌生人缺乏真诚。在同一封信中，他讲述了一个中国农民卖给一个荷兰商人变质火腿的故事。这段描述准确地描绘了当时中国对外非常封闭的社会状态，引出了对中国道德风俗的看法。因此，作者认为中国社会和法国社会不同。

图索对中国妇女裹脚的态度（信件二）更非同一般。他为这种习俗辩护说，裹出来的小脚比自然长成的大脚更美观。德·阿尔让用讽刺幽默的语气责怪他的保守。从更广泛的意义上讲，德·阿尔让呈现的中国社会是一个盛行美德的社会，同时又是"一夫多妻"的社会。无论是国王还是平民，都有纳妾的权利。书中中国的叙述者比较了中国的一夫多妻制和法国的基督教婚姻，同时提出了，在欧洲，关于婚姻的教义并没有真正被遵守，甚至是不受尊重。

总之，《中国人信札》中的中国绝不纯粹是伏尔泰在《路易十四的世纪》（le Siècle de Louis XIV）中所描绘的理想国度。尽管在法国与在罗马发生的神学辩论中，某些人认定中国是一个保有优秀精神文明的国家，而德·阿尔让关于中国的观点却更细腻、更客观。从人类学家的角度，他用亲切的态度描写中国人的宗教仪式与礼仪，同时又指出必须用理性、常规、尤其是精神文明，来超越这些信仰习俗。

另外，德·阿尔让眼中的中国同时也受到被当时的耶稣会士传入中国的天文学的影响。从这个角度而言，中国被视为是地球上的国家之一。德·阿尔让笔下的中国通信者从相对的角度来介绍这个让18世纪的欧洲人留下深刻印象的国家。而当时的欧洲人认为中国文明超越了所有其他国家。

此外，德·阿尔让并没特别抨击中国人的封建迷信和偶像崇拜，并且没把当时中国这种科学上的缺失当成道德上的瑕疵。相反，中国人的道德，更准确地说，孔子宣扬的中国古代的道德，对《中国人信札》中的国家来说，是人类的真正的道德典范。这个典范建立在客观实践的基础之上，既不属新教，也不属于天主教和唯物主义。"他们不建神庙，不行祭礼；他们通过良心、善良和诚实，通过体现美德的举动去敬超自然存在的'天'"。（信件七十二）

宗教仪式和礼仪是人类生命中神秘领域的化身，是既深沉又具象征意义的：人类总是被欲望所折磨，礼仪可以自然地将这些欲望表达出来，就像语言对社会与生命是不可或缺的一样。从人类学意义上看，德·阿尔让认为，无论是孔子的人伦观念还是祭祖的仪式，都是神秘的象征与以理性为基础的社会价值。与伏尔泰相比，德·阿尔让更理性、客观，他宣扬泛神论，比伏尔泰的理论更细腻，更有价值。他不鼓吹宗教信仰在社会中的必要性，而是清晰又幽默地指出了，在社会中，礼仪与语言发展的必要性。

《中国人信札》中通信者的交流和思考所留下的智力与道德探索，可让读者寻回简单而纯粹的孔子的道德。《中国人信札》的作者似乎并不为中国的政治制度所吸引。他从没提及为当时的欧洲人所惊叹的复杂的官僚体制。而且虽然作者提起过几个皇帝，但是没有任何一封信是对皇帝的具体描述。德·阿尔让仅止于提到：中国的皇帝就像家庭中的家长，子民得给予他遵从。

作者把中国描述成妇女裹脚、商人不诚实的封建社会。但他认为中国是个文明的社会，得益于祖先的诸多传统。其中，以理智为基础的良才考选制度，与基督教的神学没有关系，虽然基督教神学是社交文明的顶峰。身为人类学家，德·阿尔让明确区分了道德和形而上学。因此，他对新儒教特别重视，虽然他认为新儒教思想家朱熹等表达的宇宙系统与来自于亚里士多德的宗教形而上学观念同样是错误的。用人类学家的视野，他所描绘的中国受了当时科学发展的影响，如天文、地质、考古和历史编纂。

《中国人信札》因而是许多国家的真实写照，这充分表明了德·阿尔让侯爵的世界主义观。仅仅通过这个写照，他介绍了一个政治和经济体系，这个世界主义观点的准则基础，同时是孔子的道德伦理，也反映了路易十四时期的科学艺术文明。在这个双重标准下，德·阿尔让严厉批评了莫斯科人的道德风俗、波斯人的酷刑和专制、犹太人在欧洲受到的迫害……同时，中国哲人的方法是他用来思考欧洲政治模式的方法：他以批评的眼光来思索君主制、贵族政治和民主政治。中国哲人认为，君王代表一国之父，而且拥有美德的君王，像亨利四世（Henri Ⅳ）和尤利安大帝（Flavius Claudius Julianius, l'Apostat），对他们来说是理想的明君。

德·阿尔让是反对马基雅维利（Machiavel）的政治观点的，他的观点是建立在圣奥古斯丁（Saint Augustin）在《上帝之城》（La Cité de Dieu）中表达的道德观上的。帝王应该如同福音中仁厚的上帝一样，不仅仅用权力，而是用智慧、慈善和公正来治理国家。他温和地执政，像父亲般关爱子民，一丝不苟，刚正不阿。正如《泰雷马克历险记》（Télémaque）的作者费奈隆一样，德·阿尔让认为是斯巴达人的严厉教育造就了君王的美德。并且，他对自由和平等的幻想心存担忧。没有君主制，人类思想的解放就无法完全实现。

只有严明的君主制中产生的贤明君主，才可以看清事实，表现人类思想的伟大。在他看来，君王把某些模糊的东西化为明确的思想和现实中的善举，并通过这些善举履行对子民的职责。作为共和派和加尔文派教徒，德·阿尔让还流露出他的怀疑态度，他怀疑人类理智的作用。政治对他来说是一种艺术，靠良知和技巧完成，而不是依靠理性计算的一门科学。

同样，建立在个人业绩之上的中国政治模式，成为作者反对欧洲世袭王权的理由。中国模式被赋予天意。"天"是中国自然神论中广泛的象征，和罗马的宗教权力相差甚远。中国的政治人物也被德·阿尔让用来揭露罗马教会的专权，特别是以基督教的名义引起的宗教排斥和政治混乱。1625年在开封发现犹太族群的事件和康熙皇帝统治时期实施的宗教宽容政策被作者用来反对欧洲基督教国家的宗教争辩。德·阿尔让认为中国考选人才的制度本身，是有价值的，因为这是一个建立在法律基础之上的政治制度。中国的任期制度相对于欧洲的神权思想是一种符合人道的法律制度。中国人对于法律的尊重产生了对宗教多样性的尊重。但是，被如此描述的中国政治事实上已经超越了中国和欧洲本来的政治制度，成为一种政治理想。这种理想建立在道德立法和语言立法的基础之上，允许揭露国家的弊端，首先是一种个人的理想。于是，这常常引导读者对文明兴衰的思考，从而在对历史的追忆和理想的追求中达到个人自由。

本书选录

从1739年到1756年，德·阿尔让在世的时候，就已经存在一系列不同版本的《中国人信札》，这几个版本之间多少都有区别。本书依照的是1756年的版本。但是也参考了其他的版本。

本书也对 1739 年、1740 年、1751 年和 1755 年的版本之间的不同之处作了研究。1739—1740 年的版本在皮埃尔·鲍比出版社出版,这个出版社还曾出版了《犹太人信札》。这个版本包含一百五十封信。这些信基本上成为《中国人信札》的定稿,一直到了 1756 年的版本,作者才作了修改,加入了其他的信。1739—1740 年的版本,序言是致科西嘉国王的献辞。在这篇序言中,作者表达了《中国人信札》和《犹太人信札》两部书的一贯性。在这个版本中,同时也有一篇对孔子的献辞。1751 年的版本历来包含一百四十九封信,在海牙的小皮埃尔·高斯(Pierre Gosse Junior)出版社出版。以前版本中的绪言和题献在这个版本中被删去,取而代之的是作者写给《瑞士日报》编辑的两封长信。这证明了《中国人信札》编撰过程中与新闻界的关系紧密,同时也反映了新教对于作家创作生涯的一贯影响,甚至是控制。就像德·阿尔让自己在 1755 年版本的绪言中所声明的,和前三个版本相比,1755 年版本作了重要的改动:他删去了些可有可无的、不重要的绪言,像给科西嘉国王及仆人的献辞;他又删去了 1751 年版本的绪言中两封长信。在 1755 年版本的两篇绪言中,德·阿尔让介绍了他在政治、道德方面的重要观点。这个版本的文章比前三个版本的文章包含了更多希腊语和拉丁语的引用。1756 年的版本和 1755 年的版本出处一样,但所有的绪言和献辞都被删去。

1739 年和 1740 年版本的内容完全一样。本书再现了 1739 年版本和 1751 年版本的不同之处。这些不同之处都被列入了本版的评论注释部分。1755 年和 1756 年版本的内容和注解完全一样,只是后者删除了两篇绪言,加入了一篇关于冉森教士和耶稣教士的绪言。那是一篇针对文学争论的长篇大论。1756 年的版本中,德·阿尔让还增加了十四封信,内容涉及尤利安大帝、中国的基督教和中国的语言。这些信被收录到本书中,编者对这些信的出版年限作了标注。

1755年版本是1739年和1751年版本的再版。但在主题上,这个版本成为德·阿尔让作品的一个重要转变。本版的绪言是对孔子的献辞,孔子的出现预示了1756年版本中尤利安大帝表达的信奉异教的说法。整体而言,作者在《中国人信札》中所提出的观点,与《犹太人信札》中的观点不太一样。在《中国人信札》中,作者似乎更直接地表达了他个人的想法,受新教思想家的影响很少。向孔子献辞的再版更加明确地体现了作者独立的创作精神。孔子代表了作者对宽容和客观精神的强烈呼唤。和德·阿尔让的其他哲学作品相比,《中国人信札》的特点是更清晰、明确地阐述了作者的政治观。这点在1756年的版本中尤其明显。在这个版本中,龙利安大帝以及美洲、亚洲、非洲和欧洲神话中的女骑士(Amazones)都反映了作者的政治理念。所有这些代言人所要彰显的,并非对世纪初的基督教会的彻底排斥,而是用来表现根据《圣经》书写的历史中关于世界起源的神话。

编者对原作中的文字、专有名词和标点作了调整,使之接近现代语言。原注和括号中的改本,以及贾乐维(Jean-Yves Calvez)做的翻译都在页下方,按(1., 2., 3., 等等)顺序标出。在中文版本中,根据中文特征及中国读者的需要对这些页下注作了调整。编者的注解在每封信的结尾,用(a., b., c., 等等)顺序标出。

陆婉芬

信集概览

以下列出的是1755年版本的《中国人信札》中的全部信件。1756年的版本中又作了适当增补。本书选录的信件用楷体显示出来。

第一封信　"图索致陈渊哲",写自巴黎,主题:巴黎风貌

第二封信　"图索致陈渊哲",写自巴黎,主题:法国妇女风尚(风俗方面)

第三封信　"图索致陈渊哲",写自巴黎,主题:中国人和法国人各自的特点及风俗习惯。图索赞扬了法国人的温文尔雅,批评了中国人对外国人的狡黠和排斥心理

第四封信　"图索致陈渊哲",写自巴黎,主题:巴黎人的习俗和举止(风俗方面)

第五封信　"图索致陈渊哲",写自巴黎,主题:图索发现中国在科学发展方面的落后和传教士对于欧洲描述的不切实际。介绍了中国和欧洲的实际情况

第六封信　"图索致陈渊哲",写自巴黎,主题:法国人和中国人各自的葬礼以及对死亡的看法(道义方面)

第七封信　"陈渊哲致图索",写自北京,主题:中国新儒教

第八封信　"图索致陈渊哲",写自巴黎,主题:中国人信仰的三种宗教

第九封信　"图索致陈渊哲",写自巴黎,主题:中国宗教和历史纪年的产生以及老子的传奇人生(宗教历史方面)

第十封信　"图索致陈渊哲",写自巴黎,主题:中国道教

第十一封信　"图索致陈渊哲",写自巴黎,主题:汉朝时的印度佛教。在这封信里,德·阿尔让对比了中国佛教和法国的莫利纳派

第十二封信　"图索致陈渊哲",写自北京,主题:圣依纳爵·罗耀拉的讽刺画像

第十三封信　"庄致陈渊哲",写自伊斯法罕,主题:伊斯法罕概述

第十四封信　"图索致陈渊哲",写自巴黎,主题:新儒教及其玄学

第十五封信　"庄致陈渊哲",写自伊斯法罕,主题:波斯人好猜忌的特点以及他们的习俗

第十六封信　"陈渊哲致图索",写自北京,主题:对于新儒教中玄学的批判

第十七封信　"图索致陈渊哲",写自巴黎,主题:德·阿尔让对比了哲学家笛卡尔、牛顿等的哲学观点,重要的是同时提到了德·阿尔让和18世纪百科全书派成员丰特奈尔(Fontenelle)和达朗贝尔(d'Alembert)等的哲学观点

第十八封信　"庄致陈渊哲",写自伊斯法罕,主题:波斯人的婚礼习俗

第十九封信　"哲求致图索",写自长崎,主题:日本与中国、葡萄牙以及荷兰的外交关系

第二十封信　"哲求致图索",写自长崎,主题:日本传教会的历史

第二十一封信　"图索致陈渊哲"，写自巴黎，主题：习俗和社会

第二十二封信　"庄致陈渊哲"，写自伊斯法罕，主题：法国和波斯的妓女（风俗方面）

第二十三封信　"庄致陈渊哲"，写自伊斯法罕，主题：波斯戏剧和一部著名的戏剧作品

第二十四封信　"图索致陈渊哲"，写自巴黎，主题：法国的戏剧和音乐

第二十五封信　"图索致陈渊哲"，写自巴黎，主题：法国礼仪，道德和礼仪，语言和礼仪

第二十六封信　"庄致陈渊哲"，写自伊斯法罕，主题：伊壁鸠鲁的怀疑主义哲学和鲁克莱斯的自然主义哲学，自然主义和唯物主义的宇宙观

第二十七封信　"庄致陈渊哲"，写自伊斯法罕，主题：《创世记》中关于世界起源的反思。庄认为波斯人的宗教和儒教可以相提并论。波斯人对神灵的看法是明智的，属于自然神论

第二十八封信　"刁致图索"，写自莫斯科，主题：刁讲述多尔人（les Daures）、通古斯人（les Tunguses）和巴拉特人（les Barates）的生活和习俗

第二十九封信　"图索致陈渊哲"，写自巴黎，主题：法国新闻界

第三十封信　"刁致陈渊哲"，写自莫斯科，主题：通古斯人的习俗

第三十一封信　"图索致陈渊哲"，写自巴黎，主题：图索为中国的历史记载辩护。欧洲人认为中国的历史记载建立在传说的基础之上，图索认为欧洲的历史记载同样建立在传说的基础之上

第三十二封信　"图索致陈渊哲"，写自巴黎，主题：神话中虚构的民族

第三十三封信　"庄致陈渊哲"，主题：波斯习俗中的优与劣（风

俗方面）

第三十四封信　"图索致陈渊哲"，写自鲁昂，主题：诺曼底的习俗（风俗方面）

第三十五封信　"刁致陈渊哲"，写自莫斯科，主题：莫斯科人的习俗

第三十六封信　"图索致陈渊哲"，写自巴黎，主题：中国世代相传的道德，悼念孔子（欧洲哲人笛卡尔、洛克、伽桑狄）

第三十七封信　"刁致图索"，写自莫斯科，主题：东正教神父，莫斯科城

第三十八封信　"陈渊哲致庄"，写自北京，主题：儒教和波斯宗教的比较

第三十九封信　"刁致陈渊哲"，写自莫斯科，主题：莫斯科人的习俗

第四十封信　"庄致陈渊哲"，写自伊斯法罕，主题：波斯人对罪犯的惩治和刑罚

第四十一封信　"庄致陈渊哲"，写自伊斯法罕，主题：对世界和物质的永恒的思考，以及这些思考和"天意"的比较

第四十二封信　"刁致陈渊哲"，写自莫斯科，主题：婚姻习俗（风俗方面）

第四十三封信　"刁致陈渊哲"，写自莫斯科，主题：莫斯科妇女

第四十四封信　"图索致陈渊哲"，写自鲁昂，主题：诺曼底习俗

第四十五封信　"庄致陈渊哲"，写自伊斯法罕，主题：不育妇女的节日（巴布哈）

第四十六封信　"图索致陈渊哲"，写自巴黎，主题：前苏格拉底派哲学家及其哲学观点

第四十七封信　"图索致陈渊哲"，写自巴黎，主题：中国量才录用

的制度

第四十八封信　"图索致陈渊哲"，写自巴黎，主题：中国量才录用的领导制度

第四十九封信　"刁致陈渊哲"，写自莫斯科，主题：莫斯科人的婚礼和洗礼

第五十封信　"陈渊哲致图索"，写自北京，主题：1707年铎罗事件的相关历史背景

第五十一封信　"图索致陈渊哲"，写自巴黎，主题：批判神学，中国人的道德观超越了神学家的观点

第五十二封信　"图索致陈渊哲"，写自北京，主题：图索批评法国人的德行，揭露法国人缺乏真诚，和他最初认为的完全相反

第五十三封信　"图索致陈渊哲"，写自巴黎，主题：旅行和对人类精神的通识（风俗和哲学方面）

第五十四封信　"图索致陈渊哲"，写自巴黎，主题：反思世界永恒和人类灵魂永存。从中国哲学来讲，这些思想是荒谬的。来自巴黎的一位耶稣会士的批评

第五十五封信　"图索致陈渊哲"，写自巴黎，主题：反思法国文学，法国人的艺术品位

第五十六封信　"刁致陈渊哲"，写自彼得堡，主题：彼得大帝统治时期俄国的政治形势和国际关系（政治方面）

第五十七封信　"刁致陈渊哲"，写自莫斯科，主题：彼得大帝介绍，莫斯科人的习俗

第五十八封信　"图索致陈渊哲"，写自巴黎，主题：严厉批评法国文学界。在这封信里，几个胡格诺派人士的出现使德·阿尔让得以嘲弄一位耶稣会士的作品

第五十九封信　"哲求致陈渊哲"，写自长崎，主题：日本民族的起

源，疯狂而神秘的宗教信仰

第六十封信　"庄致陈渊哲"，写自伊斯法罕，主题：波斯法律中设置的酷刑

第六十一封信　"陈渊哲致刁"，写自北京，主题：莫斯科人和中国人的葬礼仪式（风俗和社会方面）

第六十二封信　"陈渊哲致庄"，写自北京，主题：波斯人的酷刑起源于犹太人，中国的刑罚不那么野蛮（风俗方面）

第六十三封信　"哲求致图索"，写自长崎，主题：日本的三种宗教。在这封信里，德·阿尔让把罗马宗教比作达里语，嘲讽了天主教会。这种讽刺反映了新教的影响

第六十四封信　"哲求致图索"，写自长崎，主题：日本神道教的宗教仪式，因为职业或者因为身世而终身服务于神庙的神职人员的特点

第六十五封信　"图索致陈渊哲"，写自巴黎，主题：对某些国王的批判（政治方面）

第六十六封信　"图索致陈渊哲"，写自巴黎，主题：对基督教的批判，对宗教裁判所的反思

第六十七封信　"陈渊哲致图索"，写自北京，主题：某些民族的奇怪习俗——西藏的鞑靼人在父母死后，把父母吃掉；撒丁岛人、赛昂人、雅典人古时候对老年人或者父母使用极刑，或者杀死他们

第六十八封信　"哲求致图索"，写自长崎，主题：日本宗教及其和中国宗教、暹罗宗教的关系

第六十九封信　"哲求致图索"，写自长崎，主题：灵魂的不朽和哲学

第七十封信　"哲求致图索"，写自长崎，主题：日本宗教，灵魂不

朽和哲学

第七十一封信　"哲求致图索"，写自长崎，主题：儒教在日本，德·阿尔让结合柏拉图和亚里士多德的思想谈儒家思想中的"德"

第七十二封信　"哲求致图索"，写自长崎，主题：日本儒教在"德行"方面的最高境界

第七十三封信　"庄致陈渊哲"，写自杜尔拉赫，主题：穆斯林介绍

第七十四封信　"哲求致陈渊哲"，写自长崎，主题：长崎居民的习俗，哲求对比了古雅典人和日本人的风俗习惯

第七十五封信　"图索致哲求"，写自巴黎，主题：法国交际花，泰朗兹描述的一位法国交际花

第七十六封信　"图索致陈渊哲"，写自巴黎，主题：日本历史，欧洲的基督教传教士受到日本人蔑视，中国和日本的关系，国际关系

第七十七封信　"庄致陈渊哲"，写自伊斯法罕，主题：波斯人的哲学观

第七十八封信　"庄致陈渊哲"，写自伊斯法罕，主题：伊斯兰教的苏非派教徒

第七十九封信　"图索致陈渊哲"，写自巴黎，主题：颂扬中国道德

第八十封信　"图索致陈渊哲"，写自巴黎，主题：文学界

第八十一封信　"图索致陈渊哲"，写自斯特拉斯堡，主题：宗教兼容

第八十二封信　"图索致陈渊哲"，写自巴塞尔，主题：巴塞尔的艺术和科学发展。弗朗索瓦一世和亨利四世期间巴塞尔人和法国人之间的联系

第八十三封信　"图索致陈渊哲"，写自杜尔拉赫，主题：习俗

第八十四封信　"图索致陈渊哲",写自斯图加特,主题:描述斯图加特城,德国的犹太人

第八十五封信　"哲求致图索",写自江户,主题:江户城居民的习俗

第八十六封信　"图索致陈渊哲",写自斯图加特,主题:符腾堡的首领们(政治方面)

第八十七封信　"图索致陈渊哲",写自法兰克福,主题:达姆施塔特城居民的习俗

第八十八封信　"图索致陈渊哲",写自法兰克福,主题:新教徒的习俗,他们和天主教徒的矛盾(宗教、习俗和社会方面)

第八十九封信　"图索致陈渊哲",写自哈瑙,主题:对德国军队的看法(政治方面)

第九十封信　"图索致陈渊哲",写自卡塞尔,主题:卡塞尔的宗教和政治历史

第九十一封信　"庄致陈渊哲",写自伊斯法罕,主题:英雄库利康(Kouligan)

第九十一封信　(1756)"图索致陈渊哲",主题:对尤利安大帝的看法。这是《中国人信札》中首次提到尤利安大帝

第九十二封信　"庄致陈渊哲",写自伊斯法罕,主题:英雄米利韦(Miriweys)

第九十二封信　(1756)"图索致陈渊哲",主题:续写对尤利安大帝的看法

第九十三封信　"庄致陈渊哲",写自伊斯法罕,主题:英雄库利康(政治方面)

第九十三封信　(1756)"图索致陈渊哲"主题:续写对尤利安大帝的看法

第九十四封信　"图索致陈渊哲"，写自曼斯泰，主题：威斯特法人（Westphaliens）的习俗

第九十四封信　（1756）"图索致陈渊哲"，主题：续写对尤利安大帝的看法

第九十五封信　"图索致陈渊哲"，写自德累斯顿，主题：日耳曼帝国的科学和艺术发展

第九十五封信　（1756）"图索致陈渊哲"，主题：续写对尤利安大帝的看法

第九十六封信　"图索致陈渊哲"，写自德累斯顿，主题：日耳曼帝国的统治

第九十六封信　（1756）"图索致陈渊哲"，主题：续写对尤利安大帝的看法

第九十七封信　"图索致陈渊哲"，写自德累斯顿，主题：选帝侯和欧洲君王（政治方面）

第九十七封信　（1756）"图索致陈渊哲"，主题：对尤利安大帝的看法

第九十八封信　"图索致陈渊哲"，写自德累斯顿，主题：帝王加冕礼的传统（宗教和政治方面）

第九十八封信　（1756）"图索致陈渊哲"，主题：对尤利安大帝的看法

第九十九封信　"庄致陈渊哲"，写自伊斯法罕，主题：祆教及其起源（宗教和社会方面）

第一百封信　"庄致陈渊哲"，写自伊斯法罕，主题：对拜火教起源的看法（哲学和宗教方面）

第一百零一封信　"图索致陈渊哲"写自德累斯顿，主题：欧洲帝国的诞生，它和罗马教廷的关系（政治和宗教方面）

第一百零二封信　"图索致陈渊哲",写自德累斯顿,主题:施瓦本人(les Souabes)、奥地利人(les Autrichiens)、波西米亚人(les Bohémiens)、普鲁士人和巴伐利亚人(les Bavarois)的习俗

第一百零三封信　"庄致陈渊哲",写自伊斯法罕,主题:拜火教的起源(哲学和宗教方面)

第一百零四封信　"庄致陈渊哲",写自伊斯法罕,主题:拜火教的起源(宗教和哲学方面)

第一百零五封信　"庄致陈渊哲",写自伊斯法罕,主题:拜火教的起源(宗教和哲学方面)

第一百零六封信　"庄致陈渊哲",写自伊斯法罕,主题:袄教徒的生活和宗教活动。袄教的象征

第一百零七封信　"刁致陈渊哲",写自斯德哥尔摩,主题:卡尔马联盟(l'Union de Kalmar)后的几位瑞典国王,教会对卡尔马联盟的干预(政治和宗教方面)

第一百零八封信　"庄致陈渊哲",写自伊斯法罕,主题:世界起源,拜火教的起源(哲学、玄学方面)

第一百零九封信　"刁致陈渊哲",写自斯德哥尔摩,主题:瑞典王国的政治结构

第一百一十封信　"庄致陈渊哲",写自伊斯法罕,主题:袄教徒的道德观

第一百一十一封信　"庄致陈渊哲",写自伊斯法罕,主题:袄教徒的婚姻,基督徒的婚姻(风俗方面)

第一百一十二封信　"刁致陈渊哲",写自斯德哥尔摩,主题:瑞典革命(政治方面)

第一百一十三封信　"庄致陈渊哲",写自伊斯法罕,主题:袄教徒的葬礼

第一百一十四封信　"刁致陈渊哲"，写自斯德哥尔摩，主题：政治冲突和斯德哥尔摩屠杀，瑞典革命（政治和宗教方面）

第一百一十五封信　"刁致陈渊哲"，写自斯德哥尔摩，主题：瑞典的政治谋反，古斯塔夫一世·德·瓦萨（Gustave Ier de Vasa）皈依新教

第一百一十六封信　"图索致陈渊哲"，写自德累斯顿，主题：开封的犹太人（历史和宗教方面）

第一百一十七封信　"刁致陈渊哲"，主题：在这封信和下一封信中，德·阿尔让介绍了瑞典国王查理十二世。他依据的是伏尔泰写的查理十二世的传记，强调了连年战争导致的灾难，指出了一个国家繁荣强盛的由来和查理十二世的残暴

第一百一十八封信　"刁致陈渊哲"，写自斯德哥尔摩，主题：记查尔斯十二世（政治方面）

第一百一十九封信　"刁致陈渊哲"，写自斯德哥尔摩，主题：瑞典农民的社会状况

第一百二十封信　"图索致陈渊哲"，写自德累斯顿，主题：欧洲犹太人受到的迫害（宗教和政治方面）

第一百二十一封信　"刁致陈渊哲"，写自柏林，主题：腓特烈二世加冕，君王的善与恶（政治和道德方面）

第一百二十二封信　"刁致陈渊哲"，写自哥本哈根，主题：丹麦历史（政治和历史方面）

第一百二十三封信　"图索致陈渊哲"，写自德累斯顿，主题：欧洲犹太人受到的迫害（宗教、政治和历史方面）

第一百二十四封信　"图索致陈渊哲"，写自德累斯顿，主题：犹太人的洗礼（仪式、习俗和宗教秘密方面）

第一百二十五封信　"哲求致陈渊哲"，写自长崎，主题：欧洲、日

本和中国的关系

第一百二十六封信　"刁致陈渊哲",写自哥本哈根,主题:丹麦的政治历史(政治和历史方面)

第一百二十七封信　"刁致陈渊哲",写自哥本哈根,主题:丹麦人的政治和城市生活(政治方面和所谓"人民的声音就是上帝的声音")

第一百二十八封信　"图索致陈渊哲"写自德累斯顿,主题:犹太教的逾越节(宗教、社会和历史方面)

第一百二十九封信　"图索致陈渊哲",写自德累斯顿,主题:犹太教的逾越节(宗教和政治方面)

第一百三十封信　"图索致陈渊哲",写自德累斯顿,主题:介绍波兰国和城市华沙,包括它的外交,政治,科学发展和教会(政治和风俗方面)

第一百三十一封信　"哲求致陈渊哲",写自暹罗,主题:暹罗妇女和社会(风俗方面)

第一百三十二封信　"哲求致陈渊哲",写自暹罗,主题:记君士坦丁·佛勒康(Constantin Phaulkon)(政治人物)

第一百三十三封信　"哲求致陈渊哲",写自暹罗,主题:和尚和暹罗人(风俗方面)

第一百三十四封信　"哲求致陈渊哲",写自暹罗,主题:暹罗习俗

第一百三十五封信　"哲求致陈渊哲",写自暹罗,主题:暹罗宗教

第一百三十六封信　"哲求致陈渊哲",写自暹罗,主题:对比暹罗宗教中的地狱和希腊以及罗马宗教中的地狱(宗教方面)

第一百三十七封信　"哲求致陈渊哲",写自暹罗,主题:暹罗宗教

第一百三十八封信　"哲求致陈渊哲",写自暹罗,主题:暹罗人的哲学观(宗教、哲学和玄学方面)

第一百三十九封信 "陈渊哲致哲求",写自北京,主题:古人对地球演变的看法

第一百四十封信 "伊涂礼致陈渊哲",写自罗马,主题:从美学、历史、哲学角度描述古城

第一百四十一封信 "伊涂礼致陈渊哲",写自罗马,主题:对都城南京和北京的看法以及城市的发展和演变

第一百四十二封信 "陈渊哲致伊涂礼",写自北京

第一百四十三封信 "伊涂礼致陈渊哲",写自罗马,主题:对中医的颂扬。伊涂礼讲述了他的医治经历和对中医的看法。德·阿尔让驳斥了欧洲人的看法,承认了中医的实际作用

第一百四十四封信 "陈渊哲致伊涂礼",写自北京,主题:回应对于中国礼仪形式的争论(神学和道德方面)

第一百四十五封信 "伊涂礼致陈渊哲",写自罗马,主题:雍正王朝时,中国禁止基督教存在;雍正的父亲康熙描述开封的犹太人的信仰;回顾中国最早的基督教团

第一百四十五封信 (1756)"哲求致陈渊哲",写自暹罗,主题:对暹罗玄学和哲学的看法

第一百四十六封信 "陈渊哲致伊涂礼",写自北京,主题:开封的犹太人,中国与早期基督教

第一百四十七封信 "陈渊哲致伊涂礼",写自北京,主题:中国皇帝太宗等对中国的犹太人的看法,以及犹太教在中国的宗教仪式

第一百四十八封信 "伊涂礼致陈渊哲",写自罗马,主题:中国教堂中汉语的应用,以及对汉语的颂扬

第一百四十九封信 "伊涂礼致陈渊哲",写自罗马,主题:对于远古事情记述的比较,例如《圣经》的创世和中国神话传说的记

载。这封信中的内容反映了中国的纪年方法对 17 世纪和 18 世纪传教士的影响，比如在 17 世纪思想家拉莫特·勒瓦耶（La Mothe Le Vayer）的作品中就有所体现

第一百五十封信　"伊涂礼致陈渊哲"，主题：德·阿尔让在结束《中国人信札》时，介绍了自己。这点很明显，事实上，德·阿尔让的许多作品中都有他个人生活的影子。《德·阿尔让侯爵回忆录》体现了他把自己融入文学创作之中

第一百五十一封信　（1756）"伊涂礼致陈渊哲"，写自罗马，主题：这封信和 1755 年版本中的第一百四十三封信相同

第一百五十二封信　（1756）"陈渊哲致伊涂礼"，写自北京，主题：陈渊哲描述了罗马关于中国礼仪问题的争论结果，批评传教士之间的意见分歧，分析了中国礼仪受到谴责的内因

第一百五十三封信　（1756）"伊涂礼致陈渊哲"，写自罗马，主题：这封信和 1755 年版本中的第一百四十五封信相同

第一百五十四封信　（1756）"陈渊哲致伊涂礼"，写自北京，主题：这封信和 1755 年版本中的第一百四十七封信相同

第一百五十五封信　（1756）"陈渊哲致伊涂礼"，写自北京，主题：对中国的基督教传教士的看法，基督教和中国佛教的比较

第一百五十六封信　（1756）"伊涂礼致陈渊哲"，主题：对中文的看法以及中国教堂中使用的拉丁语

第一百五十七封信　（1756）"伊涂礼致陈渊哲"，写自罗马，主题：对语言起源的看法

第一百五十八封信　（1756）"图索致陈渊哲"，主题：论述亚洲和非洲的巾帼英雄，普鲁塔克对巾帼英雄的看法，当代作家对巾帼英雄的看法

第一百五十九封信　（1756）"图索致陈渊哲"，主题：在泰蒙栋河

岸生活的女战士部落

第一百六十封信　（1756）"图索致陈渊哲"，主题：记亚马逊女骑士和她们的消失，对早期关于建立罗马教堂的记载的看法

第一百六十一封信　（1756）"图索致陈渊哲"，主题：亚马逊女骑士和美洲的印第安人

第一百六十二封信　（1756）"图索致陈渊哲"，主题：美洲

出版声明（1739）[a]

　　读者对《犹太人信札》和《神灵信札》的好评应算是持续不断的，异常热烈。一部作品如果没有实际价值，几乎不可能得到如此广泛的赞扬，至少可以说是极少见的。在这种情况下，如果还批评作品的价值，那就是将赞赏这部作品的人当成是没有鉴赏力的。

　　以上两部作品的有幸成功，鼓励我出版一本同样风格的新书。我深信新书会像前两本一样为读者接受；只看作者的名字就会吸引读者。如果一直到现在，他都有让读者喜欢的福气，可以肯定的是他一定会竭尽全力让读者喜欢《中国人信札》。此外，一个再有才华的人，他还是得通过勤练与学习才能将他的才华发挥得淋漓尽致，而且在他最近的作品中，读者可以感受到近乎完美的气息。千万别担心他在前两部作品中竭尽了所有的素材，以至于，为了成功，不得不重复既有的内容。不同的作品之间绝无相似之处，就像人的性格各种各样，这是哲学思想无限的源泉。没有任何一个主题是会被完全探讨的。只有细心观察人心的人才能了解人心的深邃。而且这次书中的背景改变了，这次的相关主题是中国与其他国家风俗的比较。这个民族，在各方面，都显得如此特别，将会激起读者新的想法，让读者在求知中同时也得到乐趣。另外，作者让书中的中国朋友到欧洲游历的地方，是《犹太人信札》中的以色列笔友没时间去的地方。最后，没人可以忽略中国是一个注重科学的国家。就这一点而言，令人尊敬的耶稣会神父已经将他们的传道经验展现在读者眼前。仅仅这些内容就可以写成好几本大书。

这本书每周出版两次，即周一和周四。我会尽量让读者满意，也希望他们获得一如既往的满意。至少我会不懈怠地为他们服务，努力回报他们对我已出版的作品的关注。

海牙，皮埃尔·波比书店，1739

a. 这个声明反映了18世纪中国对欧洲的影响。在欧洲人的眼中，中国文化是一个很特殊的文化，中国人是一个热爱科学的民族。从明代开始，西方科学开始传入中国。

出版声明(1739)

目前，由医学博士亨利·德·埃尔（Henri de Heers）著的《斯帕达克勒纳》（*Spadacrene*），又名《关于斯帕水的物理学论述》，已经印刷完成并开始销售。这个新版本由医学博士 W. 什鲁埃（M. W. Chrouet）先生修订，并增加了一些历史记载和评论。对于饮用这种水的人以及想知道能治疗什么疾病的人，非常有益。

由德·阿尔让家族中的吕克·德·布瓦耶（Luc de Boyer d'Argens）[a]骑士著的《对马耳他骑士的地位和责任的政治思考》出版，作者曾做过波旁王朝时期的上尉。

《新丛书》，又名《重要著作的文学史》，正在刊出。这份报纸始自 1738 年 10 月，每月月初连续刊出。

《中国人信札》照例每周刊出两次，即每周一和每周四，可以在阿姆斯特丹的 F. 尚古安（F. Changuion）书店、H. 尤特维夫（H. Uytwerf）书店、J. 伊克霍夫子（J. Ryckhoff）书店以及鹿特丹的 T. 约翰逊寡妇（T. Johnson）及其子的书店、莱顿的 J. 维比克和 H. 维比克（J. et H. Verbeek）书店、乌德勒支的 E. 内奥勒姆（E. Neaulme）书店、布雷达的 J. 万登·契布姆（J. van den Kieboom）书店以及欧洲主要城市的邮局找到。

出版声明(1739—1740)

目前，出版商正在印刷，不久之后将会出版德·阿尔让侯爵的《通识哲学》（*La Philosophie du bon sens*）。新的版本对以往的内容进行了核实、修正，并增加了第二卷，出现了很多新的人物，这些人物由著名的比卡尔（B. Picart）的一位弟子作插图。

这位出版商还建议不久之后做一部文集，其中收录过去几个世纪中已经出版过的动人的小说[a]和一些优美的故事：这些作品将和几个从未面世的作品一起出版。这本书分为几卷，命名为："女士的消遣"，等等。

目前，他还在印刷一本既奇特又有趣的作品。这是一本英文书的译本，作者是哈尔（Hales）先生，他是神学博士，而且是皇室成员。作品的题目为："物理实验"，这本书已经在皇家学院发表过数次，内容中有对长途旅行有用的、必要的讯息，比如：怎样使海水变得甘甜、清洁；怎样在比较炎热的天气里保存纯净水、饼干、小麦、肉类；怎样检测矿泉水，保持其中矿物质活性的方法，这种方法被沿用至今；还提出清洁河水、港口等计划。

这些《中国人信札》被陆续刊登，周一和周四，一周两次。在阿姆斯特丹，尚谷隆、乌维尔、里克奥夫及其子的书店；在鹿特丹，约翰逊遗孀及其子的书店；在莱登，威尔贝克的书店；在乌德勒支，内奥莱姆的书店；在布雷达，凡·德·奇尔布的书店，在欧洲各主要城市的邮局都可以看到《中国人信札》的身影。

海牙，皮埃尔·波比书店

a. 此声明揭示了18世纪上半叶在欧洲发行小说的重要性。

绪言

在即将完成《犹太人信札》的时候，我就考虑继续出版《中国人信札》。可以说，我在写作的时候就把这两部书看成一部作品：第一部书讲欧洲和非洲的一部分；第二部书涉及所有我了解的亚洲。但是，后来我改变决定，把《神灵信札》放在《犹太人信札》和《中国人信札》之间，使内容更丰富，也更有意义。所幸的是，这一做法获得了成功。目前我已完成作为结尾的第三部作品，但是公众并没有减少对我的仁慈和美意。

书中我假设一些精通欧洲科学的中国人，但这并不让人觉得不真实。我有一些耶稣会传教士的老朋友，他们告诉我：一些中国人认识了几个在北京的英国商人；十年间，透过这些商人，他们阅读了欧洲最好的书。如果人们对某些作品中出现的死人复活的情节并不感到离奇，那我只是在这些虚构的信中，想象了一些比实际更博学一些的中国人，这怎么能谴责我呢？

还有一点得提醒读者：尽管书中的中国人都是自然神论者，但这并不表示我对这场著名的辩论表达了自我的见解。好长一段时间了，欧洲学者一直就中国学者究竟是无神论者，还是自然神论者而争执不休。我对这两种想法都进行了发挥,因为这让我有更多样、更丰富的素材。我也许应该支持中国人对神相当公正的看法,因为伟大和著名的莱布尼茨说过:"人们首先应该怀疑中国人现在是否承认或者曾经承认灵性本质的存在。但经过仔细思考后,我认为答案是肯定的,尽管中国人可能不承认灵性本质完全脱离物质而存在"。[1]这种看法与创世的精神并不冲突。我个人还是相信天使是有躯体的。几位古代教会的神学家也有相同看法。我同样认为理性的灵魂从来不会完全脱离肉体。至于上帝,就像希腊和亚洲的古哲学家说的那样,几个中国人可能将其赋予躯体,视之为世界之灵,与物质结合起来。然而,考虑到古代中国人归结出"理",作为世界本源,又产生了"气",作为物质,我们也就没必要去改变他们的看法,只需向他们解释就足够了。我们甚至可以轻松地对他们的弟子说:"上帝的聪明是超越了世俗的,是超越了物质的。至于判断中国人是否承认灵性本质,就要特别思索'理',或者说是'定律'的问题,这也是万物的原动力,是对立于人的灵性的问题。因此,不可能将其理解成物质,也就是纯粹消极的、原始的、无足轻重的东西。"

我可能会反对书中第一位学者的看法,他的同行都是无神论者。因为可以肯定的是一些学者公开声明过自己是无神论者[a],而且数量很多,因此,克罗兹先生[b]声称这些学者是无神论者。他们就像古埃及人那样,认为天地间弥漫着一股看不见的力量,使世界充满生机,并掌控着世界,而他们提出的"理"也只是一团混沌,或者说是原始物质。

当我讲述古代哲人的道德观点(或是因为他们说过,或是受到古人的影响而说)的时候,我都尽可能地考察和求证,我如实地讲

---

1 Lettres de Leibniz, t. II. p. 415.

出他们的观点，这是有目共睹的。可是，奥利维教士（M. l'abbé d'Olivet）ᶜ 在他新近翻译的西塞罗（Cicéron）的某些作品中指责我有失公允，但我原谅他不知内情。我已证明过他对古代哲学家的理论一无所知，他曾经毫无根据地批判贝尔先生。提到奥利维先生的错误时，我保持了风度，因为不想找理由反驳他。而他却没有同样的优点。他在两件事上曾尖刻地指责我，一是因为我写小说，二是因为我读了教会神学家的书。我不明白错在哪里。我比教士先生宽容，因为我没责备他在还是耶稣教士的时候教导教会要遵守教理，在成了天主教士之后便又胡乱批评舞台剧。我甚至认为奥利维教士是可以被教会封为圣人的教士，但我对他的哲学认知却不敢恭维。因为，我有确凿的证据，证明他不理解古代哲学家的教义。但是，相信与否对我而言都是一样的。

我原本不想对前几个版的内容做太大的变动，加上这么多这个版本特有的论点，但公众对拙作的欢迎让我决心不辜负大家。

因为书店里已经没有上个版本的书了，我认为在这个版本中应该加上先前忽略的内容，以及在报纸活页中放不下的内容。我力争使这个版本比其他版本更准确：一方面加入了读者感兴趣的新信件，另一方面加入了以前没有的注释。

在绪言之初，我已清楚地提出一些理由来应对有人可能会提到的书中的中国人很博学的问题。他们不仅精通欧洲的科学，还精通希腊和拉丁语。在此，我还要说明这个问题，请允许我扯远一点，应该把他们看作是受过教育的人，是学者，是传教士和耶稣教士的朋友。他们不仅是哲学家，还乐于自学欧洲兴盛的科学。他们学哲学、神学等等，大量的中国人、越南人和暹罗人每天确实是这么做的。我肯定那些批评我的人不知道，在暹罗和北京，论文答辩就像在巴黎大学一样。这就是让那些认为我把中国人过于学者化的人哑口无言的理由。舒瓦齐（M. l'abbé de Choisy)^d 教士在担任大使时说："位于暹罗某地的暹罗神学院和玛斯庞教会的人员曾集体来拜见我。（这段在1685年10月的《暹罗游记》中提及。）我看见打头的是十来个上年纪的令人肃然起敬的神父，后面跟着四十几位年轻教士。他们中最小的十二岁，最大的二十岁，来自不同国家，有中国人、日本人、越南人、交趾支那人、暹罗人，全部穿着长袍。我觉得他们属于圣拉扎神学院（saint Lazare）。一个交趾支那人用拉丁语精彩致辞，另一个越南人也用拉丁语演说致辞，甚至更精彩。这肯定是一个了不起的组织。"这些修士都将成为神父，有些甚至已经进了修会。他们对哲学、神学的认知就像是在巴黎学习的一样；一旦学成后，他们就回到自己的国家布道，他们的贡献往往会比欧洲传教士大得多。[1]

解释这些后，我认为没人会觉得奇怪，为什么书中的中国人精通欧洲的哲学与神学，而且他们无论是在北京或巴黎都能不断学习先进科学。他们的拉丁文和希腊文学得很好，让人觉得像是在欧洲的中学学的。舒瓦齐教士曾为交趾支那人和越南人的拉丁语所倾倒。

有人可能会说只有印度的基督徒能够与传教士交往，但这是一个明显的错误。只需看杜赫德和其他传教士关于中国历史的作品就会发现，有些中国学者虽不是基督徒，却经常和传教士谈论科学和教义。

传教士不仅接触学者和生意人，为了获得所有人的好感，他们还经常接触僧人。结束绪言之前，我在此引用舒瓦齐教士的另一段话。在这段话中，他证明传教士与崇拜偶像的印度教士非常熟悉，他甚至承认新入教的人所做的神学活动，而且明确指出了暹罗人、

---

[1] *Journal, ou Suite du voyage de Siam, en forme de lettres familières*, fait en 1685, et 1686 par M. L. D. C. p. 174, Amsterdam, 1687.

中国人和东京人并不像一般认为的那样对欧洲的科学及语言一无所知。一个暹罗人在大使馆答辩神学论文，并在论文中向我们的国王致词，对答如流让我们叹为观止。耶稣会士反驳他，巴塞[e]和马尼埃先生（M. Manuel）激烈地抨击他，但有一个交趾支那执事不愿沉默，神奇地应答，以至于我们都为他鼓掌。暹罗的大主教也到场并会见作答者。大家本来很想听听他的反驳，但是他却严肃地不开口。如果有必要的话，德·麦特波利先生（M. de Metellopolis）也会讲话。顺便提及，传教士能使学生在巴黎大学对答如流，很了不起。对我来说，我很希望派某人到巴黎去实现宗教期望。看到其他人种去讲上帝的唯一和三位一体[f]，会使格朗丹[g] 先生非常高兴。

我觉得以上已经足够回复反对的观点，这种观点的形成正是因为知识的缺乏。这甚至差点剥夺了有品位的人所认同的自由。

德·阿尔让

a. 中国思想的模式在这里用来作为自然思想论的参考。根据这一思想，希腊哲学家提出的世界之灵证明了在创世之前存在一个独立的自然世界的必要性。
b. 维塞尔·德拉·克罗兹（Veyssière de la Croze，1661—1739），生于南特，是法国的东方学家。莱布尼茨请他给埃勒姆斯塔大学的教授任命。可为了完成这一任务，他必须得皈依路德教，于是被他拒绝了这一任务。
c. 奥利维（1682—1768），他属于贝藏松一个显赫的议会家庭。他翻译西塞罗的 *Nature des dieux* 时第一次署名。其他作品有 *Remarques sur la théologie des philosophes grecs*，他在此书中首次讲述了西塞罗的特点。这些评论在德·阿尔让的《通识哲学》中受到批判。
d. 舒瓦齐于1646年8月16日生于巴黎，死于1724年10月20日。
e. 克劳德·巴塞（Claude Basset）是法国文学家，出生在里昂。曾就读于耶稣教大学，是出色的法律人才，同时也从事文学、诗歌和剧本创作。
f. 原文是 de Dieu uno et trino。
g. 马丁·格朗丹（Martin Grandin，1604—1691），法国神学家，以雄辩和虔诚闻名于世。其作品 *Institutiones theologicae* 于1710—1712在巴黎出版。

献给孔子的在天之灵

新版本增加了新信件和大量的评注

第一卷:海牙·皮埃尔·波比出版社

1755

世界上最伟大的人物,您若在天有灵,请容许我向您表达深深的敬意。我生活在既不行献祭又不行浇祭的国度[a],没有这些仪式,我又怎么表达您的同胞对您的崇高敬意?他们把自身的优点、诚实和对良知的热爱都归功于您,我们难道能够从此以后禁止他们表现这种炙热的虔诚吗?伟大的孔子,您生前是如此多才多艺,如此忠于职责,以至于后人如果不像尊敬欧洲某些人那样尊敬您,他们就会被视作最卑劣的人。那些欧洲人不具备您那样的才能和德行,缺少民众的尊重。

我很惊讶而且实在无法理解为什么会有人批评耶稣会士对您的尊重。[b] 或许是因为,这些友善的神父赞扬了一个外人、一个与他们的想法并不相同的人的优点——这种事是头一次发生。更难以置信的是,这些神父本来是应受赞美的,却遭受了尖刻的批评。因为,欧洲所有真正的学者最后都认定中国人对您的敬重不是崇拜偶像,而是仅仅就像欧洲人对圣人(les saints)的崇拜。您生前不也是尽力让自己在所有合理的宗教中受加冕、受敬重吗？冉森教徒高声指责您，并想要诋毁您的荣光，那是因为耶稣教士拥戴您；可能您不知道，现今，所有活着的和已故的圣人都支持您；一位有影响的早期基督教的教会圣师在基督教成立后不久曾经提出把所有古代行贤德的哲人都保留在天国，特别提到苏格拉底和赫拉克利特（Héraclite）。几位基督教圣师，非常基督教化的，也陆续支持同样的观点。哎呀！哭哭啼啼的赫拉克利特将要被犹斯定（Saint Justin）列为圣人了，而您，中国礼法的复兴者，美德之父，功德大师，不能被人纪念吗？一大群不开化的神学家却斥责人们对您的敬重，同样是这些狂热的神学家将在天国放置愚蠢的教会执事，把所有美德附在一个小丑身上，而后再做出些怪样子？这难道不是一个恶举，抑或是一种疯狂吗？所有清醒的人不应该奋起反对吗？同时，我们看到那些普遍被人们认为正直的最知名的学者，带着蔑视的态度，认定有罪的作品是出于对耶稣教士的仇恨激发出的作品，而不是由相信您的同胞给予您公正的尊敬所产生出的作品。

您在另一个世界可能常与莱布尼茨交流。他一定再三向您提到他写的文章——他为了维护您以及维护人们为了永久纪念您而设定的那些世俗礼仪，写下了那些文章。我想象其他一些现代哲学家也和这位德国名人有相同的想法，只是没有机会让公众了解到他们的倾向。谁会相信，像洛克（Locke）、贝尔、皮埃尔·伽桑狄（Pierre Gassendi）^c、牛顿（Newton）那样的人，丝毫没有想过最圣贤、最有功德的人和卡图什（Cartouche）^d、米勒维（Mirewis）有同样的命运？不过，有这种想法的人是疯子，我们也不愿猜疑这些伟人曾有这样的想法。在他们死后，如果我在他们中间看到您，教诲这些生前曾是人类楷模的人，我绝不会感到高兴！

他们一定把您当成首领，而苏格拉底是您的上尉，您二位所做的学问超乎所有人之上，因为真正有德行的人是超越那些只研究地球转动、研究太阳位于宇宙漩涡中心的人的。

现在，您能对自然的原动力完全理解了[e]，我觉得您因此可以很客气地调侃莱布尼茨"世界更美好"的哲学理论、笛卡尔的理论中想象的漩涡以及牛顿的理论中神秘的地心引力。尤其别忘了与牛顿探讨他对《启示录》的评论。您与他的谈话绝非偶然：您是比我推崇的洛克更伟大的数学家，尽管您不具备他的精准思维和深广的想象力。单纯的自然刹那间在他身上所造就的，可比您研究多年、无限崇高的几何学更多。

然而，我发觉该把书简交付给出版商了，他会让读者了解我对史上这位最伟大的人的深深的敬意。

您的极谦恭而又顺从的仆人

中国人信札的译者

---

a. 这篇文章充分反映了儒教在18世纪中国的重要地位。自远古时期中国人就祭拜祖先。明朝时，在北京和南京修建了大量的庙宇。永乐统治期间，所有祭献礼仪都由礼部重新设置。满族人掌权后，特别是康熙皇帝，为了更好地统治汉人，加强了对孔子的祭拜。
b. 通过孔子，德·阿尔让在这里回顾了关于礼仪的争论。争论始自帕斯卡的《致外省人书》（*Lettres provinciales*）和对捍卫中国人祭拜祖先的耶稣教士所作的宗教判决。
c. 皮埃尔·伽桑狄在德·阿尔让侯爵的哲学思想里占据重要位置。德·阿尔让写的《文坛秘事》（*Mémoires secrets de la république des lettres*）展现了伽桑狄和笛卡尔之间的哲学辩论。与伽桑狄相反，笛卡尔被德·阿尔让视作伟大的玄学家和糟糕的物理学家。关于伽桑狄的重要性，可参阅 Sylvia MURR（dir.）*Gassendi et l'Europe*（1592–1792），Paris，Vrin，1997。
d. 德·阿尔让在这里影射的是伏尔泰的一部史诗《亨利亚德》（*La Henriade*）的反讽作品：《卡图什还是遭罚的恶习》（*Cartouche ou le vice puni*）。自童年起，路易-多米尼克·卡图什（Louis-Dominique Cartouche）就因为小偷小摸而受同伴和家人谴责。他给子孙后代留下一个"现代神偷"的坏名声。
e. 让·勒拉（Jean Ehrard），《18世纪上半期的自然论》（*L'Idée de la nature de la première moitié du XVIIIème siècle*），巴黎，阿尔班·米歇尔出版社，1994。本书和其他18世纪上半叶作品中提到的"自然"，是建立在物理和数学法则之上的理学世界，设置数学和天文模型作为评论的参照。然而，对把力学法则用作道德法则这种做法，德·阿尔让表现出怀疑态度。对他来说，哲学方法必须建立在回归古文之上。

第一封信
图索致陈渊哲

亲爱的陈渊哲[a],我们花了几年时间学法语,现在我终于能用上了。[b] 我要运用从欧洲朋友那里学到的法语去验证他们提到的法国人的风俗是否属实,传教士带给我们的书籍是否真实可信。

我抵达巴黎已经两天了:你能否想到在这么短的时间内,我见到那么多的闻所未闻的新鲜事,给我留下了深刻印象,而我只能给你讲其中印象最深刻的一部分?请给我一点时间让我从初来乍到的惊讶中恢复过来,然后再向你详述在这第一封信中无法获知的细节。但是,亲爱的陈渊哲,请只把这些话当作一个被混乱不清的事物所迷惑的人说的话。就如同一个暹罗人来到巴黎,可能因为受不了那里充足的阳光被认为生病了,而他不得不一点点去适应。

我所观察到的法国人,看上去和日本人一样利己,和鞑靼人一样性格多变,和暹罗人一样迷信宗教。如果我在来这里之前不会法语,可能会对他们的生活方式感到更加奇怪。你可能想象不出来他们是多么奇特。

我在一个叫恩典港的港口登陆。刚下船,就见两个男人微笑着走来,说:"先生是异乡人[c]吧?""我从北京[d]来。"我答道。他们又说:"什么,先生是中国人?能不能告诉我们您要逗留多长时间?旅途中是否遇到危险?没有感觉到气候变化的不适吗?"

亲爱的陈渊哲,他们的问题多得答不过来,我从来没见过这么好奇的人,真想难为他们。如果是在中国,我会让他们体会到他们的行为多么荒唐。但在这里,作为外国人,我只能说:"原谅我旅途劳累不能回答您的问题。先容我找个住处休息。"

我说完这话,只听岸边不远处一个高个子男人说:"先生,到我家住吧,您会得到很好的照顾。我经常留宿路过这里的贵族,前两天还住过三个富翁、两个公爵和五个德国男爵。"

不等我答复,他已招呼水手拿上我的衣物随他离开。我与其说是自愿,不如说是被他拉到他家的客栈。一进门,女主人、仆人和孩子们就开始忙不迭地提问题。他们的好奇心使他们等不及一个挨一个地说,而是一齐说,嘈嘈杂杂,听起来像下等人造反。如果我听不懂他们所说的话,会怕得要死,因为他们的样子就像打劫或打架。

嘈杂声传到邻居那里,人们纷纷跑来,以异样又好奇的眼光打量我,好像看一只稀有的动物,又好像看说书的说到的北京被驯化的老虎。有几个人惊讶地发现我和他人没什么不同,就说:"太神奇了,谁能相信,他和法国人长得差不多!"其他人在谈论我的服装:一个说穿长袍看不出身材,另一个说我的帽子不好看,拖鞋不好看。两到三小时内,全城人都在谈论我的外表。

终于,大家的好奇心得到满足,参观者各自回家,只留下我和客栈中的人。我想吃东西,老板娘边准备边对我说:"亲爱的先生,您的国家的人信奉罗马教皇°吗?""不,"我回答。"我们信奉其他宗教,但我们能和信罗马教皇的人友好相处,有几个欧洲传教士就是我的朋友。"那名妇女听后,惊讶地说:"上帝!您的国家允许小胡格诺派（Les Huguenots）的人和冉森派（Les Jansénistes）的人成为朋友？在这里，我们绝不能让他们和罗马教皇的拥护者生活在一起。我们天主教的本堂神父[f]宁愿海枯石烂也不愿向耶稣教会的本堂神父举帽致敬。"我回敬她说："我们既不是胡格诺派也不是冉森派，中国人同样不关心罗马教皇。我们是以国家而不是以宗教区分欧洲人。如果您和中国人谈论这个话题，四分之三的人不能理解。我本人能理解是因为同法国耶稣会士和传教士有密切的联系。在我离开中国之前，他们就给我讲了宗教派别和不同的教义。我现在需要休息，请您给我准备晚餐，明天早上我要动身去巴黎。""好的，先生，马上就好，"这个妇女答道，"而且，我们会给您准备交通工具，保证您准时出发。"

女主人说到做到，我的确第二天一早就出发了。路上没有特别的事情发生。到巴黎城门口的时候，遇到了接我的法国商人。他小心翼翼地走在我的前面，以免我新来乍到，遭遇尴尬。我觉得如果没有他，还没来得及决定走哪条路，就已经被这座城市[g]的吵闹和混乱搞得晕头转向了。

你可以想象，和巴黎的繁华相比，北京最热闹的庙会也成了荒凉的沙漠[h]。大街上，马车众多，时停时走。行人不得不冒着危险在车轮中穿行，就像小鸟在茂密的丛林中寻找自己的出路。

路上各色马车有些稀奇古怪，各不相同。在金黄色的双面都包着天鹅绒的豪华马车附近，人们可以看到那种玻璃脱落被木板遮挡起来的破烂不堪的马车，法国人称之为"出租马车"，随处可见。马的样子也很难看，一只是白色的独眼马，另一只是黑色的瘸腿马。各种各样的马车混在一起，同样行驶和停靠，这会让某位哲人联想到伟人、富人、穷人和悲惨的人同时奇怪地遍布在这个世界，每个人都无法选择。大人物和小人物仅仅因为交通堵塞这一偶然事件同时出现。有时候，某个卑鄙的人能够突然结束一个王朝。当那个骨子里很卑鄙的人杀害了法国有史以来最好的国王[i]，我们其实就见证了命运如何使人卑鄙，做出极端的事情。

亲爱的陈渊哲，我不说教了，重新回到数量惊人的马车的话题上吧。马车外表之间的差异，很特别也让人觉得很奇怪。在一辆金碧辉煌的马车里，我瞥见一位穿金戴银的公爵夫人。她又老又丑，脸上的肉就像一块块不成形的面团，某些地方涂上了鲜红的胭脂。旁边出租马车内坐着一位平民美女，穿着朴素的毛衣，她的旁边是商店的伙计，他轻轻地挽着她的手，给她飞吻。一个老法官坐在他的篷盖马车中，忙着读诉状。一个年轻人，我们暂且称他少爷吧，坐在敞篷马车中斥骂，诅咒他人竟敢挡住他这种出身的人的去路。他不停地对车夫叫嚷："走，走，无赖！"尽管他喊得声嘶力竭，一位满面红光的胖教士仍然躺在马车里，对他置之不理。他抱怨人们对他的贡献缺乏尊重，但无济于事。只有等挡路的马车夫来，才能结束拥堵。瞧，亲爱的陈渊哲，这就是人类生命的写照。我总是尽可能利用那些乍一看无关紧要的事情。

祝好，

自巴黎，某月某日

---

a. 18世纪上半叶的中国在欧洲掀起了真正的风潮，也成了欧洲的哲学家与艺术家的政治和道德典范。通过传教士的描述，特别是《耶稣会士中国书简集》Lettres édifiantes et curieuses 中的描述，瓷器、茶叶、丝绸和复杂的官僚体制启迪着艺术家和思想家们。《中国人信札》表现了以怀疑主义哲学家蒙田和拉莫特·勒瓦耶（La Mothe Le Vayer）为标志的东方启蒙文学的传统。《中国人信札》的新颖之处在于书中所描写的中国不是由历史文件堆砌起来的中国，而是真实的、鲜活的、客观的中国人社会。最明显的例子就是书中的学者，他们不是传统的中国学者，而是社会大变革背景下转变中的学者，并与西方的商人、异乡人及科学和道德人士有实质的交流与沟通。

b. 有别于孟德斯鸠和克雷比荣（Crébillon），德·阿尔让没有着力描写他笔下的外国人的语言特点。他的成名作《哲学书信》中的中国学者完全掌握了法语，而《中国人信札》是其中的第三部分。掌握语言是真正理解《哲学书信》中的人类学范畴的基本要求，这是客观原则。《中国人信札》的思想是唯物的，作者认为语言是要靠后天学习的。语言文字所传述的是一个国家体系的历史。这个想法反映了作者的唯物思想。这种语言哲学提出的理念是：人的思维可以超越既有语言的限制。语言对思维的影响是具有创造性的。语言文字仅是社会的产物，是教育、学习努力的成果。这就是为什么《中国人信札》中的主角都是精通法语、拉丁语与希腊语的中国哲学家。这些中国哲学家对欧洲思想、语言、文化的掌握都是后天努力学习的成果。

自从第一封信起，德·阿尔让就宣布了语言典范的重要性，他所推崇的语言典范是吕西安（Lucien de Somase）、泰奥弗拉斯特（Théophaste）、拉布吕耶尔的文字类型。

c. 在德·阿尔让小说体的叙述中，"异乡人"是一个重要的文学比喻角色，就像加缪（Camus）笔下的异乡人。这是一个虚构的哲学主体，用来取代笛卡儿哲学"我思必我在"的"我"，旨在去除理论哲学的主观、本体一事。这个虚拟的"我"是哲学的客观性的担保。德·阿尔让的每部小说体哲学作品中，都有虚构的主体。《中国人信札》的五个通信者中，"图索"是主要人物。这个人物可能反射了作者在国外旅行过程中对当地的政治系统、风俗民情、宗教习惯的探索与观察，表达了作者的创作思维。

d. 我们应该能够感觉到作者写第一封信时，北京城在人们脑海中代表什么。1685年，科学院派五名耶稣会士［塔夏尔神父（le Père Tachard）、刘应神父（le Père Visdelou）、洪若翰神父（le Père Fontaney）、白朴神父（le Père Bouvet）、盖比荣神父（le Père Gerbillon）］作为数学家前往北京的朝廷。我们还能想到德·阿尔让从李明神父的《中国现状新志》中得到启发。参阅：Actes du colloque international de sinologie: la mission française de Pékin aux XVIIe et XVIIIe siècles, Centre de recherches interdisciplinaire de Chantilly, collection «La Chine au temps des Lumières II», Paris, 1975, p. 41-57.

e. 1735年，德·阿尔让在荷兰的时候，在胡格诺教徒普罗斯佩·马尔尚的指导下出版了《犹太人信札》。其后，这本书引起像奥利维教士这样的道德家的猛烈批评。在罗马，这本书成为禁书。在《犹太人信札》的编者的影响下，德·阿尔让表达了反对教皇的论战思想。然而，《中国人信札》发表后，论战的口吻发生改变。罗马，是代表天主教教会与历史的重要地方，在《中国人信札》1755年的版本中，也是通信者结束游记的地方。这是非常具有象征意义的，因为罗马在中国礼仪之争中的地位特殊。

f. 本堂神父是地方上在教堂里服务的神父。本堂神父并非修士，他们是在世的神职人员，服从于教区的主教。

g. 本书中描述的巴黎风光表现了这个城市的奢华。1620年后这个城市的重要性变得更大。这是那个伟大时代下的巴黎，是布瓦洛（Boileau）、莫里哀（Molière）和拉布吕莱尔笔下的巴黎。

h. 由于战乱和饥荒，北京城在1621年的时候，只有六十万居民。1643年，爆发瘟疫之后，居民更少。参见Susan Naquin, *Peking: Temples and City Life, 1400-1900*, Berkeley, University of California Press, 2000, p. 292.

i. 这段话影射的是法国国王亨利四世被暗杀的事件。亨利四世于1610年5月10日在巴黎被一个宗教狂暗杀了。亨利四世所处的时代是法国宗教的一个黑暗期。清教徒与天主教徒之间的冲突对立大大伤害了国家的安宁与富足。亨利四世是一位加尔文教派的清教徒。他的即位代表了皇家寻求宗教和平的策略。因此，亨利四世发布了南特赦令，保护清教徒。亨利四世被暗杀代表了当时对宗教和平的一大挑战。

第五封信[a]
图索致陈渊哲

亲爱的陈渊哲，尽管法国人有点自以为是，尽管深为他们所拥有的一切与他们的所有行为而自豪，他们并不排斥新潮流，特别是外来的潮流。他们能够轻而易举地适应。为了显示法国人的品位，他们会在这些外来的新事物上加入或减少一些东西。因为他们认为尽管其他国家的人有思想和才华，但那种思想和才华不及法国人的纯粹。对于利用外国人的发明，法国人相当明智，他们很虚荣，不愿把外国人的发明直接据为己有，而是做些小小的改动，而后当作自己的发明。亲爱的陈渊哲，你可能会问我是什么样的改动。可以说是一些美观多于坚固，新颖多于实用的改动，但是，只要是能依照自己的喜好而调整对自己有益的事物，终究还是不简单的。

既然中国人和法国人都一样虚荣，我真希望中国人也能像法国人一样机灵，能够利用其他国家提供的思想去推动科学和艺术的发展。我们对于欧洲事物的嫌弃既荒唐又有害：这种嫌弃达到极致，我不理解，在我们这样一个人人以学习为能事的国度里，怎么会出现如此一种嫌弃？

我们每天都能看到欧洲人造的大船，羡慕大船的构造；而我们的船航行的时候既丑陋又危险，令水手们很不方便，然而我们却丝毫不愿意摆脱旧的造船方法。我们认为任何改变都是罪过，是对帝国尊严的损害，似乎一个国家的伟大取决于延续根深蒂固的错误。只有声望好和受人尊重才能使我们更聪明和灵活。亲爱的陈渊哲，我们得承认，中国人的虚荣心长错了地方。当北京的建筑师得在皇宫周围建一座欧式封闭寺庙的时候，他们的虚荣心不值得怜悯吗？

在中国人还不知道世界的存在，询问初来乍到的欧洲人是否也有城市、山村和家庭的时候，他们有权利想象他们的国家占据了整个地球，中国以外什么也没有。但是现在，他们了解了欧洲在文化和技术的名方面都领先，他们应该认识到他们的错误和偏见。但愿他们能瞥一眼世界地图，看看中国占据的硬币大小的地方，让他们认真反思从前的错误。这个办法对我的两个官员朋友极其有效。一天，他们与一个欧洲人看世界地图，就问欧洲人他们自己的国家在哪里，心里盘算着至少也要有欧洲、亚洲和非洲那么大。欧洲人回答："看见这块地方了吗？这是亚洲，这里有波斯、印度和鞑靼。中国占据着那边一小块土地。"两个官员惊讶地互相看了看，同时喊道："中国太小了。"

中国人的虚荣心有别于法国人的虚荣心，自以为是的程度也不及法国人。但在热爱生活、重视身后事两方面，这两国人民可能是最相像的。

中国人历来恐惧人生最后时刻的到来，这个念头会困扰他们的整个人生，影响着他们的快乐，无论是宴会、娱乐或者观看演出的时候，这个念头都会使他们痛苦。他们人生中一部分时间用来准备死后入土所需。这方面的准备或者说花费是很夸张的：一个只有九或十皮斯托尔[b]的贫穷的手艺人，会用这些钱在他死的二十多年前买口棺材，并将其当成家中最值钱、最有用的家当。好像他担心死后人们会找不到东西埋葬他，于是他活着的时候的主要任务就是准备好他死后需要的东西[1]，而且对用死气沉沉的棺木来埋葬他毫无异议。[2]

亲爱的陈渊哲，当我看到全人类，特别是中国人，疯狂地准备他们的葬礼时，感觉就像看到一个疯子，在一个水果已经被吸干了果汁之后，将其残渣放到金瓶玉瓮中。一个人的尸体除了在土中腐烂、挥发，还有什么用处呢？

欧洲人对葬礼的狂热一点儿也不逊于中国人：他们的墓地上立着墓碑，圣地到处是陵寝。在他们还在世的时候，就花巨额资金建造陵寝。有的人不甘心拿出两个皮斯托尔去帮助不幸的人，却花费一万埃居°建造豪华的墓地。在墓地中，除了标明被埋葬人的封号、姓名和职务外，还会在坚硬的大理石上用金字刻上赞美词。通常这些颂词都是最无耻的谎言。

这些颂词掩盖了欧洲真实的历史，并使历史记载充满错误和无稽之谈。古罗马的一位演说家曾评论过家史和死人的颂词。他认为悼词严重地歪曲了历史。他说："多少真实发生的事情，没被写入悼词，而多少写入的辉煌事迹却压根儿不存在？人们把从没有当过执政官的人写成执政官，把不是贵族出身的家族写成贵族的后代，很多人拐弯抹角地和某个显赫的家族扯上关系，就换成别人的姓。比如，只是因为我和他同一个姓，我就可以说我是历史上推翻王权后做了十年执政官的蒂利（Tullius）贵族的后裔。"[3]

1　LUCAIN, livre VII.
2　此处是拉丁语 "Cœle tegitur qui non habet urnam"，此句在1739和1751年的版本中并未出现，它出自 Lucain 的 *La Pharsale*。
3　"我们对自己生前事情的颂扬的确是很不真实的：我们描写了很多根本没发生过的事情，某些虚假的辉煌，官衔和家庭出身。出身底层的人们瞬间就加入到与他同姓的另外一个家族中，以我为例，人们可以把我和蒂利先生混为一谈，后者在国王被流放后和瑟尔维斯·叙尔皮西斯做了十年贵族执政官。" CICÉRON, *in Brutus*, Chapitre XVI.

这位古罗马的演说家对欧洲人的评论说得恰如其分。每天，我们都可以看到不是封号有误就是内容有误的新家谱出现，而后，这些家谱被载入到时髦的史书中。法国有一本历史巨作叫《历史字典》[1]，其中一部分是利用姓名相近或不实的悼词编写的家谱或家史。被扯上关系的家族大多数是最古老的而现在已经不存在的家族。比如，一个名叫默朗普（Melampe）的人，他的祖父是法兰西岛（l'Île de France）上一座小城里的药剂师。在《历史字典》里他被描述成出身于早期的阿勒西普（Bes**. Alcippe）伯爵家族，祖父卖马匹，是夏阿尔马尼亚（Charlemagne）和克里萨尔德（Chrisalde）的总管；曾祖父是葡萄酒商人，利用在教堂找到的旧本推理出他的祖先是意大利的一位王子。又比如一个名叫利桑德尔（Lisandre）的人在他的碑文中提供了丰富的材料，为子孙们编造碑文提供了素材。他把自己曾驻足过的城市列在碑文中——他曾在那些城市为部队烤过面包——还加上了标语"他支持了军队，鼓舞了士兵"。看了这些，人们难免忘记利桑德尔是一个食物供应商，而把他当作部队的将军，谁会想到他是用面包和肉去"支持军队，鼓舞士兵"？

亲爱的陈渊哲，在每个国家，为了历史的真实，为了保留对真理的尊重，必须严厉禁止任何文字不经审查随意公之于世。那样，人们就可以根据某位将军的碑文上记载的他所做过的事去评价他，抑或赞扬，抑或责备。悼词中的阿谀奉承就不可能再去玷污好家族的名声，普通的家族也不可能希望被当成卢瓦[d]与柯尔贝尔[e]的后裔。我不必给你列举这些法国的姓氏了，因为你懂法语，了解法国的历史，与传教士也交往密切。但我想说的是自从到了法国，我发现传教士借给我们的书的内容并不确凿。我们轻信了欧洲人对我们

1　*Le Grand dictionnaire historique*, de Moréri.

说的话，讲话的人和写书的人都为自己考虑而文过饰非。我会尽可能地向你展示他们布下的这张网。告别你所蔑视的那些自以为正确的人吧。

祝好。

自巴黎，某月某日

---

a. 虽然本书的作者从未到过中国，但是他笔下的中国哲学家却符合传统中国文人的真实形象，尤其是他们对知识的追求。在17世纪的中国，因造纸术的发明，中国文人对当时从西方传入中国的文学与科学非常注重。意大利传教士利玛窦来到中国以后对中国众多的书感到十分激赏。而且17世纪的中国是一个充满变动的中国。中国社会原来的社会阶层"士、农、工、商"已经开始有打破樊篱的倾向。从雍正时期开始，文人与商人之间的接触也越来越频繁。本书作者笔下的中国哲学家正是传统中国文人转化为与外国人、商人接触的现代中国文人的雏形。
b. 法国古代的钱币单位。
c. 法国国王从中古世纪开始制造的金币。
d. 佛朗索尼－米歇尔·卢瓦（François – Michel de Louvois，1641—1691），法国的政治人物，路易十四的大臣。
e. 让－巴普蒂斯特·柯尔贝尔（Jean – Baptiste Colbert，1619—1683），法国国王路易十四的重臣。他是法国中央集权政治创立的重要人物。他创立的法兰西科学院、巴黎天文台、法兰西建筑学院，对法国的经济、法律、财政制度都有极重要的影响。

第八封信
图索致陈渊哲

亲爱的陈渊哲,法国人和中国人一样,在宗教信仰上有派别之分。中国人主要分成三派[b]:第一类人相信古代的正典和孔子及其他解释正典的学者[c],第二类人相信老子,第三类人信佛。

在巴黎同样有三个主要派别,可以与中国的三派作比较,而且我感觉这种比较很公正。通过我要做的比较,你可以了解基督教徒之间是否就像他们常常所讲的那样团结。可以肯定的是法国人在宗教方面和印度人一样不坚定。一个人如果批判另一个人所持的观点,后者则反驳前者无知;一个人如果说别人渎神,其他人则会说他放荡。还有人提出他们说的全不正确,希望把他们烧死以泄天愤。事实上,亲爱的陈渊哲,欧洲人特别是法国人,分歧最大的就是宗教信仰。我要从文人这派开始,把法国人的宗教派系和中国人的派系进行对比。文人派宣称他们只遵循古代正典,其他学说都是违背公众意志的创新。他们反对封建迷信,反对不守信和愚昧无知等。但这派内部的观点并不完全一致:某些人只相信古人,亲爱的陈渊哲,你也持这一观点。而我和其他几个人则认为新儒学的学者更好地理解了典籍的意思。

巴黎的文人当中的情况也是如此；虽然他们都宣称忠实于古代经典的文义，同样鄙视、辱骂、批判其他派别，责备其他派糟蹋古代的教义，但他们之间的分歧并不比中国文人之间的分歧小。一部分人推崇古代评论家，专门研究古希腊和拉丁国家的学者，主要有：圣巴西勒（Saint Basile）[d]，圣克里索斯通（Saint Chrysostome）[e]，圣奥古斯丁[f]，圣杰罗姆（Jérôme de Stridon）[g]和格雷古瓦·德·纳兹昂兹（Grégoire de Nanzianze）[h]。另一部分人相信现代解说家的说法，他们说加尔文（Jean Calvin）[i]、贝兹（Théodore Bèze）[j]、菲利普·梅兰希通（Philippe Mélanchton）[k]等对正典的解释胜过古人。

亲爱的陈渊哲，别以为这些文人之间所讨论的不同观点并不很重要。相反的，这都是最重要的问题。这些问题都是传教士在中国所传播的，然而都被新儒学家全部否定了，并且他们不愿承认罗马教皇，认为罗马教皇是宗教的摧毁者。

你在传教士借给你的书中和与传教士的谈话中，并没有了解到法国学者之间的巨大分歧，现在听说，可能会感到惊讶，我会给你讲原因。你知道中国人痛恨各种迫害，在这里法国人痛恨宗教战争。如果人们知道传教士传授的观点某一天能够毁坏国家，人们不会容忍传教士的存在。好在你知道在很长一个时期内，老派的拥护者对新派发动了一场残酷的斗争。这次轮到他们去保护自己，可能自卫是更好的办法。人们只为了给《圣经》中的一节赋予某种意义就互相残杀了一百多年。因为住在某个城市的居民认为上帝理解各种语言，用法语也可以祷告，这个城市就遭到焚毁。另一方面，新派杀害了老派的神父，把他们的拥护者从岩石上扔到可怕的峭壁下面，杀害市民，控制城市，新派拥护者和老派拥护者同样疯狂。最终，经过最残酷的流血战争和流亡，老派战胜了新派，并把其中的一大部分驱逐出国，致使新派的拥护者沉默下来。现在，仍然留在法国的新派学者不得不保持沉默，他们从不表达自己的观点，在某些场合还要掩饰个人观点。

如果在中国我们知道法国文人的这种杀人犯罪的争斗，我肯定以上的事情会使人对传教士产生强烈的偏见。人们会恐惧他们的宗教所带来的一系列事件，这会对传教士很不利。当他们处于弱势的时候，不停地向人们宣传宽容；当他们的势力变强的时候，就找机会掌控人们的意识。我承认到欧洲来之前，在不了解宗教争端所带来的种种弊端之前，我对基督教的评价颇好。这个完美的宗教被其信徒所摧残。事实上，我相信四分之三的法国人把宗教看成神话传说。如果他们真信奉它，就会按照教义去做；而他们却反其道行之。教义上告诫信徒要朴素、耐心、谦逊，原谅别人的不敬，通过讲道理使别人明白，不要使用暴力。教徒们却因为神学上的一点争议，就大开杀戒，焚毁东西。最糟糕的是，他们声称有权实施暴行，认为那是宗教允许的护教行为，或者说是为了伸张正义。

只凭这一个理由，就足以使基督教被排斥在中国以外。我似乎听到有人对大臣们讲："如果有一天，中国教徒强大到组成军队，他们可能在中国做和欧洲教徒同样的事情。他们会用武力强迫我们接受他们的观点，而他们自己成为国家的统治者。现在他们悲天悯人，那时候他们会变得残酷无情。让我们把这些披着羊皮的狼从中国赶出去。让我们劝说国王，宗教让人们远离暴乱的同时，也在煽动一场持久的暴乱，而且所有的罪行都披上符合宗教的外衣。我们应该把以前的统治者授予传教士的特权都收回来。国王在他的王国如果发现这种罪行，无论是祖先的疏忽造成的，还是缺乏了解造成的，只要他认为有必要，都应该把那些人驱逐出去。"

亲爱的陈渊哲，那些不了解欧洲历史的法官，在某一天认清传教士的真相之后，恐怕会给出以上的理由。他们一点也不会被欧洲传教士的抗议所迷惑。他们会对传教士说："我们怎么能够相信你们说过的话？在你们担当主人的国家里，你们完全违背了自己说过的话。这个害人的宗教可以被比作一个人的两个不同时期：孩提时期，因为怕老师教训，他谦逊、温和、平易近人和富有耐心。在中国微弱的权势迫使你们殷勤、宽厚又平和。这个孩子成年后，开始嘲笑、蔑视、反驳甚至虐待老师。最终，把老师赶出去。尽管你们对我们给予尊重，但待我们并不仁厚。而且，对同胞都缺乏尊重的人能给予外国人真正的尊重吗？你们在自己的国家都不能平静地生活，某一天你们一旦成为中国的主人，难道我们还能自欺欺人地期望你们对我们仁慈吗？"

不管传教士多么狡猾善辩，多么诡计多端，他们还能提出什么理由来避免被驱逐呢？亲爱的陈渊哲，我觉得他们无路可走。难道他们可以否认欧洲历史上和现在所发生的一切？他们的谎言一戳即破，掩饰只能加重疑虑。最好最快的办法就是遣他们回国。

这些关于法国学者中盛行的争论的描述妨碍了我讲述其他派别，而且我还想对比老子学说和佛学；我把这一对比留在下一封信中。我为我们的朋友——庄的健康而担忧。我没有收到他的任何消息，如果他到伊斯法罕后给你写过信，请你告诉我。如果我收到姓姚的朋友的来信，也会告诉你。我不知他是否对莫斯科之行也感到满意，就如我对法国之行感到满意一样。

祝好。

自巴黎，某月某日

---

a. 在这封信中，作者表面上是批评中国的宗教习俗，实际上是对欧洲从文艺复兴到16世纪的清教神学思潮的省思。在《中国人信札》出版之前的《犹太人信札》，便是作者重视《旧约圣经》与《新约圣经》历史的证明。虽然，他对《圣经》的批评也往往有嘲讽性，但

是，他比伏尔泰客观。他对《圣经》与犹太民族的批评不是极仇视的态度。影响他对《圣经》诠释的多半是德国、荷兰的神学家与历史学家，譬如皮埃尔·贝尔与斯宾诺莎（Benedictus Spinoza）。但是影响最深的还是法国圣经学家理查德·西蒙（Richard Simon, 1638—1712）。

b. 作者对中国宗教的认识来自于17世纪在中国的耶稣会会士的作品，尤其是利玛窦与金尼阁这两位耶稣会教士对中国宗教的描述。当时教士们将中国的宗教分成三大教：儒教、道教、佛教。《中国人书札》的作者将中国的佛教与道教描写成带有迷信色彩的宗教。同时必须知道的是儒家与道家在一开始的时候并非完全是背道而驰的。是从庄子开始，孔子的形象才与道家有了一定的距离。

c. 本书作者在书中影射的中国儒者应当是新儒家。同时也包括董仲舒所制定的"罢黜百家，独尊儒术"的儒学系统。因为，17世纪时，翻译四书的耶稣会教士柏应理（Philippe Couplet）所翻译的古籍版本，一定程度上反映了新儒学的影响。

d. 巴西勒（329—379），是一位希腊主教。他曾在雅典学习哲学。

e. 克里索斯通（344—407），是一位希腊教会的神学家。他曾是君士坦丁堡的大主教。

f. 奥古斯丁（354—430），基督教神学家。他的思想深受柏拉图哲学的影响。他的神学思想对17世纪法国的思想家产生了重要的影响，尤其是有关"恩宠"的神学理念。

g. 圣杰罗姆（346—420），著名的圣经学家。他将《圣经》从希伯来文与希腊文翻译成拉丁文。他翻译的《圣经》很著名，也很受肯定。

h. 格雷古瓦·德·纳兹昂兹（329—389），是一位希腊教会的神学家。

j. 加尔文（1509—1564），清教加尔文教派神学思潮的主导之一。他是一位法国牧师，也是神学家。

k. 贝兹（1519—1605），基督教牧师、神学家、圣经学家。他承袭了加尔文的思想，并继续他的遗志。

l. 菲利普·梅兰希通（1497—1560），德国神学家。他是清教的创始人马丁·路德（Martin Luther）的学生。

第九封信
图索致陈渊哲

亲爱的陈渊哲,就我看,中国的老子[1]学派很像法国的冉森派。我们首先考察老子学派,再考察冉森学派的代表人物。哲学家抑或说梦想家老子,创立了与孔子所创立的完全相反的道德学说。然而,当他给这些学说披上虚伪的外衣,以严肃的态度传授给他人的时候,社会中的很多人都接受了他的害人的观点。他提出完成伟业,追求荣誉,牺牲休息去实现梦想是荒唐可笑的。[a]

听上去,这些道义有道理,当我们深究犯有过错和罪责的人如何获得这些美德时,他声称人应该尽可能地接近虚无的状态。人应当,如果可能的话,彻底忘却自我,只有停止思考时,不幸才会停止。这些义理难道不会破坏所有的社会文明的基础,打断所有的社会关系吗?如果人们都认为无为的状态使人获得幸福,那么,在懒散虚无的状态下,那些繁荣的国家会变成什么样子,还能繁荣吗?

显而易见,老子的教条和道德都应当受到指责,它们显然是最严重的谬误。老子认为世上的每一件事物都是空的、虚无的,人类的一切事情都由无数的神灵主宰,应该崇拜那些并不存在的神灵。

---

[1] 老子和孔子生活在同一时期。

他的弟子受到蛊惑，盲目崇拜他说的点金石，认为世上有一种长生不老的药，在神灵的帮助下可以制成这种药。其实，只需了解老子自己的经历就可以明白这种妄想的荒唐可笑：尽管老子声称有长生不老药，却和其他人一样死去。

我从老子生死的故事中，发现了可用来攻击他的门徒的利器：这也让我证明了老子想的与他提出的原则背道而驰。他让人们放弃所有的尊严，逃避世事，寻求无为；而他是最有野心的人。他告诫弟子，学习他的学说就可以找到长生不老的秘密；他自己却遵循了一般的自然法则。相信一个言行不一的人的应许，岂不是太盲目了吗？

当我在北京，被要求去看老子的门徒如何笃信神灵的预言和宗师的教义的时候，我不得不慨叹。我为某些被宗师骗人的把戏蒙蔽的人感到惋惜。只见宗师装模作样地做了一些滑稽可笑的动作后就开始祭神，而后说一头猪、一条鱼和一只家禽获得了灵感。

我很想知道这样祭神的道理何在，为什么由毫无关系的动物构成？可能不同的神灵会找到符合他们所司署的元素的菜肴吧：于是就用家禽代表空中的神灵，用鱼代表水中的神灵，用猪代表陆地上的神灵。最后这点让我很难认同，我只知道用牛和羊款待神仙，不知道原因。可能是猪肉可以传播传染病，陆地上的神仙可能对这种营养不受用。还是言归正传，如果真有神灵存在，那为什么不吃神仙该吃的东西？我们可以引用耶稣会传教士对一个中国人说的话去反驳他们。那个中国人相信上天能够感应到动物祭品，传教士反问他："如果上天是看不到、摸不着、感觉不到的神灵，怎么能吃有形的东西？有形的物质怎么能够维护无形的东西？有一定寿命的东西怎么去维持永恒的东西？"¹ 这个理由是有说服力的，每次基督教徒都是这样来反对敌人的。神灵如果无处不在，很让人惊讶的是，为什么不挽救那些过度沉溺于某事的人？因为偏见的力量往往让理智所有的光辉变得黯淡，在一个由迷信主导的心中，理性是很难有一席之地的。

如此驳斥，老子的门徒怎能不醒悟？况且，他们又不处在人们谈论的老子所处的那种极度疯狂的情况之下。只要简单讲一下老子的身世，就可以看出他的教理的荒唐的基础。老子生于周朝末年的林袍城附近。ᵇ 务农的父亲为了谋生，不得不做苦力，并一直干到七十岁。家境贫寒迫使他独身，最终不得不娶一位四十岁的农妇为妻。不幸的是他已失去生育能力。但他的妻子却弥补了这一缺陷，在上天的帮助下怀上了孩子。事情原来是这样：一天，当她独自待在一个偏僻地方的时候，天地的精华弥补了她的年老丈夫的不足精力，使她怀孕。这个天降的神奇孩子，其出生也与众不同，他在母亲的肚子中呆了八十年。农妇怀孕的时候四十岁，生产的时候已经一百二十岁。这个身体笨重而又漫长的时期令她生活不便，而且，她服务的人家不愿意看她这么长时间鼓着肚子，怀疑她患了水肿，就把她赶出家门。她不得不流浪野外，寻求施舍。最后，她来到一棵李树下，在那儿生下了一个眉发全白的儿子。这也正常，一个八十岁的孩子理应像一个老人。由于农妇不知道夫家的姓，就给孩子起小名老子；又看见孩子耳朵很长，就以树名做姓，取名李耳。

老子后来成为周朝某代国王的图书管理员。他看到周朝没落，在位时间不会长久，就骑上一头黑母牛，隐居到深山之中。他死后

---

1 阿尔诺布（Arnobe）曾用这句话反驳古代的异教徒［见1739年的版本］："但是，如果上天没有身体，无法接触，怎么能获得营养维持不朽，拯救、掌控重要发展而不使之成为一个偶然事件？" ARNOBE, livre VII, p. 4.

被人们埋葬起来，在那个地方仍可以看到他的坟。

  亲爱的陈渊哲，这难道不是一个杜撰出来的幼稚而又可笑的故事吗？不应该说推崇老子的同胞们是最受蒙蔽的人吗？他们会想：什么！他们的宗师老子死了，被埋起来，还有墓，他们还是认为他有长生不老的秘密！他没能保住周朝，没能扭转王朝的不幸。现在他也不存在了，他还能运作最重要的事吗？这是多么疯狂、多么特异的想法！谁能相信如此荒谬，却吸引了众多热衷的拥护者？但是，这却是再也真实不过了，人们总是为神妙的表象所吸引，宁愿听从可怕的意见而不依循单纯而符合理性原则的想法。这个异端的狂热信徒，不仅有老百姓，也有大人物。很多中国官员沉迷于老子的门徒不着边际的应许。官员们购买昂贵的小画片，上面画着能使人长生不老、医治百病、驱除灾难的神灵。汉武帝也上了这些江湖郎中的当，他服过几次所谓的长生不老药，但他后来承认并不见效。不幸的是，他到了要断气时才明白。

  中国人的执迷不悟，法国人的荒谬的迷信与特异，还真是不相上下。这里有一个人叫帕里斯（Paris），堪称巴黎的老子。我要在下封信中介绍他的生平、他的信徒对他的评价，你会看到无论是在中国，还是在法国，都有狂人。

  祝好。

自巴黎，某月某日

---

a. 作者对老子是刻意曲解的，他的目的不是理解中国的宗教，而是利用对中国宗教的曲解来讽刺、打击欧洲人当时的宗教迷信。
b. 关于老子的生活年代和籍贯，原文可能是刻意曲解或疏漏。

第十封信
图索致陈渊哲

亲爱的陈渊哲，在上一封信里我已经讲了老子的信徒的疯狂，现在我们可以一起来看法国冉森派教徒。他们把某个叫帕里斯的人看作教长。帕里斯[a]是个副祭司，欧洲教士必须通过几个级别才能成为神父。在中国的那些传教士并不是神父，他们的权能很有限，无法执行基督教的奥义。因此，传教士不必成为神父，在传教士中也找不到神父。人们只把他们称作执事。帕里斯不是一个真正的神父，但他的门徒不仅把他的地位放在普通神职人员之上，更把他放在罗马主教之上，成为教会之长。

帕里斯在世时，只有几个地方上的妇女与底层人民认识他，他向这些人宣读欧洲人的正典。他大声叱骂罗马祭司的指令，反对几位地位很高的法国学者的看法。因为他很无知，所以他虽然热衷于自己的派别却不知原因。他对所批驳的观点并不了解。缺乏理智、追求新奇和狂热的天性决定了他所拥护的派别。他的品行是纯洁的，但他的道义是危害社会的。他认为应该放弃那些使人满足、互相依赖的东西。他要求一切达到完美的状态。人类永远达不到这个状态，这对他们的行为也毫无指导意义。

冉森派教徒鼓吹天意至上，轻视人间的事情，和老子的信徒提出的空虚、无为、懒散很相像。前者披着宗教的外衣危害社会；后者则以获得幸福为由让人们抛下挂念，灌输给人们对国家有害的事情。结果，人人逃避劳动，没有劳工，没有商人，没有法官，也没有士兵。如果所有的中国人都和老子想的一样，那中国会变成什么样？会变成一片虎熊出没的沙漠。如果所有的法国人都模仿帕里斯，那他们的国家里就只能剩下些疯子。在这个王国中找到一位贤人比在拉布兰森林（la Laponie）里找到一只鹦鹉或者一只金丝雀还难。

这位疯狂执事的拥护者完全信服他的训诫，甚至把他的看法发挥得更远，以至于他一死后，门徒们就把他视为半人半神。还为他树立个人崇拜，声称所有不承认他在天国的伟大和荣光的人都会受到最严厉的惩罚。为了给他们所说的话增加威慑力，他们使用了和老子门徒一样的把戏。他们假装和神灵达成秘密协议，用纸描画出奇形怪状的人形，用锅和鼓敲出可怕的声音。冉森派教徒有发疯的冲动，一些人毫无节奏地蹦蹦跳跳，另一些人匍匐在地摇摆身体。有些人吃硬煤渣，还有些人吃小石子。最后，把所有骗子的把戏都耍过来，并把这一切看作奇迹出现。当他们施这些诡计的时候，声称上天向他们揭示了内心的秘密，赋予他们预言未来的本领。

亲爱的陈渊哲，你看，冉森派教徒的所作所为完全是老子门徒的翻版。为了模仿中国人，冉森派将某些画像赋予伟大的意义，他们到处讲述主教帕里斯的美德，说他的图像可以避灾，保存它的家庭可以变得富裕，没有一个冉森教徒不在枕边放上他的图像。

尽管冉森派缺乏理性，却仍然在法国、尤其是巴黎迅速地发展了起来。那些轻易上当的老百姓，一旦有人用所谓的奇迹去骗他们，就信以为真，心甘情愿地上钩。有些疯子最初也是上当受骗的人。某些出类拔萃的人也受到诱惑，掉入骗子设下的陷阱。这些人想长寿、想健康的愿望和某些中国官员想不朽的愿望一样。中国官员努力寻找老子门徒说的万能药。冉森教徒则在帕里斯的墓前做九日祈祷礼，吃土，喝水，最终和老子的万能药一样没效果。

一位幻想着恢复视力的公主，也到过帕里斯的陵墓，服用了几付灵药，结果得到和汉武帝同样的命运。她所有的努力及辛苦的唯一所获就是不再如此轻易受骗。

另外一位出身显赫的夫人，身为帕里斯的狂热追随者，她在离开法国前往荷兰的时候，带了一马车的帕里斯陵墓的土，又把它发给了认为这有用的人。药剂师和药店店主得到这味新药的消息，头一天晚上当着行政长官的面就把用于保存新药的大黄、番泻叶和山扁豆准备好。但这种法国新药像鸦片一样，并不治病，让好多人感觉不适，需要吞土的时候感觉胃胀。这位夫人的故事的奇特之处是，即使她身上有大量的解毒药，可用于洗涤肉体与心灵上的罪恶，但是却还是无法阻止自己疯狂爱上她的男侍从，更糟糕的是，还偷偷地嫁给了他。经历这番风云，竟然就连两百斤（livres）的土也无法阻止她做最愚蠢的事，她实在是太善良了，居然还是非常相信帕里斯坟上的土的奇效。但是，她却没这么想过，当她因为自身的不良行为被迫离开法国的时候，她随身带上宝贵的帕里斯陵墓的土。临死的时候，还让人把土放到她的陵墓里。如果在另一个世界里，男仆们都精明强悍，老妇人都可以再婚，那么陵墓中的珍贵的土也不会有更大的作用。

受到冉森派的极端做法诱惑的并不只是一些妇女，不同国家的很多人都把他们的做法看作是神圣智慧的显现。法国第一法院的一个法官蒙日宏（M. de Montgeron）因为认为帕里斯的奇迹是真实的，不久前还退隐起来，写了一部相关的书，并勇敢地拿给国王看。[b]

一位全身布满伤口的老军官[1]也转变成冉森派教徒。他从前因为自身的功绩和才能地位显赫。他还写过一部很有价值的著作，却一下子变成比最疯狂、最无知的冉森教徒还疯狂的人！这是多么典型的例子啊，最受尊敬的人也有弱点。如果像法官、军官这样的人都能受到蛊惑，成为狂热分子，那么一般人轻信他们，还有什么值得惊讶的吗？亲爱的陈渊哲，你可能不知道，所有冉森派教徒声称的奇迹，却未能对善用理性的人产生任何作用。这些奇迹不过是使死人复生，失聪的人复听，失明的人复明[c]；这些奇迹都是那些患病多年的病人，受到过很多医生的医治，治愈后却把医术的效果归于神的造化。

我认为，那些个所谓通过帕里斯的祈祷，就能使盲人复明的事情是无中生有。难道他只凭凝神静思就能产生效果吗？另一方面，大自然也通过很多我们不了解的方式起作用，难道所有事情都是神迹？迷信于奇迹的那些人认为任何事情都有神奇的成分存在，可是不可思议的事情从没在哲学家，特别是我们这些新派学者的身边出现。我们认为自然界的一切都是有序的，没有东西是混乱无序的。没有超自然的生物具有阻止"理"和物质的相互结合，这种内在的结合不仅产生出事物的基本元素，还产生出基本元素的形式和变换方式。[d]

亲爱的陈渊哲，一位古罗马人说，对于那些相信很奇特的事物都是源于神妙与神圣的人，必须回答："所有看上去超自然的事物都有其自然的起因。而且，看起来与风俗习惯不符合的事物不一定就

---

[1] 指弗拉骑士（Le chevalier de Folard）。

违反自然。所以，应当在自然中寻求令人惊讶的奇迹的由来。如果我们没能做到，就应该归咎于我们的无知，肯定缘由的存在，并不断去寻找。那样的话，无论是地震、天象的变化，还是血雨、石雨乃至星辰、天体的变化，都不会再令我们惊讶。"[1]

亲爱的陈渊哲，为了中国和法国，祈祷老子和帕里斯的门徒也像这位罗马哲人一样冷静地思辨。

祝好。

自巴黎，某月某日

a. 帕里斯（1690—1727）是一位教士，以他的门徒在他坟上行治愈的奇迹闻名。他很年轻就进入了修会，并成为冉森派的拥护者。由于他的修道生活过于严谨，损害了他的健康，以至于他三十七岁便去世了。他的门徒在他死后继续在他的坟上祷告、行奇迹。于是政府决定将他的坟墓关闭。帕里斯的事迹在当代的哲学家眼中是迷信的代名词。
b. 蒙日宏（1686—1754）法官于1737年7月29日向法国国王路易十五献上了一本有关帕里斯行奇迹的书。
c. 作者在此影射的是基督在《新约圣经》中行奇迹。这是对帕里斯迷信的讽刺。
d. 本书的作者在此提及的是中国古代哲学中"化"的问题，根据唐代与宋代对古代典籍的省思，虽然物化是中国道家思想，但是并不能就将此物化思想与儒家思想完全区分。孔子并未提到人性本善或本恶的问题，他只提到了人的可塑性，即可以藉由教育来改变人的本质。到了明末，许多学者也对王阳明的哲学提出了质疑，认为王学思想中的新儒学思想太过理想化，于是出现了考证学。本段文章提到的基本元素的形式和变换方式反映了朱熹的理学思想。

---

1 "所有表现于自然的事物必定有前因：即使是新的、不寻常的事物也不可能存在于自然之外。因此，一旦有新的、令人惊奇的事物出现时，就必须探究其前因。如果找不出原因的话，仍然可以肯定的是一定是有前因的，而且要用人本性中所具备的理性来判断，不要被事物的新鲜感蒙蔽。因此，即使眼见大地的触动、从天上掉下来的东西、石头雨、血雨、行星的轨道，也不会大惊小怪了。" Cicéron, *De Divinatione*, Livre I.

第十一封信 图索致陈渊哲

亲爱的陈渊哲，为了给你一个关于法国教派的正确印象，我还要和你说一说莫利纳派（Molinistes）[a]。我认为可以把这个教派和我提到的佛教进行比较，我们先简单回顾佛教的创立、壮大和教义，然后再从同样的角度来看法国教派。

后汉时期的明帝曾做过一个梦，梦见孔子说过在西方可以找到圣人，于是就派使者到印度。使者找到的圣人就是佛，或者说佛像。他们把佛像与印度人所传述的神话带到了中国，很快就被老百姓相信了。[b]

这个佛的故事与老子的传说一样荒谬。传说中，佛出生于印度的迦毗罗卫国，他的父亲是国王。他母亲梦见吞食一头大象的时候怀上了他。大象体型巨大，难以消化，也预示着佛的体型庞大。而且，王后只有剖开身体，牺牲生命，才能把他生下来。他刚降生，正常孩子还不会哭喊的时候，就走出七步，一手向上指着天，一手向下指着地，声音洪亮地说："天地间只有我值得尊敬。"

一个一出生就给人这么大的震撼力的神，随着年龄的增长，他的力量和威力当然也与日俱增。十七岁的时候，他娶了三个妻子。

一个妻子、两个妻子是不够的。降低了身价,追逐凡夫俗子的欲乐的神仙,是不拘泥于常规的。但是,不难想象的是,神也会像人类那样感到精疲力竭和厌倦。结婚两年后,他离开了他的妻子。他有一个名叫莫乎罗的小孩,但他对孩子和妻子们都不关心。他把自己关起来,在四位大师的指导下研究哲学十九年,忘记自己曾经是父亲和丈夫。我和所有的文人都认为他给社会树立了危害性很大的榜样。

他的门徒可能会为他开脱,说他到了三十岁,忽然灵性充满,一下子成了佛,或浮屠。如果是这样的话,他在出生的时候怎么会说那句话?难道还有一个比他更强大的神?借助那个神,他自己也变成神?因此,要么佛压根儿没讲那句话,如果讲了,那么他就撒谎了。人们认为佛的故事是真实的,其实是个错误,因此我断定佛的故事不值得相信。如果佛的确讲了那句话,我就应该鄙视这个厚颜无耻的撒谎者。

我认为佛出生的故事里还有另外一件蹊跷的事情可以让盲目追随和信仰他的人清醒。那就是,佛能保护和他没有任何关系的人,却为什么保护不了他的亲生母亲?怎么搞的!他对陌生人做的比对生他的人还多,人们对佛像或和尚的供奉比血缘关系更重要吗?如果是这样,那他就是个比最自私、最贪婪的人更令人鄙视的无耻的神。

如果老百姓能受正确的思想的指引,这个骗人的教派可能早就在中国消失了,但迷信的风气胜过了最有说服力的论据。我认为最近学者程在谈到世界起源的问题时,很好地揭示了佛家的伎俩,比所有人说得都好。这位哲学家与你等不同,他赞成新派解释,认为只用自然原因就可以解释宇宙的形成、延续和格局。以下就是他嘲笑佛家观点,阐述佛家骗术的方式:

他说:"佛是有预见力°的人,他声称可以达到不朽。在佛看来,一切皆空,并没有真实的东西存在。根据这个原则,人们应该凡事不想,让内心空无,抛开所有的感情,直到忘记自我,似乎'我'已经不存在。我们虽然有耳,有眼,但我们只有视而不见,充耳不闻,目中空无一物才能使感官达到理想的状态。我们虽然有手,有脚,但我们应该使其无所作为。佛推崇三元素,即'精','气','神'[d],也就是说精华、精妙、精神上的东西达到完美境界,汇聚在一起的时候,形成一个整体,也可说是没有边界、没有毁灭的灵魂。

"你们是不是看出这个动听的自我颓丧的教义,最终要达到一种不切实际的永生,要获得他们不能达到的东西?他们醉心于上天的勃勃生机,一心想占有它,拒绝将其归于天地,并想以之达到空灵。

"你们可能还不清楚佛的身世。他母亲在梦中看见一头大白象,与此同时,她感觉自己怀孕了。腹中胎儿迅速长大,直到有一天他撕破内脏,夺去母亲生命,从腹中挣脱出来。这个怪物就这样来到世上,把世间搞得混乱不堪。难道他不该被算作害人精吗?难道就因为他出生时杀死了母亲,崇拜者就得斋戒,举行仪式,做很多事情为他们的母亲祈福。你们想想,佛连自己的母亲都保护不了,哪还有能力保护其他人的母亲?

"继续说吧,佛生活在帝国西部的一个小王国里。他既是国王,又是宗教领袖。他有两位心爱的女子,一位是王后,另一位是他的情妇。他的王国物产丰富,有大量的金、银,还盛产宝石。虽然国家富足,但疆域狭小;国民缺乏强壮和勇气。但邻国的国民却强壮,凶悍,经常侵犯他的国家。

"因为无力抵抗,他丢弃了国家,过上了独身的生活。后来,他鼓励人们向善,宣讲他创立的'灵魂转世说'。依照一定的顺序,灵魂从一个身体转到另一个身体,在这个过程中善举得到报答,恶举受到惩罚。他使周围的人迷恋上他的说法。他的意图在于恫吓入侵者，使他们相信，如果再继续迫害他的国家，他们来世会变成狗、马，甚至是猛兽。

"十二年间，他一直在传播他的教义，吸引了一大群无知的追随者。他用颠倒是非的方法登上宝座，获得权力，而后再次结婚，拥有大量的子孙。他的诡计就是这样得逞的：当他对门徒说世间的好处一切皆空的时候，自己却努力寻求那些好处，尽可能使它们最大化。

"此外，不要因为佛教在这个帝国流传广就认为佛教的教义很优秀。佛教的流传广是因为古代哲人的学说几乎失传了。无知和错误的判断导致了严重错误：我们忽视了尧、舜和孔子的宝贵学说，却尊崇起佛教。佛教只要求我们做些没用的祷告以获得幸福，这个很容易做到；而哲人们鼓励我们克制欲望，恪尽职守，却很难做到。"[1]

亲爱的陈渊哲，就如这个哲学家注意到的，所有迎合激情、让人满足罪孽深重的欲望的异端，用虔诚的形式洗刷罪恶，都会被人们如饥似渴地接受。因为这些异端最能帮助恶人摆脱内疚，无论犯多大的错误，都能使恶人获得被原谅的希望。佛的门徒们，也就是那些和尚，尽管给罪犯在死后设置一些苦难，但他们要经历一个漫长的灵魂转世过程，即由老鼠变成骡子，由骡子变成马，等等。在转世过程中，只要他们给和尚布施，建寺院，他们就可以得以托生成人。朝山进香可以洗清罪恶，张贴图像可以进入极乐世界。尽管做这些事情需要自掏腰包，但花费不多就可以获得免受惩罚的权利，还有什么不情愿的呢？

只顾利益的和尚想方设法，提出了轮回的教义，依他们的利益，

---

[1] 这里我采用了杜赫德神父的翻译，他翻译了这部中文著作并加以注释，请见他著的《中国历史》(*Histoire de la Chine*), t. III, p. 37.

让这个教义羁绊人心，借此贪婪敛财。这些和尚展示了各式的面貌，甚至可以说轮回就在他们身上发生了。他们中的大部分出身底层，在接近上层社会的时候做出温和、谦恭的样子。在得到允许进入上层人物的家里的时候，和尚们会安慰担心不得好死的人，并保证佛会庇护他们。和尚们还会给虔诚的妇女看佛的图像，让她们挂在脖子上，躲避灾难。和尚们还用当众苦修的方法使人们崇拜他们，得到更多钱财：某些和尚在脖子上拴上粗链，被人牵着在大街上挨家挨户要求施舍。[1] 某些和尚用头撞击大石头，假装了不起的禁食者。[f] 和尚的这些做法被哲人和学者视作可怕的招摇撞骗，对人们的思想产生不好的影响。某些迷信的官员，甚至是君王也不能幸免。如此荒唐的佛教，竟然在朝廷中找到门徒。唐高宗就让位给儿子，成了和尚的朋友、同伴、甚至是奴隶。[g] 下一封信你会看到莫利纳派在法国造成的影响和佛教在中国造成的影响几乎一样。

祝好，

自巴黎，某月某日

---

a. 莫利纳派指的是17、18世纪的耶稣会教士。这个名词源于耶稣会神学家路易·莫利纳（Louis Molina）的名字。这位神学家对本性与恩宠的神学问题有深刻的研究。
b. 作者对中国佛教的认识来源于在中国的耶稣会教士的作品。同时，作者也参阅了伏尔泰的《风俗论》（*Essai sur les Moeurs*）对中国佛教的描述。
c. 对于本书作者而言，佛教思想并不符合中国哲学思想的唯物观念。
d. 作者在此引述了中国道教内丹的精、气、神的理念。
e. 作者在此提出的见解是佛教思想与柏拉图的哲学是有关联的。
f. 作者批判和尚在中国社会的地位。他认为传统中的道教和佛教的和尚在中国社会中并不受重视；因为这些和尚远离了家庭，与社会脱节，成了社会的边缘人物。
g. 作者在这段文章里提到唐高宗，反映了唐高宗时代中国语言、文化在整个东亚的地位。同时也描绘了道教对唐高宗的影响。

---

1 Voyez les *Relations diverses* de Thévenot, t. II.

第十二封信
图索致陈渊哲

亲爱的陈渊哲，就像上一封信我以"佛"的身世开始一样，这封信我要以介绍莫利纳派的创始人以及这个宗派开始。

你经常从耶稣会那方面听到的、看到的关于莫利纳派的大主教圣依纳爵·罗耀拉（Ignace de Loyola）[a]的情况，和我这里谈到的关于罗耀拉的真实情况相差甚远。以下就是耶稣会士和其他宗教及非宗教人士非常爱戴的耶稣会大主教罗耀拉的情况。他出生在西班牙，年轻时曾在西班牙当兵。他曾在潘普洛纳城的战役中负伤，造成小腿骨折。由于伤口包扎不当，小腿活动过多，导致小腿出现肿块，形成畸形。酷爱好身材的罗耀拉不堪忍受这一缺陷，不顾医生的劝阻，让人把多余部分切除，用昂贵的代价赢得穿长筒靴的快乐。

罗耀拉为了避免畸形所做的努力还不仅仅局限在上一件事。受伤后，他的右大腿出现萎缩，因为担心变成跛脚，他就让人做了一个铁制的机器，想把腿拉长。但无论受多大的痛苦都无济于事，腿仍然一长一短。

为了排遣残疾带来的苦闷，罗耀拉要了一些书来看。他无意中读到讲欧洲圣人的历史的一本书。这本书激发了罗耀拉本就活跃的想象力。他开始乐于接受周围的一切，把伤痛和残疾抛到九霄云外。很快，他学习波利克罗纳（Policrone）的样子，找来几棵粗壮的橡树根扛在肩上祷告；又模仿多米尼克·昂基拉塞（Dominique l'Encuirassé）[b]的样子每周自打三百鞭子。这样下来，罗耀拉似乎具备了基督教徒的全部热情，还有坚硬的肩膀及臀部。

然而，罗耀拉的疯狂是脑海中的想象，还未付诸实现。罗耀拉的疯狂原本只是暗地里的；突然，他的想象公开迸发出来，开始四处奔窜。不顾兄长的告诫，他骑上一头骡子，离开家，奔向修道院。路上，他遇到一个信仰伊斯兰教的摩尔人，他强迫摩尔人与他决斗，否则，就得承认信仰错误。摩尔人既不愿意决斗也不愿意承认自己的信仰错误，只好溜掉来摆脱这个疯子。

罗耀拉最初的举动是他以后所为的一个先兆，也是他日后让教徒接受的教理的基础。暴力和强制是耶稣会的两大信条。哎呀，亲爱的陈渊哲，他们在欧洲的表现与在中国想表现出来的是多么不同啊！

在罗耀拉一只脚光着一只脚穿着鞋跑遍西班牙之后，他来到巴黎学习拉丁语。其间，他也在某些城市停留过，做了些疯狂事。因为他的疯狂，他曾数次吃官司。他时年三十三岁，以激励青年人热爱基督徒的生活为借口，诱使他们抛弃所有财物，像乞丐一样生活。学校的老师想鞭打他，但他用最堂皇的借口给自己开脱，避免了惩罚。也许是人们羞于惩罚一个到了这把年纪还这么孩子气的人，也许人们认为他讲得有道理，总之，他躲过了鞭打，失去了模仿多米尼克的机会。

亲爱的陈渊哲，你可能不信罗耀拉对鞭打的热情，他的门徒证明尽管他年龄很大，仍然像小学生一样请求老师用这种方法惩罚他。[1] 花费很大努力之后，罗耀拉终于勉强学会了拉丁语，又获得一些施舍，继续他的游历。在到达耶路撒冷之前，他路经埃及。但他的疯狂却迫使当地的基督徒领袖命令他离开。

罗耀拉的疯狂与其说是发乎自然，不如说是装出来的。在他夸张的虔诚下面，掩盖着巨大的野心。无论是由于思想变态，还是受到疾病的折磨，成为教派的首领是他所作所为的唯一动力。他坚持自己的行为，因为他意识到自己疯狂的虔诚不仅仅能获得人们的尊敬和爱戴。到了巴黎后，他就开始收徒，门徒的数量后来大幅增加。

他给门徒们制定的第一戒律就是要盲目地服从教皇，全盘接受首领的命令，也就是要听从他以及他的接任者的命令。这两点是最重要的，与政治纲领一样重要。第一点是为了确保罗马教廷对他的门徒的保护，第二点是为了建立"会团"的良好秩序。他就是用"会团"来称呼修会的，成员是我们所谓的耶稣会教士。他回忆起当兵的时候，眼见服从就是军队的灵魂，如果领袖无法让下属服从，任何国家都无法持久。因此，他建立了对上级完全服从的制度，这一制度后来为修会带来很大的好处。

罗耀拉处心积虑地把教派创立之后，就离开人世。他死后，门徒们首先想把他神化，就像中国人神化佛一样。可是，那时候罗耀拉的事情仍然为众人所知，而且一些人把他看作是疯子，更多的人则把他看作是骗子。因此，门徒不敢给他赋予某些奇迹。他们甚至承认罗耀拉没有任何神奇的地方，但他们仍然认为罗耀拉是为基督

---

[1] "他反复要求老师把他看做一个小孩子，当他不勤奋用功的时候就用鞭子打他。" RIHADEREIRA in Vita Ignatii, livre I, chapitre XIII. "恳求老师每天像要求其他孩子一样要求他，如不听话，就像其他孩子一样接受老师任意的处罚。" Giovanni Pietro MAFFEI, *De vita et moribus B. P. Ignatii Loiolae*…, livre I, chapitre XVI.

徒所崇信的卑微的神圣之一。几年之后，他的门徒摘下假面具，对他进行神化。有些门徒声称他写的一本书是受神灵启发的[1]，还有些门徒证明他曾吟诵着奇异的优美诗句驱赶恶魔[2]，并且治愈了一位魔鬼附身的妇女。当时，他唱的是：

在一个偏僻的山洞中，迦太基女王，
独自与她的情人逃避了狂风暴雨。

有几个作家说只要在纸上写上罗耀拉的名字，就连犹太教的创始人都从未行使的奇迹便会发生[3]；还有的人说只有圣父、圣母和上帝有幸能看见罗耀拉。

亲爱的陈渊哲，你可以感觉到罗耀拉的故事和佛的故事一样荒谬，法国的文人也试图模仿中国文人的方法去抵制耶稣会士的狡猾和欺诈。巴黎大学批判了这些作家的言辞与他们编织的故事，把那些故事视作荒谬可憎的亵渎语言。罗耀拉的门徒受到打击后，似乎放弃了把他神化的理想，但丝毫没放弃野心。容易轻信他人和追求

---

1 "上帝在我们的神父身上显现神灵，通过天使加布里埃尔（l'ange Gabriel）使他了解到圣母从没有向任何人表示过的：即圣母是他们的缔造者和支持者，上帝教会罗耀拉这么看待她。"[Sotmel. Bibl. Société de Jésus, p. 1] Baltasard Alvarez, chapitre XI, II。

2 "人们讲述，一天，一位罗马妇女着了魔，跟在罗耀拉后面大喊：'只有你能帮助我解脱。'于是罗耀拉背诵了维吉尔（Virgile）的诗句'迪东（Didon）和特洛伊（Troie）的首领进了同一个洞'，听到这，魔鬼把那位妇女放下，大声说：'上帝的儿子，你把我放入地狱的洞穴，我求你不要永把我放在那里。'罗耀拉回答：'去你想去的地方吧，只要不再伤害任何人。'魔鬼立刻带着一溜烟离开了。"Johann Christian FROMMAN, Tractatus de fascinatione novus et singularis, livre III, partie IX, chapitre IV, no 15, p. 1149。

3 这里的四种说法，是一个叫费勒萨（Filesac）的人在巴黎大学提到的，我从一本广为人知的书中找出来。第一种是把名字写在纸上的罗耀拉创造的奇迹比穆瓦兹还多，和使徒们一样多。第二种是罗耀拉是了不起的圣灵，只有像圣人皮埃尔（Pierre）那样的教皇和像圣母那样的女皇才有幸见过他。第三种是虽然宗教组织的创建者已经承担优越的教职，但后来上帝总是通过他的儿子罗耀拉来发言，他继承了上帝的一切东西，他创了世，只是缺乏赞美。第四种是殉道者罗耀拉对圣父和罗马教皇极其热爱，如同耶稣基督的合法继承人或者代理人。

新奇的人们仍把罗耀拉看作一个有威力的神灵。他的画像被门徒高价出售并得到崇拜者的尊崇。他的门徒伪装得像和尚一样谦逊温和,来到上层家庭,赞扬神灵,抚慰人们内心的担忧和愧疚,并保证,只要人们帮助和保护他们,罗耀拉就会原谅人们的错误。终于,他们在欧洲获得了大量教徒,就像中国和尚的数量那样。[1]

有几个知名文人试图阻止耶稣会的兴旺,但无济于事。这些伪君子巧妙地运用他们已经获得的声誉排斥了敌人。耶稣会士让人把他们的敌人视作异端分子,并冠上冉森派的名号,让他们受国王憎恨,并彻底摧毁了冉森教徒的主要集中地。他们辜负了已故国王的友谊和信赖,举发了几项国王对国家的利益有害,应当受罚的行径。他们对于国王的影响不亚于佛教徒对中国君主的影响。虽然法国君主并不像中国君主,放弃了王国,去与罗耀拉的门徒避世而居。但国王在位的最后几年将国事完全交给了他们,完全信任他们。

耶稣会士掌权期间吸引了一些朋友,尤其是教士,以便得到人们的敬重,寻求庇护。他们的保护神——国王死后,大家以为他们会衰败下去。因为国王的继承人年纪还小,选出的摄政王不相信耶稣会士编的故事与他们的承诺。耶稣会士内心的看法其实就与中国的新儒家学者一致,在法国我们称这派叫斯宾诺莎派。新国王最初喜欢冉森教徒,但后来可能是因为耶稣会士更能取悦国王,所以耶稣会士占了上风。国王临死的时候开始保护耶稣会士。他们的声誉从此保留下来:他们在老百姓心中的地位相当于和尚在中国市民阶层的地位。我该结束此信了。

1　请见 HOSPINIEN, *De origine Jesuitarum et secta Jesuitica*, in‑fol., edit. Fig。

祝好，给我你的消息。

自北京，某月某日

a. 圣依纳爵·罗耀拉（1491—1556），是一位西班牙的贵族，他曾经来巴黎的索邦大学学习艺术。他于 1528 年开始在巴黎大学求学，刚好也是文艺复兴的鼎盛期，他和其他知名的欧洲学者、作家（譬如 Erasme, François Rabelais, Martin Luther, Jean Calvin）造就了巴黎大学当时的学风。在巴黎求学时期，他认识了几位志同道合的同学（Pierre Favre, François Xavier），他们于 1534 年 8 月 15 日在巴黎的蒙马特发愿成立耶稣会修会。1540 年 9 月 27 日，修会正式受到教皇保罗三世的认可，在罗马成立。1541 年，罗耀拉被选为第一任会长。这个修会在欧洲文艺复兴以及清教时期扮演了非常重要的角色。《中国人信札》的作者在这封信中对罗耀拉的描述是故意曲解的。这是欧洲自文艺复兴以来，宗教争辩中，作家惯用的论战性文体，但是这并不代表作者对耶稣会的想法。相反，作者对耶稣会士相当敬重，尤其是对于会士的研究精神。作者的弟弟也是非常敬仰这个修会的。

b. 多米尼克·昂基拉塞（Dominique l'Encuirassé）是一位隐士，他于 1060 年去世，其修行生活以严苛著称。他身上带着一块铁，经常鞭打自己，只食用水与面包，并生活在沙漠中。

第十三封信
庄致陈渊哲

亲爱的陈渊哲,我肯定你已经为我在波斯杳无音信而担忧。我历尽千辛万苦才到达伊斯法罕,得以在波斯的首都给你写信。我相信你已收到图索的来信,请告诉我他是否满意他的欧洲之旅。至于我,除了旅途疲劳,我很兴奋能到达波斯、亚美尼亚和曼格雷利。

伊斯法罕是一座充满宏伟宫殿和建筑的大城市。漂亮的清真寺胜过中国的任何一座庙宇,可以说是远远胜过。公共市场也比中国的要好,对外来的人很有吸引力。北京无法和伊斯法罕的强盛相比。如果这里的大部分街道不是那么狭窄、没有坑洼、不缺乏铺垫的话,世界上没有一个国家的首都能赶得上这里。这些街道极大地影响了公共建筑的美观,可以说每一座宫殿都像建在泥坑当中。藏德鲁河流经这座城市,人们在河上建了三座大桥,其中一座位于市中心,另外两座在城市的两端。

伊斯法罕的城墙很长,其他并无特别之处,每隔十二古里建一个塔楼。城墙用泥土铸就,缺乏维护,墙内外布满花园和屋舍。有时,房屋把城墙遮挡起来,就好像一部分城墙被推倒了。

市民间的不合和争执把伊斯法罕分裂开来。这座城市主要分成两大区域，两区的居民从来没有停止过争斗。尽管他们有相同的国王、相同的宗教，生活在相同的城市，可是他们互不承认。只要他们见面，他们就开始争斗和残害对方，好像他们之间只有怨恨和嫌弃。这种疯狂，或者说愤怒，在百姓当中很盛行。我觉得再也没有比这更荒诞离奇的了。掌权者，一如平常，并不插手争斗，因为从中无法获得任何利益，还有可能带来麻烦。

我曾经问过一个正直的知书达理的人："是什么原因造成这种奇怪的分裂？"他这样回答我："伊斯法罕的两派分别姓埃德尔（Heyder）和纳阿梅·奥拉奇（Neamet-Olachi），这两个姓是古时候占据波斯的两个亲王的姓，他们各据一方，势不两立，他们的后代继承了他们的财富和他们的仇恨。后代人没有为祖先的争斗而惋惜，而是热衷于继续争斗，并把它当成是实现野心的有力工具。他们模仿祖先的疯狂，有过之而无不及。他们的怨恨毫无原因，也毫无道理而言。这件事说明无论旧偏见对人们多么有害，要想让人们摆脱它是多么困难啊！"

波斯人继续说："某些作家说市民的分歧来自于宗教。我认为这个原因听起来比上一个更可信，因为没有一种怨恨比产生于宗教的怨恨来得更可怕、更持久。即使矛盾双方已经和解或者一方使另一方屈服，但仍存在一种无法消除的分歧。我曾听过在这个城市的几个法国商人提到他们在宗教方面的分歧，大概有一百年了，存在着永久的仇恨，尽管现在法国人的信仰并不唯一。

"有些作家说最初伊斯法罕只有两个面对面的村落，两个村的村民世代为敌，因为一个村的村民爱戴奥玛尔，而另一个村的村民爱戴阿里。后来由于不断扩展，两个村落合并起来，尽管在信仰方面联合起来，但他们仍然保留着仇恨，不能原谅对方不同的思考方式。

"现在，在每个节日和重要场合，双方市民通常会以眼下或过去的借口打起来，棍棒、石块都成为武器。最终，暴徒使用的各种武器都被派上用场。总有人在战斗中死去，特别是国王不在伊斯法罕的时候。法官很乐于发生这样的争斗，这样，他们可以在法庭指认出富人，让富人支付诉讼费，填满法官的口袋。正是由于本应维护城市和平和宁静的人贪财，才导致了暴乱的发生。每一个有识之士都试图熄灭人们心中的仇恨之火，可是，越是用理智去劝说人们，人们的抵制情绪越强烈，越变得疯狂。节日的第二天，每个暴乱的参与者都会向家人描述他是如何对付敌人的，这使他们的孩子在很小的时候就受到熏陶和影响。好的习俗和坏的习俗都在人们中间延续，要想彻底消除一个国家中的偏见，除非重新繁育居民。

"我们应该庆幸一些聪明的人能够迷途知返，而盲目从事的人只会按照以前的方式做事。我们在他们身上绝看不到理智，他们也从来不会运用理智。因此，从目前迹象来看，伊斯法罕的居民的后代还会像今天的父辈和以前的祖先一样疯狂。"

亲爱的陈渊哲，我觉得这个波斯人的话很有道理，我请求他帮我解释那些我还不明白的东西，他爽快地答应了。总的说来，波斯人礼貌、友善，也比其他伊斯兰教徒更有学问。他们热情活泼，在知识方面超过了他们的老师——阿拉伯人。阿拉伯人和希腊人一样。有好长一段时间，希腊人是全人类的教师，随后逐渐走下坡路，失去优势。从前的阿拉伯人很聪明，出现过很多伟人，现在的阿拉伯人很无知。似乎阿拉伯人在失去思想自由的同时，也失去了才华。人们嘲讽地把阿拉伯人的学校称作傻瓜学校。

现在仍然有些阿拉伯人保持思想自由，但他们生活在阿拉伯人中就像生活在沙漠中一样，因为他们无法与其他人沟通。这样的生活不利于科学的发展。科学的发展有赖于紧密联系的社会，不仅本国学者互相联系，和外国学者也要联系。中国人这么热爱科学，但有多少发现还得归功于欧洲传教士呢？

阿拉伯语就像欧洲的拉丁语一样，是波斯受过教育的人的语言。主要的哲学著作、神学著作和医学著作也都用阿拉伯语写成。看到自己的语言在最繁荣的地方使用，对阿拉伯人来说，也是一种安慰。

波斯人喜欢知识，喜欢安静：甚至可以说他们很懂享受。他们将所有的重心都放在如何能很优雅地消遣上。他们追求知识，只因为这是一件令人愉悦的事，以至于一天可以花上几个小时来消遣。波斯人喜欢花费，这也是喜欢享受的必然结果。只要买得起，他们很少拒绝喜欢的东西，甚至房屋的建造，一切都以能享受为主。在其他地方，有许多过奢侈生活的人不大理会品味，而伊斯法罕人的奢侈却精致而优雅。[a]

一个名为"十二金币"或"五十路易"的交际花建了一座非常美丽的房子。她之所以取这个名字是因为对每个第一次去她家的人她都收取这个数目。这座房子堪称维纳斯女神的神庙，虽然不大，但装饰得美轮美奂。天花板的油漆是金色和天蓝色的，屋内的饰品个个用来激起对爱的感官享受，大理石槽内的喷泉在房间流淌。这些房间的装饰让她体会不到夏天的炎热，而冬天她居住的房间会让她感觉春意盎然。亲爱的陈渊哲，你说这样的设施是不是只能在法国达官显贵的宫殿中找到？在这里，她不过是名交际花。[1]

我发现波斯人过于奉承他人，这点他们和法国人相像，远远超过中国人。我在这儿认识的波斯人，就像巴黎传教士那样，对我

1　法国人住家的华丽远远不及阿里的后代。

表示友好，愿意提供帮助，但如果我相信了他所说的话，我就会上当。

祝好

自伊斯法罕，某月某日

---

a. 《中国人信札》的作者对波斯的评论受孟德斯鸠的《波斯人信札》的影响很深。但是，本书作者强调的是波斯的文化与道德。他很客观地指出了波斯文化的优势，以及波斯文化与基督教文明之间的不同。

第十四封信
图索致陈渊哲

亲爱的陈渊哲，我写这封信是为了回复你劝我放弃新儒学的看法。[1] 你说新派人物的看法对欧洲人来说不可理喻，欧洲人无法接受有人竟相信一个看不见却真实存在的上苍主宰着世界，给万物赋予生命。为了反驳新儒家学者的观点[a]，你提出了几点理由，我会马上给你回复；但在这之前，我想指出你对欧洲人信仰的错误认识。很多欧洲人信奉的观点和中国新儒家学者提出的观点很相似。荷兰一位名叫斯宾诺莎[b]的学者认为："世界上只有一种物质，这种物质被他称为'上苍'[2]，其他所有生物都只是上苍的演变而已。"他提出的观点和几位古代哲学家的观点很相近，因此他既是学说的创立者又是复兴者。世界上唯一的物质[3]注定是无限大的，因为不可能存在

---

1 这封信是图索给陈渊哲的回信。陈渊哲曾致信图索，劝他放弃新派的关于朱子和程子的回忆录的看法。我迫不得已把这些新派观点的理由讲述出来，而且这些理由在陈渊哲的信中已经被广泛地驳斥，这封信中我们将会彻底驳倒这些观点。此处加注，是为了防止某些喜欢诋毁作者的人忙不迭地说，我写这些理由是援助异教徒。我这里讲述的只是中国人的观点和理由，目的是让其他人了解和反驳他们。某些不怀好意的人刻意对此事横加指责，他们不应指责我而放过所有写过关于中国人信奉天主教和新教的作家。[这条注解在1751年的版本中未出现]

2 "所有事物都来自上苍，没有上苍，任何东西都无法孕育。"SPINOZA, Proposit. XV. B. D. Opera Posthuma, Ethica ordine geometrico demonstrata, etc., p. 3.

3 "必然无限大的任何物质"，Proposit VIII, ibid., p. 5.

两个无限，一个无限就已经排除了任何不存在于其中的生物，所以任何物质都存在其中[1]，包括人类、动植物、天体等等。无论什么样[2]，是波斯的或者不是波斯的，都是宇宙中这种唯一的物质的形式。斯宾诺莎喜欢把这种物质叫作"上苍"，如果把这个名称换成中文的"理"，那么，这个欧洲学者的观点和中国新儒家学者的观点就很吻合。中国学者认为，宇宙中的天地是由唯一的一种物质——"理"构成，"理"相对其他物质，就好像是整幢建筑物的屋脊，连接和保留了宇宙中的所有成分，给不同的生物赋予不同的形式，生物需借助其变化形式。所有生物的转变和兴盛，都和这种物质——"理"——有着内在的密不可分的联系。

斯宾诺莎学派提出的论据是：宇宙中唯一物质的存在是必要的——这与中国的"理"学很相近。只要有一种物质可以产生其他物质，那么，这种东西就应该是永恒的和无限的。欧洲的斯宾诺莎主义者称之为"上苍"，新儒学家称之为"理"。从这些名称，我们可以明白世上所有有害生物产生的根源，以另一种方式重新构成它们，或作新的改变。

亲爱的陈渊哲，你可以看出中国的新儒学对欧洲人来说，并不像你想象的那样荒谬。当传教士对我们说这些观点对欧洲人来说多么可憎时，他们其实欺骗了我们，隐瞒了这个斯宾诺莎，更没说他在法国、德国、英国、荷兰，尤其是意大利有众多的支持者。这个荷兰哲学家的看法和中国人的区别似乎在于：他认为现在的宇宙和任何时间的宇宙都大致相同，无限大的物质——"上苍"——

---

1 "那里只有上苍，没有其他物质。" Proposit. XIV, ibid., p. 13.

2 "这里，往更深处讲之前，我们应该回顾上面提到的，即任何被上苍看到的东西都成为那种物质的构成部分，从属于那种唯一的物质，因此，有灵性的物质和无限大的物质是唯一且相同的，它们已经结合起来，延伸形态及其思想是唯一且相同的。" SPINOZA, Bened. Spinos. Opera Posthuma, Ethices, partie II, De Mente, p. 46.

产生出无穷多的变化，又把这些变化吸入体内，重新构成新的变化。斯宾诺莎学说的基础自然导致这些结果，因为他断定无限大的物质具有某些功能和特点，在运动中会产生一些作用，因此变化不断出现。

中国的新儒家学者不承认宇宙是永恒不变的。他们认为宇宙的产生和发展是渐进的和不可感知的。姓秦的学者°在他的关于世界起源的谈话中提到天和地[1]还没有成形之前，在一片无垠的空间里，只有一团混沌的物质。这种物质，处于混沌状态，是没有边际的；这无法定义的实体之微妙、有灵性之处就在其形体。"理气"和"太极之魂"——宇宙太初的状态——即是天和地的基础，是让天地开花结果的种子：是万物发生的途径。这样的演变都属于生产的一部分，而生产发生的动力却不为人所知。这些形式完整的生物是很稀有的，宇宙一旦有了这些部分，人类却无法用感官理解其产生的方式。因为，我们通常用感知的方法来观察生物的衍生。

亲爱的陈渊哲，我承认这方面新派论的观点和诡辩论的观点一致。我很难理解在世界形成前的永恒状态，极不确定的太极之中，会有精灵之气在世界形成之时，立即衍生多种有形的生物，而且像种子那样生出天和地。而在世界形成之前，却毫无动静。试想，如果一直在运动，那么，就会产生一些我们看得见的作用。如果一直在休眠，那么，就不可能借助外在的物质活动起来，并超越那个物质使整个宇宙运转。再想得远点儿，是什么使那个物质运动起来的？这个物质是一直在动，还是受驱使而动？如果是一直在动，那就与太极的作用一样；如果是被驱使而动，那么，一个推动另一个，整个宇宙就形成循环，或者至少是无边无界的渐进过程。

---

[1] 这里，我采用了杜赫德神父的翻译。

因此，斯宾诺莎派的观点似乎更合情理，即世界总是由一种无所不包的物质组成，内部不断变化，而后这种变化又产生新的变化。我很自然地接受了这种观点，不用再担心人们反对宇宙形成前这种物质是静态的观点。然而，法国有几位支持古希腊哲学观点的学者，与新儒家学者的观点相近，这些人被称为伊壁鸠鲁派。这个名字取自他们的导师伊壁鸠鲁（Epicure）。

我会在其他时间再和你说这位哲学家与新儒家学者之间的一致性，信中余下的部分我想用来反驳你提到的说法，即主宰宇宙、绵延不尽的力量不可能是无意识的、唯物的。我有明显的证据证明我的观点。首先拿我们每天都能看到的各种变化来说，上苍赋予万物生机和活力，植物在生长，人类也在生长，变化一个接着一个，上苍的力量却从不停歇。因此，我可以说万能的上苍是宇宙的本源。但是，我不能证明这一本源是有意识的。在我看来，所发生的一切都是无意识的行为，你所蔑视的新儒家学者也这么认为。

如果控制宇宙的本源是有智能的，是知晓一切的，并具有古代正典称为"天"的一切美德，那么，世界上随处可见的灾难从何而来，为什么每个人都会遭受不幸？为什么这个至高无上、聪明绝顶、无所不能的上苍不运用它的力量使人类幸福？人类能承受多少不幸？他们的生活几乎遇到一连串的痛苦：身体健康的人常被疾病和贫困压垮，富有的人常被疾病所折磨。有时候，有德行的人蒙受着灾难和疾病，而犯了滔天大罪的人却享有幸福和健康。这些现象说明掌管人类命运和吉凶的上苍是毫无意识的。

亲爱的陈渊哲，如果罪犯受到惩罚，我们也不应该认为世界的主宰是有智能的，因为，如果这个主宰明察一切，谨慎从事，那为什么不在罪犯变坏之前阻止他们？¹ 如果世界主宰具有最强的理智，应该能始终如一地运作，但是为什么对同一件事采取截然相反的做法？本来应该希望每个人都从善，但事实却并不这是这样，难道这就是明智的结果？

亲爱的陈渊哲，以上就是我在北京也给你讲过的新儒家学者的观点。你曾激烈反对，但我并不惊诧，因为人各所好。

祝好，望回信。

自巴黎，某月某日

---

a. 本书作者所引用的新儒学思想家是指宋代思想家朱熹、邵雍、周敦颐、张载。17 世纪欧洲在中国的传教士曾经批评新儒学与古代原始儒学之间的差距，并且非常重视佛教思想对新儒学的影响。
b. 欧洲 17 世纪的某些神学家、哲学家，譬如贝尔、马勒伯朗士都认为新儒学思想与斯宾诺莎的思想很接近，都是无神论。
c. 虽然作者并未直接指明这位学者的名字，但是应当指的是程颢或是程颐。

---

1 一位悲剧作家的诗句相当生动地表达了这种情感。请看：伟大的神灵们啊，你们知晓人们犯下罪过，为什么不去阻止他们？你们本应该用一些合理的方法使人们回心转意、不犯重罪，你们却纵容他们，给我们造成痛苦，难道他们遭了报应之后就会少犯罪吗？［这条注解在 1755 年的版本中不存在］

陈渊哲致图索

第十六封信 1

亲爱的图索，很高兴看到你的来信。从信中得知你仍然坚持那些错误的观点，我深以为憾。

你认为你已经从人类经受的苦难中找出充分的理由支撑你的观点。我承认你所说的现实中弊端，也承认这不可能是至高无上的、无所不能的上苍造成的。尽管如此，我觉得存在一个有意识的上苍的肯定性并不减弱。借助我的浅薄知识，而非神的帮助，经过苦苦思索，我找出一些你的结论中不合理的地方。首先，我已经明显地证明了存在一个有意识的上苍。因此，我并不能完全理解其中的原因。但是，我确定这是存在的。我的理智告诉我绝对存在一个有意识的上苍，在这种情况下，要么我闭上眼睛不去面对自然，要么我得承认理智告诉我的一切。确实，经过理智思考得出的这个看法在某些东西上说不通，但我得抱怨自己的浅薄，而不应该反驳有理有据的说法。否则，我也会像某个疯子那样对周围的东西视而不见，否认近在眼前的事实的存在。

亲爱的图索，因此我可以确定的是，虽然罪恶的根源让人很难

1　［这条注加在1739年的版本中］这是我在前一封信中答应给你的回复。

相信会有一个万能的、至善至明的上苍的存在，我还是认为必然存在一个万能的、至善至明的上苍。这封信中我就不重复上一封信中我提到的理由了，我会依照你提到的斯宾诺莎派和中国新派的思路，向你说明永恒的有意识的上苍的存在。尽管你说过斯宾诺莎的观点优于中国学者的观点，但在我看来，他们的观点都一样糟糕。

你批判过你的同胞，因为他们认为处于休眠状态的物质本源可以运动起来。你提出，动能怎么到达物质内部？运动需要活体的推动，活体是原动力，因此，肯定是上苍在开始运动之前已经有某种东西，某种更有力的东西在动。由此，总是有一个高于上苍的东西存在，没有这种东西，上苍就永远处于休眠状态。

当你说自始至终我们看到的宇宙都是一个样时，我请求你拿出证据证明这个武断的说法，因为这样的观点不能说服理智的人。如果土地永远都是一个样子，为什么我们每天都能看到其不断衰弱，改变样子，明显地接近它的极限？我采取了过度怀疑的态度，拒绝相信古代的历史。但难道我们不了解以前土地产出东西轻而易举，现在却相当吃力？现在人的数量并没有多很多，但再也感受不到世界的活力。不仅仅是土地的改变，天体的改变同样可以让我们断定宇宙的衰落。古人能观看到的几个星体我们现在已经看不见了，谁能肯定这些星星没到尽头，没被摧毁？如果星星的消失是为了某种循环，那么，几个世纪前它们就应该重新出现了，但却没出现，可能它们的更新在这么长的时间里已经结束了。

亲爱的图索，由此可见，认为我们看到的宇宙自始至终都是一个样子的观点是荒谬的。如果天体是永恒的，那么天体中的自然物质就不能有任何改变，因为事物的本质既没有开端，也没有终结，在远古中存在的物质，在未来也应该存在。

更进一步讲，如果依照宇宙中一切都是有序并且永恒的观点，那么，现在存在的一切东西都是永恒的，人也是永恒的，天体也是永恒的。请问，人为什么会死亡？你们会回答，死亡一直都伴随人类。如果世界是永恒的，那么任何东西不能消亡，所有东西都应该像太阳一样，和太阳一样永恒，不应该有任何改变。

你批评的那些新派论者深刻地体会到这些异议，因此，他们不敢支持宇宙是永恒而且有序的。他们声称在宇宙产生之前，物质是静态的，这种说法又犯了你所批驳的错误。你提到的古代的伊壁鸠鲁派也有相同的错误，他们在一处避免了障碍，又在另一处被撞得粉碎。但他们更乐于接受"宇宙在无意间形成，世界是永恒的"等等荒谬的说法。他们能够感觉到异议。世界上的物质[1]不得不归于腐朽，使他们认识到宇宙不能永恒，任何东西都自然而然地依从自身的性质变化。而且，他们认识到时间[2]能毁坏、改变、颠覆最坚固的建筑，石头可以化作灰尘，空气可以风化最坚硬的石头。山崩地裂、暴风骤雨、火灾，夺去一批又一批人的生命。在未来面临毁灭的这么明显的迹象下，他们怎么能认为世界能够永远存在下去？

亲爱的图索，远离你的错误吧，既然你同意没有一个更有力的动力来源，处在休眠状态的物质不能自行运转，那你就应该毫不犹豫地反对世界是永恒和有序的，真心承认原动力来自有意识的生物。一旦你接受了这个真理，你就会想到一个没有思想的物质不可能造

---

    1 [这条注在1739年的版本中以拉丁文的形式出现]"同样，死亡的大门远没有对天、地、太阳和海洋关闭，相反，却对其敞开巨大的豁口，随时准备将之吞没进去。因此，必须承认这个世界有它的开端，由于它属于不朽的物质，它可以从无数个世纪以来直至今天，毫发无损地抗击着时间的冲击。" LUCRECE, *De natura rerum*, livre V, v. 374 seqq.

    2 [这条注在1739年的版本中以拉丁文的形式出现]"难道你没看见石头也屈服于时间的打击，高塔被时间摧毁，岩石被时间化成灰尘？你没看见寺庙和神像经年之后开裂，神灵也无法冲破命运的局限，抗击大自然的法则？难道你没看见英雄纪念碑也开始损坏，而他们自己也在思忖……你没看见一块的岩石再也经不住时间的打击，即使是很小的打击，从高山上脱落下来？它们不是由于遭一次打击就脱落下来，它们一直在默默承受着时间的打击。" Ibid., v. 307 seqq.

出具有思想的生物，例如，人；人类肯定是从非物质的有思想的生物那里获得思想。荷兰学者和他的弟子认为，世界上的第一生物是永恒的、有思想的物质，其他的生物都是一些变化，这就达到了荒谬的极致。如果真是这样，那么，每个原子、每个沙粒都应该是个有思想的生物，或者说有思想的变化，因为有思想的物质不可能由无思想的物质构成。由此，如果宇宙是个有思想的物质，那么，思想意识必然存在于它的最微小的部分，存在于所说的改变之中，无论改变多么小，无论变成什么样子。无法证明意识在某些改变中不存在。一个人和一粒沙子同样是有思想的物质中的一部分，同样是来自原动力的两种不同的变化，因为有思想的物质不可能由任何无意识的部分构成。如果那样，就会违反事物的本质，也违反了能延续物质的特性。这两个相抵触的地方，直接违反了最明确的概念。

因此，亲爱的图索，请好好想想斯宾诺莎哲学思想的谬误吧，仔细思索这个哲学家所说的：按照他的理论，海里的每一个小沙粒都是微小的，是具有思想和意识的上苍，是大的上苍的一部分。这是多么可怜的道理啊！在我看来，斯宾诺莎主义者的错误和中国的新派论者的错误同样严重，前者认为整个宇宙就是上苍自己，后者认为一种看不见的力量统治着世界。我不知道这两种观点哪种更错误，承认一种则令宇宙在混沌中产生并延续；承认另一种则会使海里的沙粒具有思想。

亲爱的图索，以上就是为什么我认为一个初始的、智性的、超越物质的原则是存在的，这是塑造宇宙形体的力量，藉着这个力量，宇宙的形体持续着，而一切事物的运行却由智性的力量规划着。尽管某些事物并未遵循正道，与我对世界的看法有悖。但是，如果我的知识不是如此有限的话，我一定可以看出这些偏离正道的事物还是源于善的，因为一个充满了绝顶智慧的上苍不可能是罪恶的源头。

我们应该相信，一切存在的事物都是好的，在一个特定的人身上所显现的恶，从整体的角度而言，还是善的。这些不幸、死亡、痛苦，总之世界上让我受伤的一切，自成和谐，这是我们浅薄的智慧所无法理解的和谐的完美。这个世界显现出来的混乱，其实是一种高水平的有序，我们说的个别的灾难，其实是一种普遍的幸福。亲爱的图索，不要再怀疑了，只要我们认定至高无上的、有意识的上苍存在，那世间发生的一切不过是上苍的意愿而已。

祝好，请迷途知返吧。我不会因为这个话题再纠缠你了，这是我最后一次谈论这个话题。

自巴黎，某月某日

第十九封信
哲求致图索

亲爱的图索，我到日本的长崎已经两天了。只有长崎允许外国人进入。[a] 自从日本闭关以来，无论是新交还是旧交，都以同样的规矩对待，即使是中国，也不例外。[b] 只有中国人和荷兰人受到优待，被允许在长崎经商。但他们在逗留期间，就像犯人一样被羁押，没有得到常人应得的权利和热情的款待。

你一定好奇，究竟是什么原因导致了日本人禁止外国人进入？我可以轻而易举地回答这个问题，因为我到这里之后，人们已经把这个原因完完整整地告诉了我。不过，我得先告诉你，传教士在中国发表的有关他们被驱逐的原因，绝大部分都不是真实的。他们有意隐瞒真相，因为害怕引起我们的怀疑，然后像日本人那样，把他们赶出去。某一天这种情况可能真会发生。皇帝现在已经开始减少他们的特权，似乎想把他们从中国彻底驱逐出去。

现在回到日本驱赶外国人的话题。若干年前，葡萄牙人就在日本定居下来，并受到日本人的礼遇。因为不满单调、简陋的生活，葡萄牙人提出要用基督教教化日本人，随后，葡萄牙人就去掉以前的伪装，彻底暴露了他们的本性。这些葡萄牙教士虚荣、自负，自认为是这个国家的主人，不把日本的大贵族放在眼里。图索，你在法国，应该也发现了这一点。于是，日本人开始抱怨葡萄牙人的傲慢和贪婪。一天，一个葡萄牙大祭司，欧洲人也称主教，在路上遇到王室的官员，他不但不按照常规下车问候，反倒傲慢无礼地从官员身边通过。王室官员受到明显的冒犯，就到国王那里用最激烈的言辞告状。这事令日本国王很反感葡萄牙人，觉得葡萄牙传教士宣扬的新宗教与本国的宗教相抵触，使民众之间互相产生敌意和恶感，危害国家的和平。从此，国王发布诏书，禁止传播基督教教义，命令葡萄牙召回传教士并停止派遣。

这一诏令并没有严格执行。葡萄牙继续派遣新的教士到日本，原来的教士躲在信基督教的日本人的家里。随着时间的流逝，一切又回到从前，葡萄牙传教士重新受到日本人的礼遇。遭受动荡后的葡萄牙人，并没有谨慎从事，变得乖巧，而是仍像以前一样虚荣、自负。有几个从芒伊勒省以使节身份派来的神父，公开在米口传教，尽管国王命人告诉他们不要这样做。告诉我这件事的日本人说：就连耶稣会士都通告教士们不要不听从国王的命令。我熟悉日本的情况，我知道日本人没有添油加醋。无论如何，神父明目张胆地违抗了命令。这种对王权的蔑视，不仅惹恼了国王，还引起了全帝国的反感。大家对葡萄牙人的仇恨，对所有宣扬这个宗教的人造成了致命的打击。

日本人在发现葡萄牙人和新入教的日本基督徒合谋造反的事情之后，对基督徒的仇恨达到极致。基督教借口发展宗教，允许教徒推翻君王。亲爱的图索，请想，如果中国的传教士也持有这种可恶的观点，他们的命运会怎样？我肯定如果有机会，他们会做同样的事情。我很蔑视传教士的虚伪的仁慈，不理解我们的朋友陈渊哲为什么这么信任他们。如果他喜欢传教士带来的知识，他可以从那些为人更真诚的欧洲人那里获得相同的东西。我更喜欢南特的商人，通过他我读到了好几本法国书，这些书比传教士借给我们的要好得多，那些书枯燥乏味。如果只听传教士讲，只看传教士的书，我们对欧洲就不会有真实的认识。你肯定看得出，我在这里和荷兰人的交流以及在北京和英国人的交流使我大开眼界。

亲爱的图索，我再回到导致葡萄牙人彻底败落的那次谋反。谋反是被荷兰人发现的。在日本的荷兰人经常受到葡萄牙人恶意诋毁，被说成强盗和小偷。这种诽谤和无时无刻不想破坏荷兰人生意的企图，使荷兰人想尽一切办法干掉如此危险的敌人。当机会出现的时候，他们很好地抓住了它。荷兰人在好望角附近截获了一艘从日本返回里斯本的船，在船上，他们找到一个叫莫罗的日本人写给葡萄牙国王的信。莫罗是狂热的基督教徒，也是葡萄牙人在日本的头目。信中，莫罗告诉了葡萄牙国王谋反进展的情况，并且请求葡萄牙国王派船到日本，以便达到最终的目的。谋反的主要人物的名字被列在信中，还有一篇诅咒日本国王和朝臣的冗长经文。

这封信对荷兰人来说真是机会难得，况且他们的举动还可以挽救对他们非常友好的一位王子的生命。他们把信交给王子费朗多，费朗多通报到朝廷。亲爱的图索，你想想，国王有多么惊讶和愤怒。于是，下令逮捕了所有在长崎的葡萄牙人，又活活烧死了他们的首领莫罗。在人们奔走相告的时候，一艘日本船又截获了莫罗写的另一封信，那封信是写给澳门的葡萄牙总督的，证实了第一封信中的内容。

在此形势下，任何国家都会采取和日本一样的决定。他们驱逐了除荷兰人和中国人以外的所有外国人。留下荷兰人是因为他们曾经给日本人通风报信；留下中国人是因为自古两国往来，而且中国人为日本人带来过各种技艺和知识。日本本国人也被禁止到外国去，因为政府认为只要和重罪分子稍微有接触，就会变坏，丧失德行。日本对本国人和外国人都关闭了大门，同时，禁止因为生计进入或离开日本。

这条法令现在看来过于苛刻。在葡萄牙人离开后，日本人的仇恨又转嫁到信奉基督教的当地人头上。他们残酷地迫害日本的基督徒，对他们施以酷刑。总而言之，这些不幸的替罪羊受到各种虐待。他们的同胞，就像对待被赶走的欧洲人一样，疯狂地沐浴在他们的鲜血之中。

暴行终于激起了替罪羊们的反抗。大约四万人，看到自己尽管已经求饶，但仍不能获得平静的生活，他们的同胞一定要致他们于死地，就决定和这些刽子手们决一死战。亲爱的图索，我不知道该不该责怪他们。当人们违反了法则，做事的时候就只好求助于常理。暴君统治的国度不会有王法存在，当有野人要欺负我的时候，我会依天性保护自己，而不是服从。这些天性一直存在，只是在有人犯罪的时候才被唤醒，去惩罚坏人，维护安宁。

这将近四万个基督教徒退到一个古城堡中，决定自卫到底。国王把他们包围起来，想把他们全部消灭。在荷兰人的帮助下，国王达到了目的。以往，在各种不同事件中，荷兰人的行为都无可非议，只有这一次，荷兰人在世界人的眼中成了罪犯。一个叫库克贝克的荷兰首领率领战舰参战，为了取悦国王，他带来六门大炮，在战场上排开，向古城堡发了五百发炮弹。以这一致命的"帮助"，荷兰人消灭了五万名和他们有相同信仰的人。死的人只是因为有这一信仰。

上天总是惩恶扬善，不允许荷兰人用下流无耻的方法赢得他们想要的东西。荷兰人看重利益，日本人远远不及。因此，日本人开始蔑视荷兰人，认为他们在政治上造成危险，金钱上欲壑难填。荷兰人对王子的服从是因为他们喜欢王子的性格。荷兰人则担心是不是有一天也像葡萄牙人那样被赶走。这件事狠狠地教训了荷兰人，他们在没有把握获得奖赏的情况下就运用可怕的暴力。他们应该想到人们犯罪是为了获得好处，但人们仍痛恨罪犯。日本的执政者担心，由于相同的原因，某一天荷兰人也会拿起武器像今天对付同样信仰上帝的穷人一样，去对付他们辅佐的王子。终于，感激的心理战胜了恐惧的心理，日本人同意荷兰人继续在日本做生意，但把他们封闭在长崎附近的一个小岛上。那里成为他们唯一能待的地方。日复一日，他们的自由没有增加，反而在缩减。他们的顺从只能增加日本人的猜忌。他们聚居的小岛用冷杉木板包围起来，长只有六百法尺，宽有二百法尺，也可以被称为监狱。出入都要有长崎执政官的命令，船舶不能登陆，岛上的人被严加看管，好像犯过大罪。

亲爱的图索，现在中国人在日本也失去了以前的特权，像荷兰人一样被看管起来。我在下封信中告诉你原因。不过，如果我给日本执政者带的回忆录不能让我获得去这个国家的首都——京都——的礼遇的话，那足以证明这也无法满足你我的好奇心了。为了解除日本人的防卫心，还必须实践一系列虚礼，我不知道什么时间才能去朝廷。

祝好。

自长崎，某月某日

---

a. 耶稣会传教士方济各·沙勿略（Saint François Xavier）在 1549 年到日本。
b. 16 世纪，来自葡萄牙、西班牙、荷兰、英国的人和基督教传教士一同登陆日本。17 世纪上半期，日本官方怀疑这些欧洲人有军事叛变的嫌疑，于是下令关闭日本的港口。只有荷兰人与中国人可以继续在当地经商。这个法令行使了两百年。书中对日本的描述，不仅体现了作者对在中国的传教士作品的认识，更证明了作者对全球历史的关注。日本关闭港口对 17 世纪的全球经济造成了重要的影响。就是因为日本港口的关闭，银子向中国输入的断绝，造成了中国的经济危机，加速了明朝的衰亡。

第二十封信
哲求致图索

亲爱的图索,像我上封信承诺的那样,我在这封信中给你讲讲为什么我们的老朋友日本人现在对待我们像对待荷兰人一样苛刻。

自从因为谋反,葡萄牙人和西班牙人被彻底赶出日本后,荷兰人至今也仍被封闭在小岛上,只有我们中国人可以自由经商。商人可以带来任何人们想买的东西,或者卖给任何人。尽管我们只能在长崎做生意,但这个地方足够我们立足,比起只能待在一尺大的地方,真是幸福多了。可是,我们命中注定会受葡萄牙人的牵连。他们到我们国家居住,我们接纳他们,他们不失时机地派来传教士。这些人,天生就会捣乱。他们不去日本,却买通几个中国商人和缅甸船长往日本运送宗教书籍。他们想重新燃起必须经过千辛万苦、血流成河才熄灭的战火。日本执政官知道此事后,把中国人封闭在和荷兰人一样的范围内。他们认为我们比荷兰人还危险,因为荷兰人帮助他们打击敌人,而我们帮助了他们的敌人。我们被取消了特权,我敢说,亲爱的图索,我们现在比荷兰人还难受,因为他们觉得我们比荷兰人更可怕。

一个日本人对我说:"我们总觉得你们从传教士那里带来些东

西。日本现在的平静不仅关系到王室，还关系到所有居民。如果想让人们笃信其他事物，允许人们杀死或者废黜国王，要达到这一目的，没有比建立新宗教更合适的了。每个日本人在读纪年史的时候，看到基督徒在教士的教唆下谋反，祈求教皇赐福这件有害的事时，都会惊恐地战栗起来。我们怎么能够信任那些人——那些声称他们的宗教可以赦免神圣的责任，允许违背誓言，废黜君王，挑起国内战争的人？我们宁愿身边有一些明显的歹徒，也不愿意有葡萄牙人那样的狡猾之徒。我们可以摆脱歹徒的不良用心，但我们怎么保证不上其他的当？谁会想到那些宣传忍耐、人道、服从，鄙视财富，遵守法规的人是世界上最大的骗子？他们披着动听的教义的外衣，达到强迫下至百姓上至君王都听从他们的可怕目的。"这个日本人继续说："您还不知道我们现在有多幸福，我们一点儿也不担心国内混乱，不担心外来的人使我们重蹈覆辙。我们已经改变了葡萄牙人带入的、其他欧洲人使之加剧的不良风气；我们努力地教育孩子使他们具有繁荣国家的决心；我们保护科学文化知识，并用荣誉鼓励人们去发展和完善这些知识；我们严格执行法律，在城市和乡村设置大量的执法人员。他们负责维持各项秩序，公正严明地履行自己的职责。整个国家就像是一所文明风气盛行的学校。尽管这样，由于国民众多，总会有某人作恶，我们会严惩罪行，如不改正，绝不姑息。

"以上是我们国内的情况，在国外，我们一点儿也不惧怕邻国。中国是攻打我们最近便的国家，但我们不挑起战争，他们也认为战争不会带来好结果。而且，我们并不想征服其他国家来扩张领土，对其他国家没有威胁。我们认为小心谨慎的方法使我们避免了与外国的战争；我们还有不少的军队随时待命。我们不惧怕敌人，特别是葡萄牙人和西班牙人，自从把他们赶出去以后，如果他们违反命令，我们会毫不留情地跟他们开战。可能您喜欢听下面这件事。

"葡萄牙人总是觉得被迫离开我们国家很遗憾，就想尽一切办法回来。他们看到动用武力没有作用，就使用温和的人道的方法。他们从澳门派出两个大使，带着众多的随从，来觐见国王。我们国家有令，不允许葡萄牙人再以任何借口到日本。因此，这两位大使一到长崎，就被抓了起来。国王对曾经因谋反被驱赶的人仍然以出使的借口回到他的国家感到愤慨，担心葡萄牙人再次策划谋反，就命令把大使和随从都杀掉。我们留下十二个不起眼的人回澳门报信儿，其余的在一天之内，全部被砍了头。我们国家实行一个刽子手杀一个人，因此，片刻之内，这六十个人头就落了地。

"杀完这些葡萄牙人之后，毫无惧色的国王还命令那活着的十二个人回去传话：'无论是葡萄牙国王还是基督徒，只要踏入日本一步，就会遭此结果。'从此以后，再也没听说哪个葡萄牙人受到过他们最初来时受过的款待。"

亲爱的图索，这个日本人给我讲的国王闭关的理由，我觉得有些勉强。我禁不住想让他们意识到尽管他们的做法情有可原，但是他们剥夺了葡萄牙大使的人权，犯下了不可饶恕的罪行。这里人对葡萄牙人的仇恨使我只能认同国王的错误做法。如果我有更多的言论自由，我会有力地证明给他看，日本人的残暴行为可以和当初葡萄牙人对他们的所作所为相媲美，足以让所有国家的人感到可怕。但是，我必须保留我的想法，只能说给那些最彬彬有礼，在充满仇恨的时候仍能克制暴行的人听。你不知道日本人会做出什么来，我给你讲第一个例子前，先停顿一下，这样显得不那么残暴。

在葡萄牙人离开日本后的某个时间，一艘驶向菲律宾的西班牙船只，受暴风雨影响，在长崎港口抛锚，由于天气恶劣被困在那里。长崎的执政官把这只船的情况报告给国王，国王紧急下令放火烧船并杀死船上所有人。执政官包围了这只船，由于风向的原因，这只船无法冲出日本兵船的包围圈。西班牙人无路可退，决定一战到底。他们勇猛地自卫，很长时间内阻止了日本人登上他们的船。终于，日本执政官为了给士兵做榜样，第一个跳上了船，日本士兵随后跟上来，打败西班牙人，占领了第一层甲板。但日本人没能在第一层甲板上久留，因为下面的西班牙人点火，使几大桶炸药爆炸。侥幸在炸药爆炸之前回到自己船上的日本执政官并没有因为损失兵力而灰心。他重新发动进攻，西班牙人下到第三层甲板，用同样的方法炸死日本兵。随之而来的是日本人的第三次进攻，西班牙人下到底舱，打算再炸日本人。可是，弹药用尽了，他们仍然顽强抵抗，决不投降。最后，日本人以三千兵力的代价把他们全部杀死。

亲爱的图索，当我们提到仇恨产生的恶果的时候，我们只能哀叹，为什么古人能平和、幸福地生活？那个时代一去不复返了吗？那只是个美梦吗？现在的人那么凶恶，他们永远不能变好了吗？基督徒在《圣经》中看到，自从世界上第一个人有了孩子，就有了凶杀和仇恨，他们等不到人类第三代的出现。也许，基督徒把人看得太坏了，而我认为我们把人看得太好了。

祝好。

自长崎，某月某日

第二十二封信 庄致陈渊哲

亲爱的陈渊哲，因为事情缠身，未能及时给你写信，请谅解。

我总是利用机会了解波斯人的风俗习惯。我不满足于从当地人那里了解，也向定居在那里的外国人打听，因为外国人的看法不存在偏见。人们从孩提时代起，就对所做的事情产生偏好。当地人都是带着偏见去看待他们的习俗。

我经常和一个法国商人谈天，这个人有才智，有品德。几天前，他给我读了他写给巴黎笔友的一封信，信的内容涉及对波斯妓女和法国交际花的比较。我觉得十分有趣，就请求他允许我在给你的信中附上这封信。

一位法国商人给他的笔友的信

先生，您要求我讲一些关于波斯妓女的事情，下面我就尽我所能满足您的好奇心。首先，波斯妓女像法国妓女一样，分为两类。一类，就像大多数在巴黎被包养的女子一样，待在自己的家里，有她们自己的房子；另一类住在客店里。她们占据着某些客店，互不嫌弃地住在一起。这些客店的样子很像巴黎某些房子，甚至可以说是某些街道，有教养的人不愿意住的地方。

伊斯法罕的妓女数量——至少是登记注册了的——并不比巴黎多很多，也就是一万四千人左右。我甚至相信，如果加上被同一个男人包养的女子，巴黎的妓女人数可能超过这个数字。

波斯和法国的不同之处在于，波斯的妓女要登记，还要向国家支付固定的贡金。妓女人数众多的年份，贡金达到二十万埃居。法国不允许人们做妓女，因此也不用上税。在伊斯法罕，属于国王的这部分税钱，在法国却属于行政区长官。他们掌控警察，用一切手段中饱私囊。即使有些法官可能会以这些收入为耻，但拿黑钱的行政区长官却不这么想，他们的作为就像一个把拿黑钱不当回事儿的皇帝：回归的钱总是好的。

通常，波斯妓女比法国妓女价码要高。在巴黎，一个普通的妓女，只付一路易多；而在伊斯法罕，从业头几年，妓女的价码不能少于二十皮斯托尔。这表明波斯人比法国人更好女色。波斯人可以在家中拥有许多女人，而找妓女则要花一大笔钱。的确，波斯的妓女比其他地方的妓女更友善、动人，甚至经常让极富有的人与达官显贵破产，当地人甚至认为她们让朝廷中的所有年轻贵族感到不安。

波斯美女中最有诱惑力的当属歌舞演员。她们形成团体，演出各种剧目。似乎，无论在哪里，和歌剧有关系的东西都注定要毒害人们。波斯人确实是客观地依据他们的价值观去欣赏歌舞。尽管他们非常喜欢给他们带来愉悦的歌者和舞者，但他们并没有像法国人那样把跳舞视作高贵的职业。[1] 相反，舞蹈被视作下流的艺术，尤其是跳舞的妇女，在波斯都被视作妓女。

1　路易十四对于《伊希斯》（Isis）这部歌剧非常满意。他甚至为此颁布了一条法令，允许贵族在歌剧中演唱。这条法令也在巴黎议会登记了，直到今天还沿用着。

在法国，女演员的地位和波斯女演员的地位也差不多。唯一的区别在于人们对待唱歌和跳舞的态度。身为法国人，您会公正地批判波斯人对这些女子的职业的歧视。

您可能想知道波斯这种演出团的一些事情。波斯有若干个演出团。每个团通常由十五个人组成，国王的演出团有二十四个人。不要以为国王的演出团里的演员是最纯洁的，相反，她们是最放荡的演员。她们和法国演员一样，没有统一领导，只听从一个老板娘的命令。老板娘通常就是这个团中最年长的人。老板娘负责把演员带到演出的地方，安排演出，避免演员之间的纷争。当演员不服从她的命令的时候，她有权力惩罚她们，甚至可以鞭打她们，如果她们再犯的话，就把她们赶出去。但老板娘从不滥用权力，一旦滥用，就会失去权力。

如果在法国，人们也把相同的任务交给年老的演员，情况就不妙了。演员们难免不受到鞭责。请想想皇家宫殿演出团的那个又老又胖的老板娘，再想想其中两个演员的悲惨遭遇，你就会明白那个做老板娘的老演员把自己年老色衰，得不到掌声的怨气撒在年轻演员身上，她竭力不让自己受到冷落。在痛打了两个年轻演员之后，又把她们赶了出去。

法国女人的脾气秉性不允许有相同目的的同伴对她们的行为指手画脚，尤其是这一行业。在波斯，演员们不用担心老板娘的嫉妒，因为老板娘们已经到了一定年龄，她们认定自己不能再取悦于人。波斯女人可能是世界上唯一能正视自己老去的女人。她们和法国女人有天壤之别！法国女人超过三十岁后，第一件要忘却的事，就是她们的年龄。当她们到四十岁的时候，她们就什么都忘了。

波斯女演员的薪水和法国女演员的薪水相差无几。国王演出团的演员每年可得到一千八百斤[a]银子和一些做衣服的布料。但无论在伊斯法罕还是在巴黎，这些都算不上什么。朝中大贵族和情夫们一天的礼物经常远远超过她们一年的固定薪水。

值得一提的是，在巴黎招妓女的人，特别是刚到这里的一些德国人和英国人，他们往往付出过高的价格。如果他们知道通常的价钱，也许就会便宜得多。在伊斯法罕，妓女们用钱做称呼，标志她们的价钱。她们不称呼人名，而叫"十金币"[1]，"五金币"，"两金币"，等等。在法国，妓女们则用"一百路易"，"两路易"等代替人名。这样称呼对她们起到保护作用，因为碍于团体的利益，她们卖身的价钱不能低于两路易，波斯妓女不能低于两金币。如果她们违反了这一规定，老板娘就会打她们，并把她们赶出去，永远不许回来。如果她们卖不到两金币了，她们就得被迫违规，或者被新来的人替换掉。

尽管波斯女演员听命于老板娘，但并不和老板娘住在一起，而是独立居住。老板娘的住所只是公众场所，类似是歌剧院的商店。当人们需要歌舞演出时，只需和老板娘说一声，她就会派去或带去要求的演员数量。如果有人还需要其他服务，则必须先付清要价。比方说，要价是十金币，那么，客人应先付十金币，再提要求。这个规矩是演员们为了防止客人赖账定下的，她们在离家之前，就已经得到报酬。

前些时候，一位老爷想找一位外省演出团的演员到家里来，就派人给她送去五埃居。美女愤然地对仆人说："去告诉你家老爷，低于三十埃居，我决不出门。"这位老爷又派人送去十五埃居，但无济于事。第三次，这位老爷派人送去二十埃居，美女

1　一个金币（toman）相当于法币的十五埃居。

仍然无动于衷。美女的做法触怒了这位老爷,又激起他的欲望,于是,他派人送去三十埃居。拿到钱之后,美女来到他家。他对美女说,他只想看她跳舞。在跳了很长时间之后,他把美女带到小房间供他和他的朋友整夜寻欢作乐,不给吃的和喝的东西。终于,天亮了,他却又把打算回家的美女带到仆人的房间,对她说:"我美丽的女王,我只是一个小执政官,花不起三十埃居买一夜欢乐,我的仆人也付了一份,他们理应享受快乐。"骄傲的女演员只好委身于仆人,事情结束后,她才被允许回家。她四处抱怨受到的待遇,同伴们互相转告,这件事一直传到国王的耳朵里。这位执政官以活泼风趣的方式把这件事讲给国王听,国王又命他再付十皮斯托尔给演员,他才侥幸逃脱。但他这次冒了很大的风险,因为他对女孩的做法有可能令他丢掉性命。我肯定,在巴黎,他的做法会受到严厉的惩罚。即使是妓女,也应该有人身自由。我在巴黎的时候,就看到一个令人伤心的例子。一个富商的儿子,因为在某个下流场所强暴了一个女孩子,被判处悬吊模拟像[b]。好了,先生,以上就是我要向您说的有关详细情况。

亲爱的陈渊哲,我肯定你读上面的信会觉得有趣。下一封信里,我会讲波斯人对戏剧的喜好。尽管欧洲人很轻视中国的戏剧,但我觉得中国戏剧要优于波斯戏剧。你很快就能评判两者真正的价值了。

祝好,你给图索写信的时候,代我问好。

于伊斯法罕,某月某日

---

a. 指古斤。
b. 一种刑罚,将罪犯的画像悬挂起来,以示惩罚。

第三十一封信
图索致陈渊哲

亲爱的陈渊哲，到了巴黎后，主要的工作之一就是仔细标出大多数欧洲作家的作品中充斥的神话与粗鄙的谎言。这些国家的作者似乎总是倾向于讲述最离奇的事情，更糟糕的是，他们以一种严肃和肯定的态度讲述这些事，好像他们说的都是显而易见的真理。[a]在欧洲受敬重的学者也免不了这些缺点，一样大言不惭地撒谎，甚至还敢说亲眼见过那些他们叙述的离奇的事。

传教士有时候批评中国历史中充斥的荒诞故事与失实记载，他们怎么敢如此谴责我们，他们反倒应该为他们自己大部分作品中充斥的错误感到羞耻。

亲爱的陈渊哲，为了让你了解欧洲作家们如何大胆地撒谎，我给你讲讲我读过的古代作家和现代作家的作品中的几个故事。你会明白那些欧洲最著名的作家自古以来就用虚构代替真实。

由于信件篇幅有限，我不能把所有东西都讲给你，我只集中到一点，就是欧洲作家们对于人的外形的描写。你也许认为，欧洲作家们至少会尊重事实，只把人们的风俗习惯加以改编；事实上，他们绝不满足于此，他们还编出古怪的人形。不单创立不同的风俗习惯,他们还造出不同的人。不同的人之间同样存在差异,就像中国人和犹太教士[b]之间存在差异一样。

古代一位基督教作家,在他的一部主要作品中曾说过不相信哪个民族的人只长着一只眼睛。[1] 但他没有坚持这一观点,不久之后就在另一部书中说那是真的,并强调他亲眼见过。他说:"我和基督教的几位执事在衣索比亚宣讲福音的时候,已经是希波主教(évêque d'Hippone)了;在这个国家南方的省份,我曾看见一个族群,他们的额头中间,只长了一只眼睛。"[2]

亲爱的陈渊哲,你可能对这位作家只凭幻想就创造了独眼族感到震惊。但他并不是唯一这么说的人,在他以前的作家也这么说。奥吕·热埃尔(Aulu-Gelle)[c]说他在古代作家的书中看到过斯基泰人(Scythes)中的某一族只长一只眼睛。[3] 我还能举出其他欧洲作家也这么说过。如果他们说的是真实的,人类有一半都是独眼人。索利努斯(Solinus)还创造了两个不同的独眼族。他说:"在靠近里海的伯斯居勒拉地区,居住着阿里马斯普(Arismaspes)人,他们只有一只眼。他还说,在印度有些人只有一只眼和一条腿,体态轻盈,跑得很快。"[4]

亲爱的陈渊哲,看到像印度这样的人口众多的国家,人民只剩下一只眼和一只腿,千万不要大惊小怪,还有的民族被描绘成无口无舌。那又是一件奇事。而且没人敢怀疑,因为十多位著名的欧洲作家都证明这是真实的。梅拉(Pomponius Mela)[d]讲过在埃及沙漠

---

1 "据说一些人只在额头中央有一只眼睛。"Augustin, *De Civitate Dei*, livre XVI, p. 422.

2 ID., *Ad fratres in Eremo Serm*, XXXVII.

3 "在西方,只吃豹与狮子肉的食人族,在额头上只有一只眼睛。"Solin Jules, *Polyhistor*, chapitre XXX.

4 "同样的作者确定:在这样的气候里,有一些叫作'阿里马斯普人'的民族,只有一只眼睛,而且就像诗人所描述的,他们的外形与独眼巨人类似"。Aulu Gelle, livre IX, chapitre IV.

中有几个哑巴民族,有些民族的人有舌头,但达不到正常人的样子;有些民族的人根本就没有舌头。一个嘴唇紧挨着另一个嘴唇,鼻子下面只有一个小孔,用于喝水和吞谷物。¹ 刚才,我们看到一些被变成独眼人的民族。现在,有些民族又被变成金丝雀和金翅鸟的样子,因为只有它们才需要一个小孔鸣叫,吃谷物。索利努斯(Julius Solinus)ᵉ 肯定这件事是真的。² 老普利恩(Pline l'Ancien)也加以肯定,还说,阿斯托诺尔人(Astromorres)根本没有嘴,靠嗅觉进食。³ 瞧,对这个民族来说,郁金香和紫罗兰的价值要胜过牛肉和羊肉。我惊异的是,已经把阿斯托诺尔人变成蜜蜂样子的老普利恩为什么没让他们酿蜜吃?

我下面提到的民族比刚刚提到的更不可思议,因为他们没长头。蓬波尼斯曾写过布莱米恩人(Blémiens)的脸长在胸膛上。⁴ 索利努斯证明这是真实的。奥吕·热埃尔也说过此事。⁵

亲爱的陈渊哲,无头人的命运好于那些被描绘成狗的样子的人。老普利恩笔下的基纳莫尔格人(Cinamolgues)不会说话,只会像狗一样吠。⁶ 索利努斯把他们称作"人狗"。⁷ 西蒙·马若尔(Simon

---

1 "在沙漠的另一头,有许多民族,唯一的说话方式是用头示意:有些人有舌头但是不会发一点声音,有一些人连舌头都没有,有一些人的嘴唇是粘着的,只能用鼻子下方的一个血管喝东西。据说,他们需要吃东西的时候,就一粒一粒吸取刚刚成熟的谷粒。"Pomponius Mela, *De Situ orbis*, livre III, art. Aetiop.

2 "在东方的尽头,有些人的脸像猛兽,有些人没有鼻子,嘴巴是完全封闭的,脸的形状很不规则,另外一些人的嘴是封闭的,只有一个小孔,用燕麦的梗,来吸取食物。"Solin Jules, *Polyhistor*, chapitre XIIII.

3 "这些人当中的一些人,少了鼻子与嘴巴。他们只有一个用来呼吸的孔。"Pline, livre, VI, chapitre XXX.

4 "但是,生活在红海边的人没有,大家以为他们生来就只有身躯而没有真正的头,但是在胸上有嘴和眼睛。"Solin Jules, *Polyhistor*, chapitre XLIV.

5 "他们说有些人生来没有头,眼睛生在肩膀上。"Aulu Gelle, livre, IX, chapitre IV.

6 "像狗的头。"Pline, livre, VI, chapitre XXX.

7 "据说,Cynamogli 这个民族的头像狗,有隆起的嘴。"Solin Jules, Polyhistor, chapitre XLIII.

Majole）对此事说得更详细些，就好像他经常和他们谈话，完全明白他们的语言。他说："当我经过埃及沙漠时，看到住在埃塞俄比亚边境地区的斯诺塞法尔人（Cynophales）[f]，那些人以养鹿和牛为生，他们不会说话，只会嗅，下巴很尖，像蛇头一样。手上长着又大又长的指甲，胸脯像水猎狗的胸脯，身体很轻，适合奔跑。"[1] 谁又会相信，这些长得像狗的人和中国官僚、法国自以为是的年轻人（petit-maître）[g]一样细致，一样虚荣？只要你相信这位作家，那这一切都是真的。马若尔说："斯诺塞法尔人喝葡萄酒，吃煮熟或烤熟的肉，喜欢精心烹制的菜肴，如果不够精致，他们就会生气，而且他们喜欢华服加身。"[2]

亲爱的陈渊哲，瞧，他们是一群骄傲的人。我肯定，在马若尔[h]时代，如果这些假发流行过，他会给长着狗头的人整出很漂亮的发型。我奇怪为什么能把斯诺塞法尔人美化成修辞教师和乐器师，而不能美化成议员？马若尔说："在古埃及，托勒密王（Ptolémées）统治时代，斯诺塞法尔人教修辞并演奏长笛。"瞧，亲爱的陈渊哲，长笛演奏师不能发音，教师不能说话！这些描写足以和佛的门徒写的东西媲美。尽管如此，我更喜欢马若尔笔下的人，因为梅拉笔下的人根本没有头。

以上我们看到的都是受到上天虐待的形体残缺不全的民族。下面提到的都是天生具有优势的民族。梅拉提到北方岛上有一个民族，长着巨大的耳朵，不需要再穿衣服避风。岛上没有裁缝，无论是冬天还是夏天，人们只用耳朵当衣服。索利努斯提到法内人（Fanésiens）的耳朵也很长。老普利恩说，在距离蓬国不远的斯基泰

---

[1] Simon Majole, *Les Jours caniculaires*, etc., évêque de Volture, livre second, p. 104. 请注意沃尔蒂尔教区的主教讲的所有话都用埃利郎作担保，而埃利郎从没提过让他说这些话。既然如此，只好相信某些作家的引用内容。

[2] Le même, au même endroit.

岛（Îles scythiques）上，居民们不仅用耳朵当衣服，还用耳朵当床。

亲爱的陈渊哲，今天的人没有那么幸运，耳朵只能用来听，而且为了躲避石子和荆棘，他们不得不穿上鞋子。梅拉笔下的北方岛屿上的奥恩人（Oones）被描绘成长着马蹄，免去了穿鞋的不便。索利努斯笔下的伊波德人（Hipodes）也长马蹄。老普利恩笔下的两个民族同样如此。波扎尼亚斯（Pausanias）把一个民族描绘成卷尾猴的样子，让他们长了一条又漂亮又实用的尾巴，用尾巴来驱赶苍蝇。[1] 西蒙·马若尔也让英国人长出了尾巴。他声称在他生活的时代，仍然有些人长尾巴。他生活在大约五十年前，是地位很高的欧洲大祭司，却大言不惭地撒谎。他是这样说的："在英国，有些家族长出尾巴是因为他们的祖先嘲笑过圣格雷瓜尔（Saint Grégoire）派来宣讲多罗塞斯蒂（Dorocestrie）的奥古斯丁派教徒。"[2] 亲爱的陈渊哲，我们要相信传教士讲的故事，相信教皇的威信，那么，他们中的一位说在衣索比亚看见只长着一只眼的民族；另一位说由于祖先不敬，某些英国人生下来就带着尾巴。很遗憾，中国的和尚没有听到这些美妙的故事，如果听到了，想必会趁机让不尊重他们的人长出尾巴。

亲爱的陈渊哲，如果把所有欧洲作家凭想象写出来的、事实上并不存在的东西都讲给你，我恐怕无法结束这封信了。虽然近百年来这些作家有些收敛，更尊重读者，但他们仍然肆意编造：无头人，无腿人，拿耳朵当衣服的人，等等[3]；还效仿前人，杜撰与事实不符

---

    1 Solinus a précisément dit la même chose que Pausanias：（Cercopithèques 这个民族的人有尾巴），Chapitre XL.

    2* *Les Jours caniculaires*, etc., par Simon Majole, livre II, p115.

    3 "有关这个主题，还有什么是没被描述的？于是他们说有人年轻的时候是白皮肤，年老时是黑皮肤，还有的人脚上长着巨大的植物，可以用来遮阳。" Solin Jules, *Polyhistor*, chapitre LXV.

的风俗习惯。

亲爱的陈渊哲，下一封信中，我会充分证明，世界上根本不存在和我们不一样的人。甚至基督教徒出于宗教的考虑，也否认这些离奇的事情，因为所有的人都来自于神的创造，不可能降生出差异如此之大的种群。

祝好，请告诉我你的情况。

自巴黎，某月某日

a. 作者的怀疑论深受法国哲学家丰特奈尔（Fontenelle）与皮埃尔·贝尔的影响。但是，《中国人信札》中的怀疑论主要受古希腊哲学家和历史学家的影响。作者对古希腊史学家希罗多德（Hérodote）特别推崇，对古籍中出现的非理性的、神奇的描述，并不当成迷信，而是把这些描述当成客观的史实，并赋予其文学寓意。因为，他认为史实的客观性并不在于用理性分析历史事件，而是如何从文学寓意的角度来诠释历史的真实性。在这一点上，作者的历史观深受圣经学家理查德·西蒙（Richard Simon）的影响。

b. 犹太教士（Caraïtes）指的是只重视《旧约圣经》中的文意，而不注重《圣经》完整的历史传统的犹太圣经学家。文艺复兴以后，欧洲的基督徒用以指代重视圣经文字的清教徒。

c. 奥吕·热埃尔是公元2世纪的罗马语法学家、文学批评家。他的名著是《雅典之夜》（*Nuits attiques*），在这本书中，他引用了许多失传的古希腊作品，同时提出了拉丁文学与希腊文学的比较。圣奥古斯丁非常赞赏这本书优雅的风格及文笔。

d. 蓬波尼斯·梅拉被视为罗马最古老的地理学家，其作品的写作年代大约是公元43年。老普利恩在他的作品《自然史》中常常引用这位学者的作品。

e. 索利努斯是一位拉丁编年史学家，出生年代应当是在公元3世纪。他的重要作品之一是《地理精义》，这本书里包含了对古人所认知的世界的描述，不同民族的起源、风俗与宗教，也是老普利恩常常引用的一本书。

f. 斯诺塞法尔（Cynocéphales）是狗头的意思，是古希腊位于Thèbes附近的小城市。

g. Petit-maitre是法国18世纪小说中的典型人物，指的是穿着时髦、外表年轻优雅但是矫揉造作、自以为是的男人，源于17世纪的喜剧角色，是贵族社会新生的小资产阶级。

h. 马若尔出生于1520年，是意大利的教士，Volture的主教。

第四十一封信 庄致陈渊哲

亲爱的陈渊哲，无论多么信任你的想法，我都不能认同物质和造物主，也就是"天"，两者是永恒一致的。我知道我的观点和中国学者的常见观点有悖，但我毫不动摇。我始终认为，在所有归功于欧洲人的形而上学的认识中，"物质"的出现是至关重要的。我赞同波斯人的看法，认为这胜过我国学者的观点。

古代所有的哲学家都认为"物质"和"神"同时永存，我认为在这个重要问题和其他若干问题上，他们都犯了错误。他们提出的没有形状的、在混沌中存在的最早的物质难道一点都不离奇吗？一种物质怎么能没有形状，畸形本身不也是一种形状吗？没有形状，怎么还能存在？形状造就了物体，难道没有形状的物体就是一种无限大的物质？如果承认了古人说的最初的物质，就等于承认了一种并不存在的物质，承认了有无边无沿的物体存在，这是世界上最荒谬的理论，是疯人的逻辑。

我要质问那些不承认超物质存在的人，他们曾说从先古到创世，永恒存在的最初的物质一直处于无为的状态，难道不是超物质的力量使最初的物质具有活力？既然承认超物质创造活力，为什么不能施展更大的能量去造物？植物，电，思想，是不是真实存在的物质？它们都是从无到有被创造出来的。因此，万能的超物质的神灵可以从虚无中创造出任何东西。

如果神灵不是万物的唯一造物者，就不可能出现不同的物质具有完全相反的特性。从同一种物质中造出水和火的功劳不逊于造出这种物质的功劳。而且，所有的古代哲学家都认为最初的物质没有形状，没有特性，是神灵造就了不同的特性，也就是说，他创造了火、水、土、空气等各自唯一的特性。他的威力会小于最初的物质吗？

因此，很容易证明没有一个物质是个别被创造的。同样，许多物质的特性都不是一开始就存在的。物体自身也不能形成某个特性。更大胆点儿说，没有这些特质，物质也不可能存在，因此这些特性一定是和物质同时存在的。设想一种植物，在完全永恒的世界里，最初，是什么样子呢？没有特质的物质是令人无法理解的说法，明显地和物体性质相悖。我们可以进一步证明这个错误的假设：事实上，在这个植物的内部，仍然存在不同的物质和特性。内热外冷，皮红茎白，茎汁有催泄作用，叶有收敛作用。如果不是神灵，谁还能在个体中创造不同的特性？如此多的创造比不上原始物质的一次创造吗？

物质中的特性与本质是超越物质本身的，即便是当物质失去了这些特质的时候。如果仔细观察就会发现，某些植物与金属所行使的神妙效能是很让人惊讶的。磁石吸铁并永远指向极点，但洋葱可以破坏这个功能。对于较轻的东西，琥珀具有像磁石吸铁一样的功能。大黄可以祛除所有的坏心情，逐渐改变忧郁之人的性情；嚏根草可以使失去理智的人恢复理智。我再重复，亲爱的陈渊哲，这真是单纯的物质吗？恐怕不是，这些特性是不是比物质更让人所好？肯定是。因此很难想象这些特质是从虚无中造出来的；然而，又确实是，因为这些特质是不会继续留存在原物质中的。承认前者真实性的人也会承认后者的真实性。只要承认最初的物质构成并主宰了宇宙，就得承认物体的特性也是被创造出来的；因为没有新东西，最初的物质造不出现今的事物的样子。能创造出新东西，肯定也能创造出所有东西，因为不可能是相反的情况。

如果物质和神灵同时永恒存在，那物质本身就应该是独立的，因为所有不附属他物的本体自身的本质也不会被外来本质所改变，不依赖和接受新的性质。物质因此会保持本性，在永恒中毫无改变。在先古中永恒的最初的物质怎么能被神灵赋予其不具备的新特性？神灵如何使它运动，产生生命，如电和植物？神灵怎么使永恒的物体不再永恒，产生新的性质？这个说法存在显而易见的荒谬，如果我们承认永恒的事物可以改变性质，不再永恒，那还有什么不可能的事吗？

既然认定事物的无所不能，又限制其能力，真是从未见过如此离奇的事。这是最大的和最明显的自相矛盾，和我们现有的原则直接对立，表明他们的观点站不住脚。

如果物质并非源于创造，就应该是独一无二的，没有必要去假设物质与另一个有思想能力的原则是永恒共存的。所有非创造的东西必是永恒的，因为不会受限于他物；无限性必定会排除另一种无限性的想法。因此，两种未经创造而存在的本体不可能曾经存在过，不可能一直存在，也不可能存在于现在。只能在两者之间作出选择：要么去掉其中一种本源，只承认物质本源是唯一永恒的，进而犯所有新派人物犯的错误；要么运用传教士的观点去解释物质是被创造出来的，进而拓展神学和孔子书籍中那些荒谬的说法。你可以说传教士来中国讲道之前，所有的中国人都相信创世说。我欣然接受了传教士的说法，如果基督教在其他方面也和这个问题的说法一样清晰可辨，我会毫不犹豫地信奉基督教。亲爱的陈渊哲，我惊讶于自己的观点和新派人物相去甚远，却钟情于世界本源是独立于物质的、永恒的、具有思想的这一观点。请允许我在上述理由之外，再加上些有说服力的内容。

请问，亲爱的陈渊哲，就你出生的时间看，你是否已存在五十年？你可能会回答："是"，但你会说你的本源早已存在，身体不过是一种外在形式，那个能思考的、能体会所有感情的"你"才是真正的你。他五十年前被创造出来，并不是永恒的。你所说的，和你的并不存在有思想的本源的观点恰恰相反。既然你可以证明高级生物在虚无中被创造出来，为什么不能证明低级生物也可以被创造出来？你无法理解一件事物的从无到有，但无论你理解还是不理解，你都拥有这样的证据，并且确信这个证据，就如同确信你的存在。即使不能理解，也不能否认现实。如果你要让自己有理，就反而应当理解这显然是错误的。当你不知操作者的极限与能力的时候，又怎能判断操作结果的真与假？对于知之甚少的事物，你怎么能违背日常经验妄下定论？你没发现灵魂和身体结合之后产生的那么多奇迹吗？你怎么能认为身体不受源自一个身体的力量驱使，而是受其他东西的驱使？意愿是唯一能驱动人的东西。你可能会说，人决定了人的思想活动，但这样说也无济于事，因为人的思想活动也来源于意愿。如果思想也是人的身体的一部分，会需要其他东西的驱动才能活动，然而，意愿是非物质的，怎么能使思想活动起来？如果你说人的灵魂本身也是能消亡的物质，那我想问你，是什么能使灵魂消亡、运动的？你会感到同样的困惑：既然大自然中存在这么多的尚未解开的谜团，凭什么仅仅因为你不了解某个东西是怎么形成，就拒绝相信这个东西的存在？别把上天的力量给限制了，我们的能力是有限的，别判断无限的上天的力量。

祝好。

自伊斯法罕，某月某日

第四十七封信[a]
图索致陈渊哲

亲爱的陈渊哲，法国选拔法官的方法和中国截然不同。中国的皇帝按照功劳封官，首先由吏部把他们认为合格的候选人推荐给皇上，如果皇上觉得此人符合要求，就予以批准，否则，另找他人。因此，每天都有人开始做官，每天都有人升官。皇帝亲自考察众官员，非常辛苦。这是勤政的皇帝的职责，他也在这个过程中得到学习。而在法国，国王和大臣把这项工作分担开，所有的司法职位都可以买卖，因此官位都落入富裕家庭。这里买卖裁决他人的权力和中国商人买卖商品毫无区别。如果我想成为最高法院中的法官——在此称之为议会——只需其中一位法官同意：他把职位卖给我，而我，只需向司法部支付寄给我特许证书的费用，然后，就成为这个国家最高权力机关中的一员。当然，在成为用金钱买来的官员之前，还要走走形式，就是参加所谓的官员考试。这个考试是名副其实的闹剧，法国人自己也拿它取笑。下面就是近期我在一位当代作家的作品中看到的：

> 我发现莫里哀笔下的幻想自己生病的主角在医学院被对待的方式和年轻法官在最高法院接受考核时所受到的对待极其相

似。法官们要求年轻人背几行拉丁文，然后用拉丁文表达。法官们负责向年轻人提问，作出应有的反驳，而他们则把辩论和应答背下来。成为生活与人类财产的裁决者所必须具备的知识，仅仅是背下两三页拉丁文的能力。尽管考试非常简单，仍然有人达不到要求。他们把别人为他们写的致辞说得支离破碎，答非所问。这会使考官们心生犹豫，但由于被试者已经付过钱，无论如何都会接受任命，于是，考官们就想出滑稽的权宜之计，在接收函中加上一条，称录取他是因为希望他入职后进行学习。这就是考试不合格的补救办法。花上两万埃居，最无知的人也可以进入这个国家的最高权力机关，决定国家的头等大事。[1]

亲爱的陈渊哲，请你注意，上面引文的作者，完全是依据在最高法院所看到的事情而言。他的几部作品都表明，从一降生，他就注定日后要成为法官。我到法国后，见过他几回，也和他谈过这个问题，他对我说："先生，您很难想象那些被提名任法官的年轻人对语言、文学、甚至是法律知识是何等的缺乏，我给您讲个这方面的故事，您可能会觉得很滑稽。"他说："我的一位朋友想进入最高法院，他用九万册图书买下官位。他家境富裕，出身贵族，为人也正直；只是极其无知，从没念过大学。我负责帮助他。他用六个月的时间在某个学校拿到证书，然后就申请文凭。他的申请获得批准，准许他参加文凭考试。在公开考试之前，考官们就把题目知会给他，我很荣幸地为他准备好拉丁语的演讲。然后，就竭尽全力地教他，尽管他还有句法错误，偶尔还念错词，但我终于完成了任务。考试当天，因为担心公众场合可能会使考生胆怯，显得力不从心，我就

---

[1] *Lettres morales et critiques sur les différents états et les diverses occupations des hommes*, par M. le Marquis d'Argens, p. 39, lettre III.

恳求一位考官朋友让我藏在台上一个大桌子下面，用长可曳地的桌布遮住。我的恳求得到允许，而我的另一位朋友听到此话，觉得好玩儿，也要求和我一起藏在桌下。不幸的是，后来由于这位朋友的鲁莽，我们全都很尴尬。事情是这样的：未来的法官已经马马虎虎地背完了拉丁文，我们心想，下面就好过了。可是，当一个考官问他我们事先已经教过他的民法问题的时候，他却回答教会法。出于惊讶，大厅中出现议论声，考官低下了头，另外一些学者咳嗽，擤鼻涕，嘈杂声令年轻人听不到我们对他讲的话。我使劲拽他的腿，在桌子底下跟他说：'你答错了，这是其他题的答案。'年轻人依然重复错误答案，嘈杂声更大了。我的伙伴最后失去耐心，失去理智，从桌子底下站出来，大声说：'你回答的是另一个题的答案！'在这种场合，突然从桌下钻出一个人来，考官们惊愕之余纷纷起身，离开座位。一位年长的学者说：'这事很不光彩，应该把申请者退回，我永远不会同意授予他文凭。'另一位学者说：'我也一样。'在混乱中，我们钻出了桌子，逃离了大厅。看样子，我的朋友不得不参加第二次考试。考官命令他离开大厅。在他离开之后，考官们讨论了他的问题，最后，其中一位考官使大家平静下来。他说：'各位先生，请想一想，这位考生已经买下官位，他理应得到；如果他没有学识，这不是我们的错误，而是他自己的错误。如果我们拒绝他，他早晚会被其他大学授予文凭，到时候，他就会成为我们这个大学的死对头，和学校的每个人成为死对头。我们为什么要树此强敌？这位先生可以以后再学习，我们给他文凭之后，他是否称职就是法院的事了。法官是否博学，与我们有什么关系，难道他是我们的朋友不成？'这位考官谨慎的想法发挥了作用。我们惊讶地看到我的朋友心满意足地获得了文凭。几天之后，他又得到法院的任命，体面地被同僚接纳。"

亲爱的陈渊哲，这个故事听起来十分好笑，如果以前不认识讲故事的人，不了解他为人真诚，我真不敢相信确有其事，尽管我到这里之后早已发现他们不善用人。就目前国家的状况，要改变这个不良现象，的确不可能。权力构成财富的一部分，我们怎么能剥夺人们的财富？假设一位精明的司法顾问，他很可能有一个很无知的儿子，在他死后，他的职位依然会被儿子继承，他的儿子天生具有了决断他人的权力，无论他做得多糟。

亲爱的陈渊哲，你可能会惊讶为什么人们不消灭这种卖官鬻爵的现象，因为人们这样做的同时难免伤害城市里的名门望族。现任法官的祖上，曾给国王贡献过自己的财产，然后获得世袭。法国最高层政权存在的贪婪，给这个国家造成了无法补救的伤害。如果人们任其发展，那么这种现象就会永远存在；如果彻底消灭卖官鬻爵，我们就会亡国，因为你无法弄清，法国大大小小到底有多少世袭官员。

似乎有办法可以解决这个问题，那就是由现任国王来弥补以前国王的过失，把买官的钱还给不合格的法官，重新任命合格的人做官。但这种方法不可行，一方面，这笔钱数目巨大，漫长的战争又耗掉了大量的皇室财宝；另一方面，改正一个问题的时候，往往又会产生新的问题。例如，国王会向人们征收新税以弥补巨额的花销。人们想要取消世袭的法官需要付出极其昂贵的代价。

中国的状况和法国的状况截然不同。在中国，只有学识受到重视。没有学识、只有财富的人，只有散财的权力，无法成为德才兼备、造福社会的人。

法国政权高层中那些卖官的人和徇私枉法的人一样坏，因为他们把权力交给一个无知的人，难道不是把好事变成坏事吗？法国的诉讼人打官司，就像把自己的命运交到盲人手上，因为他所有的一切都由一个从祖上得到权力的人决定。在这么长的时间内,法国几乎没有任命一个堪比中国小官的法官。更令法国人气愤的是,他们无法改变自己的命运,尽管现在的国王体恤他们。事实胜于雄辩,既然无法改变,人们只剩下哀叹:"我们得为老国王的错误付出代价。"

祝好,经常联系。

自巴黎,某月某日

a. 本封信反映了中国政治体制在欧洲17、18世纪的哲学家眼中是一个建立在个人能力之上的政体。中国的考试制度、公平竞争和以真正实力遴选官员的制度,深为欧洲哲学家所敬仰。

第六十封信
庄致陈渊哲

亲爱的陈渊哲，波斯人惩治凶犯的方式极为独特。法官并不是给罪犯施以其应获的刑罚，而是把他送交受害人的家属，以便按照他们的意愿为其定罪。如此，法官只需来判定这个人是否做过了他所被控诉的罪行，和是否应该将他移交控诉人之手。

当一个波斯人杀了人，死者家属全部聚集在法官的家门口。他们在此号啕大哭，甚至有时抓破自己的脸，尽其所能地博得同情和恻隐之心。法官接下来会询问他们的意愿。他们回答说："大人，我们希望奉行法律，用凶手的血来祭奠逝者。"不论法官有多高的威望，掌握多大的权力，他都不能拒绝家属的抱怨并许诺给予他们满意的结果。国王也不会原谅凶犯，他会依国家的法律判处罪犯，法律不容违反。然而，我们发现得到敌人的谅解有时竟成为拯救凶手的方法。法官所能做的只不过是尽可能推迟执行他所承诺的刑罚，找些理由来延迟送交囚犯的时间。罪犯的亲属可以利用这段期限和死者亲属进行商谈。法官对他们说："凶手的死也不能让逝者重生，伤痛不可挽回。凶手愿意以苦行来度过余生，他自行惩罚自己所犯下的错误。你们何苦还要这个悲惨的人的血？他只不过是一个痛苦的半死的人。他愿意把所有的财产赠予你们。"这样的言辞确实常常能够打动死者的亲属，他们同意和解，不再追究。这种情况下，罪犯将免于处罚，重获自由。由于法官特殊关照，免于一死，他也会重重地答谢法官的救命之恩。

亲爱的陈渊哲，值得注意的是，这些刑罚的方式仅仅涉及杀人的罪行，对于偷窃与其他的公共犯罪并没有相应的处罚方式。死刑最普遍的方法是戳穿身体，或者割去手脚，让犯人在这种状态中死去。当犯罪非常严重时，罪犯的脚会被绑在一只骆驼的背上，他的头垂到地上，然后肚子被剖开，由于开口之大，肠子落到他的脸上。骆驼这样带着罪犯在街上游行示众，并由一个执行员在前面大声宣布他所犯下的罪行，而后，他的脚再被绑到城门外的一棵树上。有时，这个可怜的人要活上十五六个小时才会死去。

亲爱的陈渊哲，应该承认，这些不符人道的酷刑似乎应当被废除。我们应该惩治坏人，给那些试图犯罪的人予以震慑。但是，我们应该具有人道主义的精神。在这一点上，古罗马人的做法值得称道，他们从来不会逾越适当惩罚的界限。总体上来讲，东方人、尤其波斯人，与这样明智的做法相差甚远，大部分的刑法都是恐怖和侮辱人性的。有时，他们在罪犯的身体周围砌上四面墙直至下巴，石膏慢慢变干，挤压胸腔以致其不能呼吸，这些悲惨的人在最极端的痛苦中死去。所有人都会变得发疯一般，口吐白沫，不断撕咬周围的砌墙。还有比这种刑罚更为残酷的。人们把罪犯绑到骆驼上，他的腿被用力地拴到这只动物的肚子下面，胳膊直挺挺地被捆到一根木棍上，然后，再刺穿这个可怜人的身体，在被刺穿的空洞里放置点燃的灯芯：这些灯芯借助于身体内的脂肪维持燃烧。

亲爱的陈渊哲，人们怎么会这样残忍地发明如此的酷刑？我们的那些传教士朋友所说的是否属实？即使他们是最残忍的、发狂的恶魔，难道就只能使用这样严酷的刑罚，而没有其他的选择吗？我们承认应该惩罚坏人，但也不能超出应有的限制，甚至比老虎更残忍。为什么与老虎相提并论？最为凶残的动物是人类，人类像老虎一样用残忍、可怕的方式惩罚同类。如果一只雌虎发现让自己失去孩子的罪魁祸首，会很愤怒地杀死他，以最快的速度夺取他的性命，而不是折磨他，让他忍受痛苦。有人或许把这现象归结为：老虎的行为不受理性和意识所支配。那么我将为这种导致残忍甚至致命的行为的理性感到长久的惋惜。我将乞求上天拿去这样野蛮的理性，赋予人类最智慧的本能，在世间消除这些连地狱都不会使用的极刑。

在这个国家我所见过的欧洲人都强烈谴责这些野蛮的刑罚。就这一点，我读过其中一位作家的故事，他颂扬法国的法官。他说："每个人都渴望知道哪些人建议、唆使这个坏人拉瓦亚克（François Ravaillac）[a] 犯下这种罪行，都想对他施以酷刑来为死难之人申冤。王后派人告诉审判员，有一个屠夫自荐可以活剥罪犯，使他甚至还可以活很长时间，在剥掉皮肤之后，让他还可以忍受刑罚。法庭称颂这位痛苦至极的王妃的仁慈之心，她希望合理地惩罚谋杀她丈夫的凶手，同时，她又是一位虔诚的母亲，为她作为国王的儿子担心，因此，给出这样热心又不失威严的建议。

巴尔巴尼（Balbani），一种新型容器的发明者。他发明的容器形状像黄油罐，或像翻倒的方尖碑，用来支撑承受极刑的可怜人，使他不必浪费丝毫的气力，容器被献予了塞尔文先生（Monsieur Servin）。但是，法庭决定采取一般的刑法而不使用其他的酷刑。"[1]

总体来讲，欧洲人遵循这种谨慎、人性化判决的范例。上天仅仅给予了西班牙人和葡萄牙人比最野蛮的人还残忍的、凶恶的审判

---

[1] *Inventaire général de l'histoire de France*, etc. par Jean de Serres, Èdit. in – fol., Paris, 1627, p. 882.

者。因为他们使用和波斯人一样不人性的刑罚惩治无辜的人,而其他的国家只是用于责罚那些犯了重罪的人。亲爱的陈渊哲,人的本性有时是那么可怕和可耻。竟然有一些如此野蛮的人用火来焚烧那些实践自我信仰、不愿被迫接受其他信仰的人。而这些受害者只不过是听从良心,信奉至高无上、创造人类的上帝。野蛮的恶魔,人类的耻辱,冷酷的刽子手,吝啬的妄想者!皇天在上,希望您能够永远保护我们的祖国以及您所庇护的其他东方国家!

欧洲的教士不断地谈论仁慈、宽容、怜悯,但是,他们之中半数人的行为却与其所说的恰恰相反。一位西班牙的审判者甚至不放过死人的灰烬。死亡也不能阻止他对被他杀死的不幸之人的怨恨和愤怒。有多少波斯法官比这些残忍的西班牙教士更人道?当法官不能够说服在一场争斗或者某种事故中丧生的死者家属原谅凶手,送交罪犯之时,他们会说些溢美之词:"他会血债血偿,但是要知道上帝是心存感激,同时也是宽厚的。"

有时,国家判处罪犯死刑,但是出于各种原因并没有成功,也不能第二次执行。法官依照法律履行了职责,送交了罪犯;但也许是天意,行刑者未能致其死亡,惩罚最多也只允许实行一次。一个法国人曾给我讲过一个非常奇特的故事,亲爱的陈渊哲,我将以此来结束我的这封信。他[1]对我讲,一个葡萄牙和印度混血的基督徒对他妻子经常无端地猜忌,一天早上,当他看到妻子睡在床上,而且已经怀孕,他在她的肚子上狠狠地打了三拳,在三四天之中,她饱受煎熬,而后就去世了。妻子的父母始终不能宽恕凶手;而凶手拒绝信奉伊斯兰教,这是唯一可以救他的方法,因为这样一来,长官就可以说应该将他送交国王判决,就会把他移交给国家,从而免受

---

1 *Voyage du chevalier Chardin en Perse et autres lieux de l'Orient*, etc. t. VIII, édit. in-4°, Amsterdam, 1735.

死者家属的惩治。他被带到河边,当他平躺到地上,岳父坐在他的头上,好像要割开一头牛的喉咙,岳母用一把刀切开他的咽喉。鲜血像泉水一样涌出,她以为他已经死了,在喝了他的血之后,站起身来;但是,当他们刚刚走出十五六步,这个不幸的人动了动,人群大叫起来:"他没有死。"夫妻俩想回去继续置他于死地,但是,执法者阻止了他们,并且说:"你们想做的已经做完了,不能回去做第二次。"修士们将他抬回去,在那里他又活了大概十五天,但是却没有任何方法能够将他治愈。

亲爱的陈渊哲,注意身体,尽快给我你的消息。

自伊斯法罕,某月某日

---

a. 拉瓦亚克(1577—1610),他于1610年5月14日刺杀了法国国王亨利四世。

第六十二封信
陈渊哲致庄

亲爱的庄，我和你有同样的观点，波斯人惩罚罪犯的习俗和很多其他的民族有一定的差别。但是，这些习俗却同样是很古老的。我觉得波斯人采用了犹太人的做法，因为，在犹太人的国家不可挽回地倾覆之后，波斯成为了犹太人的避难所。

犹太人的法律和波斯人几乎相同，罪犯被送到被害人亲属那里，按照他们的意愿接受惩罚。摩西尽其所能建立起此类的刑罚制度用以惩治犯罪，他认为死者的家人让凶手丢掉性命是对他们失去亲人痛苦的合理修复。基于这一原则，这位立法者下达命令[1]，如果在一场争斗之中，一个人使他的对手受伤，他理应得到相应的惩罚。如果他砍掉了别人的胳膊，我们也砍掉他的胳膊；如果他挖去了别人的眼睛，我们也让他变成瞎子。总之，是为了给他施以同样的创伤。但一种情况除外，当这人已经残废，并同意拿出一笔钱，犹太法律和波斯法律都允许被冒犯者以仁慈之心对其给予谅解，前提是得到

---

1 [此注解在1739年的版本中以希腊文和拉丁文的形式出现，下同]"无论是谁，致使他人残疾，则应遭受相同的命运：只要伤者不愿接受金钱的补偿，罪犯理应受到同样的创伤。法律给予被害者评估自身损失的权利。如果被害者不愿表现出过分的苛刻，那么法律将代替他来完成。" FLAVIUS JOSEPHE, *Antiquitates Judaicae*, t. I, livre IV, chapitre VIII, p. 246.

相应的补偿。

波斯对待杀人犯的习俗非常严厉，这让那些忘乎所以、伤天害理的凶手懂得尊重受害者的生命，而摩西在这一点上所制定的法令也并不失严格。倘若有人无意或间接造成了其同胞的死亡，也应负有一定的责任。例如，一个犹太人有一头牛，屡次出现牛角伤人的情况，主人就要将牛杀死。当这个畜生伤了人，就用石块将其击毙，并用石头掩埋，肉也不允许被食用。如果牛的主人知道牛犯了错误，但没有按照法律将其处死，那么他也会被判处死刑来抵偿他的罪过。如果事实是，这头牛致死的仅是一个奴隶，主人将免于判罪，但要付给奴隶主三十个古希伯来银币。同样的法律还规定，如果畜生杀死了另一头牛，就会被卖掉，得到钱由它的主人和被杀死牛的主人平分。[1]

预防一切会危害人类生命的措施一定要越严密越好，在这一方面，波斯人惩治凶手的法律不如古代犹太人全面。古犹太人禁止私人在家中保存毒药，不管它是致死还是致伤。如果有人违反了这项法令，那么他必须服用他所保留的毒药，承受他在别人身上所施加的同样的痛苦。[2]

下面还有两条犹太法律，也足以证明摩西十分注意用以牙还牙的方式来责罚罪犯。如果一个人被他的对手伤害，而且没有使用任何兵器，侮辱他人的人应即刻被施以惩罚，得到同样的伤痛。当伤

---

[1] "如果一头牛经常用角攻击人类，主人应该将其杀掉。如果一头牛冲撞人类并致其死亡，它将被乱石击毙，它的肉也不能被食用。如果牛的主人承认他事先已经知道这头牛的天性，并且疏于监管，他也将判处死刑，因为他应该为牛引起的死伤负责。如果牛杀死的是一个奴隶或者一个仆人，牛将被石块击毙，而它的主人要付给死者的主人三十个古希伯莱银币。如果一头牛顶死了它的同类，那么行凶的牛和致死的牛将一起被出售，所获得的利润被两个主人平分。" FLAVIUS JOSEPHE, *Antiquitates Judaicae*, t. I, livre IV, chapitre VIII, p. 246.

[2] "致命的毒药，其它各种形式的巫术，任何以色列人决不能在家中收藏。一旦发现，这个人将被判处死刑，和被毒药威胁到的人遭受同样的命运。" FLAVIUS JOSEPHE, *Antiquitates Judaicae*, t. I, livre IV, chapitre VIII, p. 247.

者被送回家中，几日之内并没有死亡，罪犯并不能定罪为杀人犯；如果伤者恢复了健康，对他造成伤害的人应该支付由于伤病所引起的所有医药费用。[1] 另一条和这一项同样明智的法律规定[2]：如果一个人用脚踢了一个孕妇，并导致她流产，他应承担巨额的罚款，一是用来惩罚他影响了国家人口数量的增多；再者是用来补偿这个妇女和她的丈夫，还有给他们带来的侮辱。如果这个妇女在受伤之后去世，犯人应该根据基础法律判处死刑，损害他人性命的人也应该用生命来偿还。

亲爱的庄，我极为赞同这些明智的法令，而且认为这些法令的制定者一定是伟大的天才。我也赞同波斯人选取了其中最合理、最有效的条款；他们没有对小偷和其他类型的罪犯施以这样可怕的极刑作为惩戒。我和你一样，认为野蛮的刑罚使人性受辱，永远不能超越它应有的限度。我们应该惩罚罪犯，但是惩罚不应该成为人类的耻辱。任何可耻的事情都体现了人类内心的坚硬，难道不是吗？人类发明的残酷极刑仅仅是被使用还是被过多地使用？

我非常赞赏中国为惩罚罪犯实行的两种死刑[a]，两种方法都不会显得野蛮。一种是绞刑，用于惩罚普通的死刑犯。另一种是斩首，这种刑罚用于某些重罪，比如谋杀。在全中国，后者被认为是最为耻辱的死法，因为头是人身体最高贵的部分。中国人的观念里身体发肤受之父母，头与身体被分开，不能保留全尸，是最不体面的。

---

[1] "在一场没有使用武器的争执中，如果一个人当场受伤致死，凶手也会被处死作为补偿。但是，如果伤者被送回家中，在死之前的几天中卧病在床，那么打人的那个人将不会马上被处死。如果伤者恢复了健康，而期间花费了大量的费用，另一个人应该支付他卧床期间付给医生的全部医药费。" FLAVIUS JOSEPHE, *Antiquitates Judaicae*, t. I, livre IV, chapitre VI-II, p. 247.

[2] "一个人用脚踢了怀孕的妇女，如果导致她流产，他将被判处一定金额的罚款，原因是他损害了腹中的胎儿，影响人口的增长，他还要付与其丈夫一笔罚款。如果妇女因伤致死，那么他将被判处死刑，因为法律为显示其公正，要求一命抵一命。" FLAVIUS JOSEPHE, *op. cit.*, t. I, livre IV, chapitre VIII, p. 246, Edit. Havercamp.

这样，聪明的立法者把耻辱的意识与如此温和的刑法联系起来，和那些残忍的方式起到同样的效果：罪犯被他人所不耻和厌恶。中国人巧妙地使用了在传统价值观中人们的成见，丝毫不野蛮，那些偏离了道德观念而犯罪的人，最终，反而被这种传统的观念惩罚。

我们再来看，一些残暴的君主摒弃了这两种方法而采用其他极端的刑罚作为国家的基本法。例如，商纣王[b]，这个可怕的恶魔给我们留下很多残忍、恐怖的记忆。这位国王[1]受一个他非常宠爱的妃子——妲己的挑唆，发明一种新型的刑法，称之为"炮烙"。一个高约十米、宽四米的铜柱，里面掏空，如巴拉里的公牛，三个地方可被打开向中间加火。犯人抱住铜柱，手脚固定，然后，点燃旺火，犯人就这样一直被烤着，直至最后化为灰烬。这种可怕的刑罚甚至被这个不知廉耻的女人看作一场妙趣横生的表演。

亲爱的庄，当人们活在一个有各种酷刑的国家里，可以想象有可能面临的威胁。有必要用良好的法律来限制皇权。如果有可能的话，应该预防一部分他们所能做的坏事，因为社会等级制度毫无保留地给予君主决定臣民生死的权力，人们不能做太多的事来提防他们的君主不断地超越自己的特权，对他们处以死刑的人施以酷刑，以此来满足他们的残暴。这些理由足以让我厌恶那些违反如我国一般严明的法律的君王。

祝健康！

自北京，某月某日

a. 德·阿尔让对中国刑法的描述有其独到之处，在此基础之上，作者对中国现实的刻画并没有联系中国的君主专制制度。这种新颖之处在于他把极端刑罚的描绘都归因于人类本身：

1 *Histoire de la Chine*, par le pére Du HALDE, t. II, p. 156.

文明的没落是他想要描述的普遍因素。另外要强调的一点：商纣王所采用的刑罚要追溯于中国非常久远的时期。作为历史学家和人种志学者，德·阿尔让可能受司马迁（约公元前145—前87年）在《史记》中所记录故事的启发。商纣王（约公元前1105—前1046年，商朝最后一个君王）成为荒淫、残暴的政治形象的化身，并且和他的妃子妲己一起出现。他的丞相比干为了表示衷心，把自己的心脏挖出来献与国王。对于子孙后代而言，比干对纣王的忠心不二是儒家思想中五伦关系的雏形，尤其是在一个王朝即将衰败的政治混乱时期。

第六十三封信
哲求致图索

亲爱的图索，我现在还在长崎，我出发去京都的时间还要推迟几天。荷兰人送给皇帝和一些高级官员的礼物还没有到达。然而，我尽最大的可能多多学习，表现出对日本文化、习俗由衷的喜爱。尽管和我来往甚多的那几个日本人非常多疑和谨慎，我每日还是能够学习到很多新的东西；我与他们交流的方式非常自然，我所问的都是无关紧要的问题，以至于他们能听从我的意见。

为了很快了解一个善于掩饰自己想法的人，最好的方式是奉承他，探究他的品位，投其所好，赞赏他赞同的事，指责他批评的事。虚荣心和自尊心都在受到恭维的过程中得到极大的满足。和一个中国人说他的民族是世界上最伟大、最有智慧的民族，夸奖他说，他的国家培养了世界上最伟大的人物，他立刻就会神气十足地阐述来印证你的观点。一个欧洲人和中国人有同样的表现。日本人和其他国家的人并无差异，为什么就该对称赞置之不理，超越人本身固有的虚荣心和自尊心？每日我都会发现就连非常多疑的日本人都与坦诚、直率的人一样容易被好话吸引，只要他们认为与之交谈的人不会多嘴。一个长崎的学者，我有几次把欧洲的货物卖给他，他告诉了我很多在日本帝国中建立的不同教派,还有他们的信仰。下面我将简短地讲一下就这个内容我所获得的信息。

这里的宗教分为三支:第一支,也是最古老的,是神道教,或者称之为对偶像的崇拜。[a]日本人民并不比中国人聪明、有见解。由于经常惶恐不安,他们乐于让画师和工匠来铸造神像,哪怕用的仅仅是最普通的木头。亲爱的图索,这是多么疯狂的举动,人类的行为有时是那么的荒谬。另外,某些哲学家和百姓一样盲目,即使他们不是同一类人。老百姓认为是人类创造了神,不愿相信神创造了人类。亲爱的图索,这种观点是多么的荒谬,一个凡人怎么会有创造永恒本体[b]的能力?这种想法只能大大限制这个本体的能力,然而这个本体在本质上有至高无上的能力。大家都认同只有这个本体才可以创造一百样比人完美的事物,但却没能力创造人?亲爱的图索,事实上,如果认真地思考你的同行——新儒家学者的想法,就可以发现他们没有理由如此重视人民错误的想法;他们所支持的观点甚至与正确的、健康的哲学背道而驰。请原谅我,我对你如此的坦诚;因为我不愿意看你受危险观点的影响,你了解我的真诚,我绝对不是心口不一的人。

我们再继续谈日本的教派。第二种被称为佛教[c],是由中国西安的皇朝引入日本的,也推崇对神灵的崇拜。日本百姓似乎沉迷于迷信和偶像崇拜,觉得祖先留下的迷信与偶像崇拜还不够,所以还贪婪地吸取外国的经验。我们的同胞也曾效仿日本,又有多少新的神灵是由外国人引入中国的?

第三个派别是圣道教[d],这个教派遵循了日本一些最著名的哲学家的教义,可以与我们的儒学理论相比,并对孔子的言行与作品极为尊重。这个教派的信徒比其他教派少。这很自然,有智慧的哲学家的合理观点,不像神话与寓言,通常不太容易引起人民的共鸣。

因为神话与寓言是人为编造来蒙蔽人民的，带有迷信色彩，并在言论中刻意加入了有欺骗意味的教义。在这一点，所有的民族大体上是相同的。欧洲人也不比东方人聪敏、渊博。有多少次我都听到我的几个朋友抱怨其同胞的幼稚和无知。

亲爱的图索，我向你描述的日本教派还过于简化，因此，我还不能结束这个主题，我将逐个更详尽地阐述。

神道教的信徒，或者日本古老的神灵崇拜，主要是为了在这个世界上生活得更加幸福，这几乎是唯一的目的。这一点有些像犹太教中的撒都该人（Sadducéens），他们崇拜神灵是为了在有生之年得到所希望的财物，他们相信灵魂会死亡。确实，日本人对于死后是享乐还是受苦有一些想法，我们不能说他们完全否认灵魂的不死之说，但是他们像撒都该人那样，对死后将变成什么样漠不关心，只向他们的神灵乞求眼前的财物。他们承认至高无上的神住在最美好的那一层天上，也相信有一些小的神附属于最高的神，但是他们并不喜欢这些小神，因为他们说那些至高无上的神灵是如此的强大，为仰望他们的弱小人类来排忧解难。相反，他们对那些小神敬而远之，认为是他们管理着世界上一切具体的事物，人们效仿他们的行为方式，远离他们的束缚，仅仅只是记得他们的存在——他们的存在甚至是为统治者和官员所用。如果相信英国人和荷兰人所说的，我们对西班牙人和葡萄牙人关于至高无上的神的标准会作出同样的判断，他们的一半神灵被给予圣徒之名。在欧洲国家，至高无上的神被认为并不比人类更忙碌，也不像日本将其放在最高的一重天上。在西班牙，圣徒代替了那些次要的小神；但是像那些小的神灵一样，能够总体上管理自然力创造的一切事物，甚至能够支配自然。

日本人本应该有圣徒，并且以欧洲的方式将他们封圣，但是他们已经有半数神灵在弥补高位神灵的漫不经心与无所事事，完善他的职责。尽管这样，还是有相当数量的神每天被创造出来，天皇——日本的大祭司，并不比罗马教皇创造的神灵少。这两个教会的统治者相距甚远，否则，基于他们的特权，可能会有些暴力的牵扯，因为仅有他们两个人有权力封圣。他们使用相同的仪式，基于同样的理由把死人神化；例如，由于灵魂的出现，或者由于创造了奇迹。

天皇与罗马教皇还有一个极相似的地方：就是他们都声称与神的关系密切。欧洲人说教皇是上帝在人间的化身，把他看作天上的第二个国王，被赋予所有神圣的权力。日本人在意识中同样给予他们教会的皇帝很高的地位：自从他们登上宝座，就被看作是他们神仙活的化身。日本人认为他们至高无上，而且如此的纯净，如此的神圣，以至于普通的民众看到他们都会发抖。

日本人的崇拜不止于此，他们不满足于自己对天皇神圣的崇拜，还希望神灵都来向他致敬，他们确保每年一次所有的神仙都来拜访他，接近这个神圣的人，认真地奉承他，尽管一切都是看不见的。在每年十月，日本人十分相信这个荒谬的传说，将其当作不变的真理，以至于将这个月称为"无神月"。在这期间，没有任何节日庆典，因为神都不在神庙里，离开平时的住所，到了天皇的朝廷。亲爱的图索，看到这些举动，难道不能很确定地说在第十个月里，日本人的脑袋已经变空了，原本的理智已将他们抛弃了？什么样的错误是人的判断力所不会犯的？只要是迷信，有什么信仰是找不到信徒的！我总是极力反对偏见；但是难道这不又是一次让人看见迷信的惊人影响力的机会？日本人是智慧、有常识的民族，而且有政治的敏锐度和艺术的创造力，却使神灵的寺庙数量减少，使这些神灵每年有规律地到他们统治者的朝廷作一次旅行。多么疯狂，多么盲目！永恒的神却为一个弱小的、终将消逝的人类服务，永远快乐、幸运地臣服于个人，而这个人只不过是由人类属性所决定的悲惨、不幸的玩偶。腹痛、肾结石、发烧、咳嗽轮流地纠缠着天皇，他和最悲惨的日本人一样，饱受疾病的困扰，也终将死去。天上的神仙也是多么的疯狂，失去理智花费自己的时间将他的朝廷变成"圣院"。到什么时候人们才能不贬低神性，难道他们就不能培养正确的思维逻辑？我们的传教士朋友为此对我们说，他们的笛卡尔无条件支持一切人类产生这种所谓的自然的想法。以上这些便是日本人对于神灵的可笑想法！如果说这出于自然，那么应该承认至高无上的神以极端错误和奇怪的概念存在于弱小、必然消逝的生物精神中，但是仅基于这一点：不同的人，想法也是截然不同的，以至于一部人头脑中的概念完全是错误骗人的，而在另一部分人的头脑中同时存在真实与欺骗的成分。对同样事情的判断却呈现不同的形态，这是多么的荒谬！至高无上的神，完美的神——天，也许是谎言直接的作者，以愚弄自己创造的作品为消遣，在人类的认知中刻上错误、荒谬的想法，比如，让一些人觉得自己具有神性。

如果日本人对于神的概念是可笑的，那么他们对于宇宙的产生和发展的想法也并不高明。神道教的学说系统极为不合理。他们声称万物的起源为混沌漂浮，像鱼儿在水中自由地游来游去。从混沌中生出像荆棘的东西，渐渐地运动、变形。细芽再变化成灵魂，或者精神，这种精神被称之为"Kunito, Kodutsno – mikoto"。

亲爱的图索，这样的想象很是奇怪！混沌在什么之中漂浮？在空虚中？任何事物都不能阻止混沌无限地持续漂浮，保持着先前的状态。混沌生成发展的原因只能是源于一个独立的、外在的力量。一直存在的事物，其本质也不会改变，除非是受了更强大力量的损害、改变或摧毁。如果宇宙只是从混沌而生，没有一股强大的动力，宇宙是不可能生成的，因为混沌是自始至终都不会改变的永恒状态。这个能刺激运动、能演化的荆棘为什么会等了这么久才破茧而出呢？

是不是有什么阻碍？阻碍应当是不能被祛除的，因为混沌在空虚之中遨游，不会受到任何的撞击，不会接收到任何运动，因此，就不会产生变革。混沌发展实在让人很难接受，怎么听起来都像是神话。而且，为什么混沌是从荆棘而生的？这甚至比大山怀孕生出了一只老鼠还糟糕。什么！巨大的原始物质堆生成之前，还要有一股永恒的力量来让荆棘生成，而且，在一开始，无垠的宇宙的灵魂只是一小块会动、会变化的物质！

那些传授如此不恰当理论的人当然会要求教徒们保守秘密，要求信服他们的话，不要询问其他的证据；那他们的理论由什么来支撑？不是由可论证的推理，也不是由真实的事情，而是比乳母讲给孩子们的故事更荒谬的神话。圣道教的教士不断出版所有他们荒谬的信仰，把他们所谓的学说，阐释给还没有资格承教但承诺保守秘密的教徒；他们甚至要在某些前提下才将某几点重要的教义告诉他们的信徒，比如：信徒要宣誓、签字表示不亵渎神圣、优美的奥秘，也不会泄露给不知情或者不可信的人，也就是说那些有见识而嘲笑他们的人。其中这些错误的一个最主要的原因，就是教派的支持者怂恿信徒去轻视他们的反对者，以至于这些人渐渐地把明智的道理看作错误和大逆不道的。亲爱的图索，在英国人和传教士的争论中，你可能会注意到后者并不是直接回答前者的反对意见，却乐于将他们视为异教徒。中国人有时也不能很好地回答某些欧洲人的异议，偏见是所有的错误中最可怕的。

自长崎，某月某日

---

a. 这里所说的神道教，是一种起源于日本本土的宗教。这支宗教流派在表达国家的政治思想和意识形态方面起到重要的作用。

b. 在这段话中，作者用了"主体"（être）这个词，反映了他是以古希腊哲学思想来诠释东方哲方思想，但是事实上，"主体"这个概念在东方哲学思想中并不以同样的形式出现。
c. 佛教从公元5、6世纪开始传入日本，比其在中国的传播晚很长时间。
d. 自从公元1世纪的汉朝，就出现了日本同中国朝廷往来的迹象。很久之后，将近公元7世纪时，受中国唐朝启发而制定的法典支配着当时日本民众的生活。在这封信中，德·阿尔让所提到的第三个教派受到公元7世纪时中国儒家哲学理论影响。在第七十一封信中，这个教派被称为"Secte des Suintos"。

第七十封信
哲求致图索

亲爱的图索,在前几封信中我曾和你讲过,我发现佛教和基督教有某些相同之处,在这里我将继续阐述。很可能,佛教徒在几个世纪以前,与一些去印度传教的欧洲人有接触。即使这些欧洲人传道没成功,还是撒下了一些种子,婆罗门族僧侣搜集这些经验,并与佛教的教义相结合。这便是一位欧洲作者[1]的看法,他曾写出了非常精彩的日本历史。

不知你记不记得,我在上一封信中提到的教理,它承认"阿米达"(Amida)——日本的神。阿米达是佛和灵魂之间的调停者,有洗涤宗教错误的权力,这条教理是在基督教立法者去世几年以后,才被婆罗门族引入的。基督教徒也把这个神当作他们的调停者,认为他散发的是神性,甚至把他等同于至高无上的上帝的化身。

印度人开始谈论"阿米达",是在基督徒散布到世界各地去宣传他们的教理之后。婆罗门族根据他们的喜好,愿意承认有调停者,并采纳他,这是否只不过旨在让其服务于他们的宗教?如果我是他们,我也会做同样的事情,我认为利用其他国家人民的感情和风俗

1　KEMPER, voir livre III, chapitre VI, p. 18.

给社会带来好处，是非常合理的事情。而且我发现，承认存在于神和灵魂之间的调停者，这一教理也是非常明智的。你知道我的传教士朋友支持这个观点，我也十分赞同。我却不太清楚怎样能够使人类习惯于了解自身的限制：向他们呈现命运悲惨的程度，让他们感知能力的有限，使他们有勇气挑战自尊心，让他们停止依赖这些所谓的杰作的庇佑，总的来说，抛开恐惧与兴趣，感知生命的本源。

"上帝的调停者"这个教理，教导人爱崇高的神，让人心转向造物主。只有这种爱才能让弱小的、终会消逝的人变得真正有德行；没有这份爱，他的一切所行都只不过是因为害怕而做的奴役行为。

为了全东方的好处，婆罗门族最好是能满足于从基督教徒身上得到的两三个戒律，而能更进一步引用其他戒律。亲爱的图索，至于我，你知道只要我一觉得自己在传教士朋友的言谈中发现了真理，就如饥似渴地去实践；我们亲爱的陈渊哲也是这样做的。但是，请允许我跟你说，也许由于偏见，也许由于固执，也许是因为引导我们、整饬我们心灵的伟大上苍还不愿启发你，你总是沉恋于新评论家的"宝贵"观点，甚至是越发坚定。朋友们都对你的执迷不悟感到生气，你却悉心搜集"精湛"但不足为信的论据来支持自己的观点，用来逃避现今朋友提出的反驳。当他们提出和你不一样的想法时，你不太试着去思考他们的想法，而往往只想去反驳他们。这就是固执己见的态度，不仅是永不觉悟，更会因觉悟而懊恼。

亲爱的图索，我提醒你，对异端盲目投入、对特定的教义毫不保留的人，根本没有寻求真理的意愿。他们只是一味坚持自己的意见，甚至不愿花上片刻去分析对手的观点。

欧洲人的顽固并不亚于东方人。从英国人与中国的传教士之间的宗教争论，经常可以看出双方的固执。我看到他们彼此互相狡辩，否定最清晰、最明显的事实，只因为这些事实极可能不利于自己的观点。有时，他们可笑的辩解让我恼怒。我们的传教士们尤其认为可因此让英国人感到为难：这些争论体现了欧洲人大部分观点的脆弱之处，这让他们的错误暴露无遗，以至于我想最完美的答案就是欧洲人停止争执，尽管他们还是顽固地坚持己见。

  我记得有一天，一位传教士向一位英国人清楚证明了，如果由公会所代表的教会真是错了，那经典中，对这个教会的应许也一定是错的。英国人反过来证明，清楚地指出教会不仅可能出错，而且肯定是错的。历经无数争执，声嘶力竭，最后，双方只好安静下来，我不得不嘲讽他们："我的好朋友，你们的目的是指点我，让我加入你们的信仰；你们在这一点上是成功了，但在另一点上并没有。我已经看清楚了你们争论的事实，更下决心绝不接受根基完全不明确的教理。您，我亲爱的耶稣会神父，您完全让我相信了如果您的教会本身都可能制造谬误，那么真理就没有任何的确定性了，因为没有事实可以表明：两个人比汇集在一起的伟大的神学家更确定能发现真理。您，我亲爱的英国人，您出示了事实证据，证明教会弄错了一些事情，将一些被视为信仰的条款判定为错误。所有神学和玄学的推理都不能违背经验。您看现在以常理和理智判断，我应当作什么样的选择；您自己判断我是否应当下结论，认定你们的教义是非常不确定的，还是别说得更难听吧?！这是我按常理下的判断。一位机敏的传教士证实说，如果基督教会是错的，宗教典籍中宣扬的真理就不可信了，而这些真理却是信仰的准则。一位英国学者阐述说，几个世纪中，在无数的情况下，基督教会都弄错了。从这两个实证，我只能下结论说：教会典籍中的真理是不可信的。"亲爱的图索，两位宗教辩论家对我的推理感到十分吃惊。他们每个人都想向我证明，他们的对手是错的，因此我的结论是不对的。但是，我还是抱持这两方让我的立场更坚定的看法；而且偏袒任何一方对我都没有好处，我也公平对待两方。我相信很多欧洲人都与我的想法一致，看出了宗教辩论者之间争论的不确定性、他们经常使用的借口、徒劳的分辩和他们惯用的虚伪……因而只能得出这样的结论：所有的欧洲教理，对于想作冷静、公正的观察的人来说，都是古希腊怀疑论（pyrrhonisme）的精彩教程。

一天，我对一个非常有智慧的荷兰批发商谈起神学家经常争论的问题，他的回答非常有见解：欧洲人经常为了连自己都毫无所知的问题而自相残杀，如果这些人能认识到这一点，可能会轻松许多。他说：

> 我们的宗教可能是世界上最智慧、最神圣的。我们的道德是如此完美、如此纯粹，只有上帝才能授予人类这样的礼物。此外，我们宗教最初的奇迹都被证明是真实的，并且成为了建立基督教的基础。如果不想睁眼说瞎话，就不可能看不到，没有上天的恩助，普通人不可能完成令人敬畏的造物主的信徒所完成的事情。
>
> 世上所有其他宗教的创立，都是因为宗教有让信徒变得柔顺与坚强的好处。那么一开始，又是谁建立了基督教并为其讲经布道？几个可怜的布道者，不久之前，并不比普通人了解更多的知识。然而突然间，他们开始为一些开明的人讲解并试图说服他们，包括同当时一些著名的哲学家辩论，最终使他们哑口无言。什么！难道不存在超自然的力量，难道没看到神力明显的标记？应该抛开惯有的意识来否定或者拒绝最显然的真相。除了这些可怜的布道者，在基督教初始阶段应该还有其他的传教者：国王、王子、庄园主也分别鼓吹这个宗教。古代的文化就这一问题几乎只有一个声音，但是在其他某些点上却极为不

同甚至自相矛盾,这个问题是永远不会改变的。为基督教组织服务的学者和有识之士都是些什么样的人?是不是巴黎人,犹太教律法的博学者?这些人是死敌。罗马人和希腊人是不是也受益于这种新的教义?他们看不起这些布道者,而且习惯于把犹太人看作卑鄙、下流的人,更有甚者,残忍地迫害他们,把他们关进暗无天日的牢笼,甚至杀害他们。罗马和希腊的历史学家即使让人们知道犹太人所受的酷刑,也会把施以刑罚的人掩盖得很好,他们无论如何都不会受到怀疑。

没有更好的方法,我们只得承认基督教是由布道者建立起来的,我们也应该认同他们的使命中有某些神圣的东西,因为他们把自己的情感传达给无限多的人,但不久之前,他们却敢于宣称两套体系。他们用怎样的言辞进行说教?快乐、财富、生活富足的方法?完全相反,苦行、施舍、放弃财产、宽容、贞洁、节制,总体来说,对一切欲望的克制。尽管他们自己的信念坚定而执著,然而他们还要不断说服他人也这样做。他们这样的天性要归结于什么?我们到处寻找原因,发现是上天的意愿:基督教清晰、明显的证据。

如果我们的神学家一直遵从他们先前几位老师的思想,那么他们将会乐于将人们引入宗教,而不是忙于把一些无用、艰涩的问题阐释清楚,因为基督教的真理、最基本的证明是如此的清晰,根本不晦涩难懂,甚至每日都历历在目。但是惨烈的争论在代表教廷的几个重要的前辈去世之后便开始了,最终,许多事情被归结为一点:每个世纪都可以看到从基督教派生出五六个不同的分支。没有任何迹象表明在未来这些事情会有所转变,人类,尤其教士都被搅进了争论,跟今天相比,我们的子孙将被划分为更多的派别。然而,所有的争论对真正的基督教没有丝毫的用处，因为它们既不真实，也不神圣。请您告诉我，您是不是确信存在唯一的上帝掌管整个宇宙，您是不是了解上天力量的巨大？好几个民族和您的同胞否认、歪曲这个事实，一些人承认存在许多的神灵，另一些人根本不承认有神灵的存在，这些错误会不会损害神性？不，您可能会同意我这样说。请把这个例子应用于基督教：我们神学家的各种错误、论战、罪行对真相都没有任何用处；它还是如此的纯洁，正如伊始那般真实。我们乐于轻视不安分的现代人的诡辩，转而在沉默、和平中汲取道德的精华，在我们先辈立法者的文字中找寻宗教的智慧，根本不用去理会神学家晦涩的争论。

亲爱的图索，我承认尽管荷兰人的言论有很多值得称道之处，但他的宗教比他想象中的要不确定得多。抛开偏见与自尊，只要用哲学的目光去辨别，真理是非常显而易见的。然而，如果所有的基督徒都和他的论调一致，我准备好要接受这些我并不愿遵循的观点，但我尊重这样的方法：一些人赞同的东西肯定会有另一些人反对。

祝身体健康！希望有一天上天能够消除你的错误，让你觉悟并且感受到它的存在。

自长崎，某月某日

第七十一封信
哲求致图索

圣道教教派中的哲学家[1]追随孔子的精神信条,亲爱的图索,你可以想象,这些人是由日本人中最有理想和最具道德的人组成。然而,这个教派曾经拥有一批数量庞大的信徒,对偶像迷信的崇拜渐渐占领了上风,这种风气每日都凌驾于最智慧、最开明的教义之上。

像在中国一样,在日本,孔子的信徒也因观点上的分歧分为几个派别。日本的哲学家对我们的文人争论非常激烈的那些问题进行详细的讨论。其中大部分融合了人文主义的思想,而避开新评论家的观点。这些哲学家承认有一个灵魂分布在整个宇宙中,支配着所有的生命。这些生命在宇宙中循环往复地制造、回收生命,就像海洋接收来自世界各地的涓涓溪流,然后,又不知由何路径供给新的水源。这个宇宙中灵魂的创作工作在毫无意识的状态下完成,赋予所有生命以生机,永不停歇,不会完结,不会消融。亲爱的图索,这些日本哲学家和你的同僚支持同样的理论体系,就此,我想你已

---

1 [1739年的版本] 圣道教教派中的哲学家追随孔子的精神信条,亲爱的图索,你可以想象,这些人是由日本人中最有理想和最具道德的人组成。

经做过大量的研究。相反，另外一些哲学家和仅偏爱孔子著作的中国文人相同，认为存在智慧的、统治整个宇宙的、至高无上的生命，尽管他也由物质构成，出自宇宙，和宇宙永远共存，但是，他依仗自己的力量。

这些哲学家的理念都承袭于古代希腊人。两千年前，在欧洲，理念上的分歧与今日的东方没有差别，事实表明，令人沮丧的是，对于真理的追求，人类并没有取得太大的进步。二十个世纪的时间是否足够让人类了解最变幻莫测的事情？如今，仍然有很多欧洲人没有折中的思想，我们发现，在巴黎，太多人的思考方式与迷信新评论家的人一致。亲爱的图索，我们回来看古代希腊人和现代日本人观点的相似度。前者，承认世界的永恒，和后者使用同样的论据。他们说："一切事物有开端必有结束，而且必然经历两个变化：首先，由衰弱的状态过渡到一个相对完美的状态，像虚无获得存在；再次，当达到完美之后，又开始消融。当世界建立起来之后，应该由一种缺失的状态向一种更完美的状态过渡，肯定有一天会逐渐偏离完美的状态，落入另一种状态而引起毁灭。此外，所有建立起来的事物成长到某个点之后，紧接着便下沉、减退。这是每日都可经历的事实。精神是主体，和一些其他的物质都遵循这个普遍的法则：经历孩童期、成熟期和衰退期。我们并不能察觉宇宙的变化。宇宙自从太初时期，从没有变得更加完美，也没有减退，或经历消融，而总是保持最初的状态，并将永远如此，没有任何开始，也没有结束。"

我在此就不去探讨这个推理的准确性了，只需提醒你这并不是新的理论，而且希腊人[1]已经常使用这个推理了。至于其他日本文人的思想体系，我认为他们才是孔子真正的信奉者。他们支持毕达哥拉斯和柏拉图学派的学说。现代东方的哲学家承认在任何时期都存在至高无上的神，是他创造了物质世界，此世界在之前很长一段时间中处于休眠状态，并且不能产生任何实体。他们认为只要上帝愿意，这个世界就可以随时被摧毁，但是上帝永远不会这样做，因为一个至高无上的、完美的神灵只能制造出好的东西，他不会让自己的作品颠覆，此种行为无异于承认他工作中的缺陷。这就是古希腊毕达哥拉斯学派明确的体系观点。我们再来看蒂梅·德·洛克（Timée de Locres）的作品，柏拉图也曾借鉴很多。他几乎和一位日本文人用了相同的术语来阐释。

根据这个希腊人的观点，在天形成之前，上帝——至高无上的神，看到物质可以接受一个规定的形状，甚至从其中分离出好几个其他的形状，但是其状态是无序的，而且不稳定。因此，上帝决心将其置于合适的位置，稳定它的状态，使不同的躯体相互区分，彼此不会混淆。世界由此而形成，并且有了不同属性划分的界限和规则，集合了宇宙间所有不相同的部分，可以这样说，他赋予单一物质以灵魂和精神，因为一些被激活的事物会比以往更加完美，更加高贵。他同时将世界的形状视为圆形，球形是世间最圆满的结构。上帝希望他的杰作如此美丽，具备所有最珍贵的品质，他希望世界尽管有其开始，但是不存在结束，对他来说，他的作品是不可能被摧毁的，因为毁掉一件好的东西并不符合天神的本质。世界将永远

---

1 ［1739年版本中的注释］OCELLUS LUCANUS, *Philosoph. De universi natura*, chapitre I, p. 507, in Opuscul. Mythol. Physic. Edit. Amsterdam, 1688.
［1751年的版本中的注释］"事实上，整个宇宙没有向我们展现出任何此类的迹象，从未更好、更大，或者更坏、更小，一切总是保持同样的状态，和自身相同、相似。" OCELLUS LUCANUS, *Philosoph. De universi natura*, chapitre I, p. 107, in Opuscul Mythol. Physic., Edit. Amsterdam, 1688.

保持现状，免于变质、消融，享受着最大的幸福，比其中的任何个体都要幸福；上帝——它的创造者，正计划着由另一只手再创造某个模型，可能在他的脑海中早已有了范本。[1]

亲爱的图索，我们发现在某些哲学家的理论体系中有着近乎完美的相似性，这些哲学家不仅没有见过面，也没有阅读过彼此的作品，他们并不是出生于同一个时代。这一切使我相信人类有一些思维是相同的，他们把他们的精神实践于某些问题，这些想法之外，他们应该不希望能够拥有新的观点。古人已经对于神性、创世、灵魂的本质、世界的期限等问题进行过激烈的争论。他们所说过的什么跟我们想法一致，我们思考过的什么他们却从未提及？我们的子孙将不会比我们更进步，他们思索的事情是我们已经重复了三万遍的，虽然有些问题与真理存在差异，然而基本方向一致。在此之后，是不是我们可以找到人类精神薄弱，被局限于一个狭窄区域的显而易见的证据？那些没有感知这个令人沮丧的事实的人，还在思考为数不多而且极为晦涩的那些见解的一致性，他们本身就是建立自我情感的非常有力的证明。只有愚蠢无知的人才看不到终将消逝的、柔弱的人类所知道的事情是那么的有限，我称之为最基本的事情，

---

[1] ［1739年版本的注释］Selon ce Grec, avant que le ciel fût formé. TIMÈE DE LOCRES, *De anima mundi et natura*, p. 545, in *Opus Mythol. etc.*

［1751年版本］"在上天形成之前，有形状和物质，上帝是最优秀的造物者。因为最古老的东西要比最新的东西更高级，有序胜于无序。上帝已经很好了，他看着物质接受形状，变形为多种物质，但是以一种无序的方式，他便赐给予物质秩序，使它脱离这样不确定性变化的窘境，而接受一种确定的转变形式，为了基本物体的差异变得均衡，而物质也不再承受偶然的变化。上帝就这样用所有的物质创造了世界，并且将它作为生命性质的局限，以至于它本身包括的万事万物；这使得生命唯一而完美，被赋予了灵魂和理智（因为这比没有领会和理智的生命要更好些），世界以圆球的形状而存在（因为这种形状比其他任何形状都更好），想要做出最好的创造物，上帝创造出一个具有生殖能力的神灵，他不会为任何其他原因被摧毁，除了使他变得更有秩序，如果不是偶然，上帝永远不愿他被摧毁。但是，让自己的创造物，一种如此美丽的创造物被摧毁，并不是好的亲本的本质。作为一种如此的创造物，它保持以上帝创造的方式存在，不变质，不可破坏，永远幸福，优于所有可生殖的事物，因为它以一种完美的理由存在，他并不是手工的范本，而是思想和智慧的本质。"原文也包括希腊语引文。TIMéE DE LOCRES, *De anima mundi et natura*, p. 141, in *Opus Mythol.*

四分之三的学者都属此类情况，这只不过是为了愚弄那些游手好闲的人。

多么的可笑，我自诩是个伟大的人，因为我精通修辞学、逻辑学等等所有那些虚妄的科学，然而我却不了解自己，我是谁，我从哪来，我要到哪里去，什么时候我将离开这个世界，什么机缘使我变得幸福或者不幸，我怎样才能变得更好，避免伤痛？尽管我把自己看作最开明的人，当我看到一个学者沉迷于一些肤浅的知识，我就好像望见一个人没有带地图和罗盘在雷雨交加的浩瀚大海上航行，自认为精通一切对航海有利的事情，他只知道他在一个由木头、钢铁和绳索构成的建筑物里，他知道在离船二百步之外一条鱼由头上的触角正向外面喷水。

形而上学被欧洲人大肆鼓吹，具体到建筑学的认识，人都是由身体和精神构成。但是这种精神从哪来，其特性如何，又将回到哪里去？这便是风雨交加的浩瀚大海。推测、争论、怀疑一直没有停止，我们离开这些贫乏、悲惨的知识，因为我们并不能由此学到更多的东西，也许这就是我们存在的方式。

身体可以看作喷水的鱼。我们对于动物的特点、物质的本质、无限、虚无做了很多的研究；我们认为有不少重大的发现，但这一切又有什么用处？如果可能，我们想了解自我。一个人的身体怎样受到灵魂的控制，相反，灵魂又对身体的活动十分的敏感；谁知道其是不是一直在思考或者偶尔会停止思考，谁能最终知道为什么对四分之三和它相关的事情都没有任何概念，谁能解释自然原动力的真正原因？由此又发生了什么？他只不过是他思考的受骗者；在梦幻、推算、计量之后，另一个空想家诞生了，却反对自己原先的幻想。两个人不断地争执，为了维持各自的梦想，直至第三个幻想者出现。肯定还会出现第四个，像这样的空想家的数量逐渐壮大；最坏的情况是，没有人觉醒，关于他们自身的争论事实上又与其他人不同，只能增长他们的幻梦和倦意。

亲爱的图索，即使造物主情愿给人类的知识并不多，我们也该满足了。必须承认我们的无知，不断地向我们真正的朋友一再强调我们知之甚少。对于我而言，我十分确信的是，我在长崎的时期雇佣过的一个日本老仆人，她和我一样，在做"真正重要"的事情，甚至更加必要。我在辨别问号和引号的不同；她却知道放多少面粉，面团揉到什么程度能做出好吃的面包。我研究三段论[a]，她想怎么能做好家务；我忙于阅读古代和现代哲学家的著作，尽可能使其相一致，因为他们的观点经常错误，几乎总是相悖；她熟悉熬汤、裁剪、针线。亲爱的图索，我们并没有走远；这难道不能证明我的佣人比我更幸福，是真正博学的人？

祝身体健康！

自长崎，某月某日

---

a. 三段论在此是贬义，是形式上的逻辑思辨法。

第七十六封信
图索致陈渊哲

亲爱的陈渊哲，欧洲人自身拥有某些好的观点，但他们也同样给予亚洲人公正的评价。欧洲人赞赏亚洲人是因为在他们身上发现了很多可取之处。如果亚洲人是他们的邻居或者同胞，可能这样认同度会大大地降低。颂扬那些在他们看来另一世界的公民，其自尊心受到的伤害较小。但是对于那些与之长期相处或有利益牵连的人们，他们的态度却恰恰相反。

法国人的书中经常会出现大段对英国人尖酸的讽刺。然而，后者也不失时机地辱骂、虐待、污蔑其他的欧洲人。德国人非常瞧不起西班牙人和意大利人，把他们中的一部分人看作易怒的疯子，而且愚昧无知、停滞不前；另一部分人被认为是肤浅的天才，错误的冲动要比智慧的行为多，没有任何深度，没有任何学识，不擅于思考，思维既不明智也不合理。相反，西班牙人表示大部分的德国人都是危险的异教徒，他们轻视繁琐的哲学理论，仅仅因为哲学揭示了他们所信奉的错误，他们被指责为酒鬼、顽固不化的人，还有相当数量更为恶劣的形容词强加于他们身上。相比之下，意大利人对德国人的看法也并没有好多少，指责他们忽视以愉快的方式写作的技巧，缺乏细腻的质感，在美好的东西之中加入了功利的成分。还表示说，在大量德国人的作品中充斥着令人厌倦和无价值的学问。亲爱的陈渊哲，所有这些不同国家的人民，盲目地评价他们的敌人，由于他们的偏见和自尊，只看到坏的一面，根据几个人的缺点来衡量这个民族，忽略了另一些人的优点、天赋和品德，而这些往往足以弥补他们的同胞所犯下的错误。可以确信的是，一些意大利作家的作品是极端和反命题的虚假成就。但是，也有一些作家完全没有这些缺点。波利蒂安（Politien）[a]、邦博（Bembe）、皮柯·德·拉·米朗多尔（Pic de la Mirandole）[b]、卡尔丹（Cardan）[c]，这些人像德国最著名的作家一样博学。在德国，莱布尼茨[d]、沃尔夫（Johann Christian Wolf）[e]、普芬道夫（Samuel von Pufendorf）[f]，也具有意大利最有思想内涵的那些学者的特质，比如：语言简洁凝练，阐述细腻入微，想象力丰富。

　　文学作家和学者本应该脱离庸俗的偏见，把同一研究领域的人看作同胞兄弟。但是，令人惊讶的是，实际上，他们无休止地利用不体面的手段彼此反对，互相抨击，只因为他们来自不同的国家。像这样疯狂、可笑的举动发生在那些最不值一提的"天才"的身上变得尤其罪恶，在我看来，他们深谙所有的坏事。当我读到某个作者由于嫉妒仇恨而谴责某个民族，把抬高自己的民族建立在打垮他人的基础上的时候，我尽我所能烧毁书中的每一页，毁掉那些污蔑学者和科学的文字。

　　一个哲学家看到精神被糟蹋，善恶被混淆，无知和博学被曲解，没有比这个更可怕的事情了。在此基础上，倘若一个民族经常涌现出才华横溢的伟人，总是会有某些人企图说服那些生活在这个国家的读者，使他们相信这个国家内只有悲惨的作家，而且连篇累牍地引述其文字，对其他作家却只字不提，尽管其他作家并非不为人所知。这些人好像更乐于了解对于他们来说更遥远的国家。他们颂扬中国的、日本的、波斯的、土耳其的作者，难道他们对此更为熟悉？可能不是，这样想显然荒谬，不合逻辑。正是由于相隔甚远，他们不会产生过于强烈的嫉妒心。

有一天，我读了一位英国作家对我们帝国、对中国政府、对伟大的孔子慷慨的称颂。那你知道其目的是什么吗？是为了对西班牙人进行最严酷的批评。在文章中，这个作家极其赞赏我国古老的、绵延不断的君主制度。[1] 你可能会非常高兴，当看到他就这一主题所写的文字："让我们十分钦佩，"他说，"中华帝国一直以它原有的姿态存在于世，而后也将会同样稳定，远离各种变革。然而，恰恰相反的是，罗马曾经是世界的霸主，如今却处于卑鄙可耻的境地。丘比特对维纳斯的承诺没起到任何作用，本应该永不磨灭的权力在

---

[1] 作者在伦敦，1738年11月或12月以此题目发表拉丁讽刺诗，*Miltoni Epistola ad Politonem*（Lond. Apud T. Cooper, fol.）赞美中国政府。
这封信原本认为由著名的米尔顿（Milton）所写，在他的手稿中找到。
翻译如下：
"中华王国。
我们羡慕、赞赏并还将一直持续下去没有改变的一切事情。为什么罗马曾经是世界之大都会，而如今只不过是一个微不足道的神殿，为什么丘比特曾经向维纳斯承诺，而如今局限在狭小的范围之内？罗马也只能在巨大的废墟之上自吹自擂。令人欢欣的是，上天发出的声音告诉我们：幸福的中华帝国从来没有改变。听到之后，应该对像神一样的孔夫子表示崇敬：人民拥护的是至高无上的法律，虔诚信徒信奉的宗教，和国王至高无上的权力。无论是在集会，还是元老院，法律几乎覆盖所有的议会。法律任命官员和贵族，撤除军队和神灵。国王同样要顾及到人民。国王保证能够得到马匹、佣人、朝臣、宝石、官殿，他有很多妻子，为了享有君主所应该得到的所有东西。但是这些不是人民辛苦的劳动果实，也不是罪恶的战利品。黄帝不拿别人的财物，不找任何战争的理由，不点数任何战争的功勋。屠杀和战利品不是中国人所尊崇的荣誉。所有人憎恨用暴力来稳固权力而实行的大屠杀。恰巧，菲利浦带来礼物到中国，想进行国王与国王之间的结盟（一个是地的儿子，另外一个是天的儿子）。中国的君主公正地答复特使：'我们的国家远离偷盗、残忍、贪婪，也不与谋划战争、掠夺、屠杀人类和摧毁圣像的人相往来。等你们寻找到了和平，再来进献礼品！你们的国王企图侵占所有的土地和周围所有的海域，一个世界不足以满足他，但已经没有多余的地方来承受罪恶的硝烟。大西洋对你们来说是什么？在另外那个世界的争斗，他又充当什么角色？金子是否还是那么闪闪发光？人们之所以失去它，是因为被藏了起来。伊比利亚的神灵没有侃侃而谈却激励人们为了那唯一暴君的财富行动起来。如此，土地上住满了居民，而无辜的珀纳特（Ponates），始终没有粉碎卑鄙的尔日倪（Erinnys）的建议！'"

慢慢地消逝；罗马除了在残骸和废墟上自吹自擂之外，剩下的只有黯然的悲伤。怎样的神灵用强大的力量保佑中国远离变革，而能使它免于经受时间的磨砺？是令人肃然起敬的孔夫子，我们应该崇敬他的声名。这个伟人，他所建立的合理的国家法规得到人民的拥护、宗教的支持、统治者的保护。这些可敬的法律涵盖了国家中的各个方面，他规范了法官的裁决、王子的命令、朝臣的举措、君王的行为、部队的纪律。法律至高无上，人人必须遵守，而且防止统治者成为暴君；然而，这却丝毫没有削减君王的权力，也没有降低他的荣耀，却赋予他足够的佣人、奴才、马匹、财富、女人，总之，赋予他作为一个国王理应享有的一切；这些最美丽、最令人羡慕的财产是不幸的人民根本不可能得到的，人民饱受疾病、奴役和战争之苦，即使战争胜利，但终究也是罪恶的、可憎的。睿智的君主黄帝[8]从不设法攫取邻国的财物，对这种靠战争获得的所谓功勋不屑一顾。讲道德的中国人不会给残忍的杀人凶手冠以诚实的名号，他们害怕以杀人的方式来取悦自己的君主。西班牙国王——菲利浦（Philippe）想通过派遣使臣来和中国结盟，却落得个徒劳无功，非但没有成功，使臣还受到蔑视。'离开这里'，中国人对来访的使臣说，'我们之间没有任何共通之处，而且我们从来也不希望这样。我们厌恶杀人、掠夺、无恶不作的民族，他们表面上是要给人民和平和礼物，实质上，是在对人民进行杀戮。你们为什么要来牵连我们，你们来到这里到底是什么目的？难道广阔的海洋不足以使我们分隔开？你们的国王有如此的雄心壮志，一个世界根本不能满足他，他将用恐怖填满另一个世界。你们以为我们全然不知你们在大西洋上所犯的罪行？即使大自然把金子藏在地下也不能阻止你们对这种珍贵金属的贪婪，你们竭尽所能挖掘金子。西班牙的君主受益于某些罪恶的行径，是个一心只想致富的暴君，他减少帝国的人口，允许更多的犯罪。'"

亲爱的陈渊哲，我们应该承认这个英国人对我国法律和风俗的称颂并无半点虚言。提及西班牙的形象，他与我们国家的看法有很多相似之处，然而，我们不难看出他们在某些事情上掺杂了怨恨。当人们谈论我们的君主黄帝时，本应使用一些更温和的字眼，确实，我们没有给予他那些苛刻的辞藻。但是，像我跟你说过的那样，欧洲人从不放过任何损坏邻国名声的机会，他们想尽最苛刻、侮辱性最强的词汇。如果我们比西班牙距离英国还要近，或者如果我们和英国有利益之争，他们就会转而横加指责，而不是称颂。谁知道他们会不会找到特殊的借口来诋毁我们伟大的孔子？为什么他们还没有这样做？因为他们每天都以轻蔑的态度谈论同样享有声望的笛卡尔，仅仅因为他是法国人。

我们不能说欧洲人对邻国的辱骂是公正合理的。因为这根本没有合法性，就像英国作家对西班牙人的侮辱，本来就是肤浅的，甚至是无中生有。最崇高的道德对于他们来讲，不过是危险的伪善，最广博的科学不过是幻想和空想的交织。亲爱的陈渊哲，你说给笛卡尔冠以幻想家和空想家的头衔是不是简直是无稽之谈？天哪！我们怎能盲目地把偏见强加于这个享誉世界的伟大学者，而且，这样的评价确实是不恰当的。为什么我们不能给他与之相衬的、公正的评价？仅仅因为他是法国人？

亲爱的陈渊哲，你不觉得法国人也不比英国人更明智、更谦逊吗？也一样存在很多不合理的事情，每日我们都能看到有些学者拒绝相信真理，和带有妒意的斗争，因为这些真理是被英国人发现的。啊！我们的中国同胞更理智些。如果中国人遇到他们最敌对的人，不论来自哪个民族，都还会以礼相待。我们不是也有与日本人之间长期的、无休止的战争？然而我们还是给予他们所有优点以公正的评价；日本人也同样对中国的那些成绩卓著的人表示很大程度上的认同，例如：他们为孔子和他的弟子修缮庙宇。

  日本人如此强烈地轻视欧洲人，对此我并不感到惊讶；当他们看到欧洲人互相侮辱，就感到愤怒至极。我们的同胞慢慢也开始有了日本人的这种想法，法国和意大利传教士之间非理性的争论，使得中国不得不把他们驱逐出本国的领土。倘若驱逐的法令赦免了几个数学家，那是由于我们渴望学到他们掌握的知识。这足以证明，我们尊重那些值得尊重的人，即使我们并不喜欢这些人。亲爱的陈渊哲，我们小心谨慎地逃离嫉妒的暗礁，这破坏了所有欧洲国家的名声，让这些民族失去了与美德相称的称颂，嫉妒使欧洲国家变成可耻的偏见的奴隶，而且让全世界的人都来轻视这些民族。面对一个对英国文学的优美毫无感受的法国文人，（然而就连最平凡的人都能感受到这些作品的简朴和自然）我会试图用阿贝尔（Apelle）^h 对亚历山大（Alexandre）的话来说服他。注视着他的画像，亚历山大好似并不赞许，尽管就连他骑的那匹马都因为看着这位君主的坐骑栩栩如生的肖像而嘶叫。"国王，这匹马比我们更像是绘画艺术的行家，"画家说。[1]

  保重身体，盼复！

自巴黎，某月某日

---

a. 波利蒂安（1454—1494），意大利人文学家。

---

  1 这条注释出现在1739年的版本中。在1755年和1756年的版本中，此段拉丁文附有相同段落的希腊文。但是，在1739年的版本中，删除了此段希腊文。

  亚历山大凝视着他的画像，此画出自画家阿贝尔之手。然而，亚历山大并没有任何称赞之词，他深信他正如画中之貌美。当人们看到在画中他所骑的马，像活的一样奔驰长嘶。"啊，国王，"阿贝尔说，"这匹马在绘画艺术方面比你更像真正的行家。"

b. 皮柯·德·拉·米朗多尔（1463—1494），意大利文艺复兴时期著名的神学家、人文思想家。他对法国 17、18 世纪的哲学家帕斯卡、伏尔泰有深刻的影响。
c. 卡尔丹（1501—1576），意大利知名的神学家、数学家、星象学家，他同时也是医生。
d. 莱布尼茨（1646—1716），德国著名的科学家、哲学家、法学家、外交官。他用拉丁文、德文、法文写作。
e. 沃尔夫（1690—1760），德国文献学家。
f. 普芬道夫（1632—1694），德国著名的法学家、哲学家。他的思想对 1787 年的美国宪法有重要的影响。
g. 这里指中国的道教始祖黄帝，与上文儒家的孔子形成对比。
h. 阿贝尔是古希腊著名的画家。有关这位画家最著名的传说是他与亚历山大的故事。阿贝尔在画亚历山大心爱的女人坎帕斯普（Campaspe）时，不禁也坠入情网。亚历山大非但没责怪阿贝尔，反而将女人许配给画家。这个故事为后代传为佳话。不同时代的画家都以这个主题作画。

第九十一封信(1756)
图索致陈渊哲

亲爱的陈渊哲，欧洲人也受偏见的蒙蔽，但是依然乐于透过不同的习俗、迷信领悟真理。一位作家刚刚批评了几个世纪以来对于古代最有道德的一位君主的恶意中伤。我很高兴与你一起分享这位作家的著作。[a]

论尤利安大帝[b]

不久前出版的有关尤利安大帝的评论让一些人改变了他们对他的成见。然而传统宗教史学家对尤利安大帝的评论，圣格雷果（Saint Grégoire de Nazianze）和圣区利罗（Saint Cyrille）对尤利安的抨击已经左右了只受评论家的声誉与权威影响的公众对尤利安大帝的看法。许多史学家早就不再受对尤利安大帝负面批评的影响。但是，更应该对其他人表明这位君主是正直、审慎、博学、慷慨、宽厚的。改变受宗教认可的意见并非易事。所有宗教作家都把尤利安描述为一个恶魔。大家从来没有思考过是否对尤利安没有的缺点过于夸张。终于,《尤利安传》的作者[1]刚刚让一些史实真相公之于世,得到了读者的认同。然而,这位历史学家做得远远不够,可能他担心对尤利安的辩护过于大胆,可能他对迷信有所顾忌,也可能他唯恐自己不能剥离所有的偏见。他笔下尤利安的形象和本人还存在偏差。首先,我们先来看看这个形象,稍后再来考量什么地方还不够完善。

《尤利安传》的作者说,尤利安有很多优点,宗教要我们为有困扰的人祈祷,目的是希望他们能够有所转变,当他们已经得到应有的惩罚,就不能恶意丑化他们的生平。但是,尤利安也有很多的缺点。当我认真地思考他是一个哲学的背弃者还是一个皇帝时,我发现他并不是一个伟大的人,只能说他是一个独特的人。尤利安并不具备一切道德的重心——也就是中庸之道。他没有让任何道德闪烁出其应有的光芒,他没有凸显出这些道德的重要性。他定义、联合各种道德的特质,并认为可以用一场愉悦的音乐会来比喻讲道德的人类。他对荣耀的盲目追求使他对一切他认为有价值东西表现出极度的狂热。他盲目追求荣耀,对于他认为阻碍重视的一切事物,表现极度的狂热。他过奖一切能凸显地与众不同的东西,除了使他的骄傲受辱的粗陋罪恶。他还有虚荣心,他的自尊心也使他看不见自己的缺点,而只在别人身上看见同样的缺点。然而由于私秘隐蔽的生活,或者说他屈居第二的位置,康斯坦斯皇帝(l'empereur Constance)使他肯定自己的优点,抑制他的缺点。但是独立和王权让他在这两方面都得到发展和延伸。

现在我们逐条列举历史学家所斥责的尤利安的缺点。然后,我们再一个个研究这些缺点,还要看看都是建立在什么样的基础之上,

---

1 德·拉布雷特里先生(M. de La Blèterie)。

然后，我们便很容易能够判定历史学家指责的有效性和合理性。他说，由于康斯坦斯皇帝的担忧，尤利安发扬他的优点，抑制他的缺点。但是他好像已经登上王位。我们来看看在康斯坦斯统治时期，尤利安有哪些所谓的缺点？这位君主确信基督教并不是真正的宗教，很不幸地放弃了这个宗教，但是由于惧怕康斯坦斯迫害，表面上，他总说自己是基督徒。根据史学家的观点，由于在宫廷里有人怀疑他，为了完全掩饰他的想法，他甚至还剃光头发，过着僧侣生活。

对于尤利安的指责有两点。第一是他改变宗教信仰，第二是他的伪装。首先，我们来对第一点进行判断。一个人认为他所信奉的宗教肯定要比他所摒弃的宗教要更合理完善，可以确定的是，我们不能指责他对宗教缺乏敬意。所有人都是遵循着自己内心的感受，他之所以采纳一种观点，那是因为他对这种观点极为信服，可能其中也不乏谬误，但这些谬误不会与正直相悖。更改宗教信仰是他所做的唯一一件背离信仰的罪恶的事情，为了利益和野心，他宣扬另一种宗教，却没在其中加入任何的教义。一位我们非常熟悉的诗人[1]公正地说：

> 但是抛弃心中信仰的神，
> 是软弱的罪行，并不是错误。
> 这是在虚伪的面具之下，同时背叛了
> 我们信奉的上帝与我们远离的上帝
> 是对上天的谎言，甚至是对世界、对自己的谎言。

由此，我们可以指责尤利安选择了不正确的信仰，离开所有的

---

[1] 伏尔泰先生在悲剧《阿尔齐尔》（*Alzire*）中的话。

神圣。或许能够总结说，他的选择是一种犯罪，因为任何无意识的错误都不是罪恶的，在宗教上，人们凭借的是内在的感觉。

我想知道，一个理性的新教徒，要不是敢说，一个确信基督教好过新教的人，一旦变成罗马人，就成了一个不可靠的人？我想所有有见识的天主教徒都问过同样的问题。我肯定他们会抱怨说，以所谓新教的真理来说服一个天主教徒成为新教徒是错误的。他们当中没有一个人会说，这个新加入的新教徒不应该受到尊敬：真正信仰的错误是意识的错误造成的。因此，关于宗教，一种观点如果是遵循信仰，遵循内心的纯净，那么它从来不会蒙受侮辱。

如果人的行为准则不依循良知，那究竟能建立在什么之上？如果当人确信必须去做一件事，因为这是正确的，却又不敢去做；另一方面，当确定一件事是错的，却还是敢做，只因为认定了良知不能主导行为；那原本界定良知的理智又有什么用呢？人在社会中的行为将没有任何基准。将不能实行"己所不欲，勿施于人"这个做人的首要原则；因为只有遵循良知才能实现这个首要原则，是良知告诉人什么是该做的，什么是不对的。

理智和良知是上天的礼物，是人生一切行为的准则。如果不善加运用，而只迁就于外在假象的威信，那人将沦为最低等的动物，远离理智。

但是，有些时候，遵循良知还是会犯错，这我同意。但是这不是可以不遵循良心的理由，因为其他想影响我的人也可能和我犯同样的错误。表面上，他们所建议的是有特殊理由的。上帝赋予我和其他人同样的领悟力。但是相对于他人对我的说服力，我更能感受到良知对我的启发。就譬如我认为新教要优于天主教，当我确信这个想法时，就应当很自然去遵从，而不屈就错误的羞愧心诱惑。因此，尤利安坚定地认为基督教充满了谎言与幻想，他当然可以问心无愧地放弃这个宗教。他深信神圣的宗教只不过是荒谬的神话的交织，以下是他怎样来阐述这个主题。对于我来讲，他说，像所有人看到的，我用于说服自己的理由是，加利利教派不过是狡猾的骗子，没有任何神圣可言，只是引诱人们灵魂中最卑劣的部分，滥用人们对于神话的喜爱，给神奇的幻想赋予了真实的色彩和说服力。[1]

我不仅仅支持尤利安，而且觉得他的思考方式脱离基督教，但并不缺乏信服力。而且我还大胆地说，如果不是信奉自己认为最好的那一种宗教也是罪恶的，毋庸置疑的是，我们不仅应该避免我们认为不好的，也应该遵循认为好的东西。

我们的答复可能是，信奉认为更好的宗教，背离认为不好的，确实是一种诚实的行为。应该说，我们选择的信仰应当至少在表面上是合理与真实的，除此之外，没有任何理由可以解释为什么一个有思想、有判断力的人会改变信仰。然而，尤利安有思想、有判断力，却选择了世界上最错误、最荒谬的宗教；他的行为是不可靠的，因而他是罪恶的，理应受到教会的史学家与撰写他生平的作家的批评。

这就是我们对尤利安的改变所能提出的据理的异议。在以后的书信中，我们将研究这一观点的可靠性。

---

a. 德·阿尔让可能在这里映射德·拉布雷特里关于尤利安大帝的出版物。德·阿尔让对尤利安大帝的思考属于不信教的博学者的思维派系。在《蒙田随笔》中，尤利安在宗教、哲学、政治批评方面具有代表作用。该著作对尤利安的描述带有一定程度的同情。作者回忆说，尤利安把他的前任和继任者看作叛教者具有一定的合理性，因为他试图回到罗马传统宗教。这次回忆对于天主教和改革期间已经走样的法国有很重要的意义。

德·阿尔让将再一次使用这段文字是在《尤利安大帝对异教的维护》中：用希腊文和法文。用论文和注释使文章更清晰，反驳谬误。

1 JULIEN, in *Lib. II. Cyrilli* cont. Julianum, p. 39, Edit. in–fol.

b. 尤利安大帝（公元331或332—363），罗马帝国的皇帝。他提倡多神论。在法国哲学家蒙田的笔下，他成为容忍不同宗教共存的象征。18世纪的伏尔泰与本书的作者都将这位罗马皇帝描绘成一个哲学家皇帝。

第九十二封信(1756) 图索致陈渊哲

论尤利安大帝（续）

我认为虽然异教很荒谬，但这并不表示有思想、有判断力的尤利安不会被其道理所说服。即使伟大的人也会将严重的错误当作正确的观点。我们简短地纵观先前一些哲学家的情感，会发现他们大多承认过某些与情理直接冲突的事情。毕达哥拉斯学派的信徒和柏拉图学派的哲学家曾经相信灵魂转生说。没有什么比这样的信条更荒诞了，卢克莱修（Lucrèce）更使人感受到其中的可笑之处，这位伟大的诗人说："想象着灵魂只是为了随时随地满足维纳斯的喜好，这是不是很可笑？然而，在动物出现的时候，灵魂就已经存在。是否存在某些永恒的物质可以替代那些不幸的、会消逝的部分，这些物质也在争斗进入身体中的优先权？在它们之间应该存在一个共同遵守的条约，来决定谁第一个进入身体，谁有权被身体第一个接受。"

对于灵魂转生说的确信实在不能表现得更荒谬了。不能否认毕达哥拉斯学派和柏拉图学派的哲学家坚决相信这个教义。苏格拉底被异教徒称作最智慧的人,他的道德同时被一些无神论的作家与教会的著名作家所尊崇。犹斯定是教会最伟大的神学家之一,他将苏格拉底视为基督徒。伟大的伊拉斯谟(Érasme)把他列为圣人,并在阅读苏格拉底的生平到死亡时,不得不同时赞叹:"苏格拉底,为我们祈祷!"我说,在苏格拉底为真理作见证的一生中最后的片刻、最后几天里,一直将这个道理当成是不容置疑的真理,当成宗教的基础,传给他的弟子。这位智者在最后一次和他的朋友交谈时,也就是在他临终的时候,是这样说的:"我跟你们说,荒淫无度的、粗暴的人的灵魂将进入驴的身体,或者其他类似动物的身体,因为他们没遵守诚实的原则;而那些偏好谬误、残暴、掠夺的灵魂将在狼、鹰、雀的身体中重生;那些有着正常生活习惯的人,他们遵从普遍的道德规律,相信公正的事物,对自己的欲望加以节制,怎么会进入他者的身体?他们静心思索哲学的道理,他们怎会不比其他的人更幸福?他们死后,灵魂怎会不得到更好的安置?他们的灵魂越过劣等、弱小的动物,像蜜蜂、蚂蚁,又回到人类的体内,这是为了使他人更智慧并且有节制。"色诺芬(Xénophon)和柏拉图都支持苏格拉底的观点,因此,这位伟人最出名的两位弟子,很谨慎地记录了他临终前对这个理念的看法。

斯多葛派的学者和毕达哥拉斯学派的信徒一样相信荒谬的教义。西塞罗嘲笑他们圆形的上帝。"为什么是圆形?"他说,"是由于柏拉图所推崇的圆形是所有形状中最美的。但是,我觉得圆柱体、正方形、锥体、金字塔形更加美丽。这样一个圆形的上帝,你们又让他做什么?让他以想象力所不能及的速度运动。然而,我没有看到他更加幸福,思想更加平和。谁让我们这样永不停止地旋转,甚至使我们身体最小的部分都保持旋转,我们将不能享受安逸;为什么一个上帝比我们存在得更好?"

最出名的异教者和多神论者一样相信那些粗俗的错误。所以，尤利安才能被他选择的宗教道理所说服。但是，更进一步说，我支持下面这样的说法，几乎所有教会的主教在教会开始的前三个世纪中，都会拥有很多类似异教的、荒谬的观点。

犹斯定认为天使从天而降到人间，由于肉欲的驱使，在这里结识一些女人。雅典那哥拉（Athénagore）使这些行为同样发生在上天的智者身上，他说巨人起源于这种爱情的交易。圣克莱芒·德·亚历山大（Saint Clément d'Alexandrie）、泰奥菲尔（Théophile）和好几个其他的主教都肯定了同样的事情。我想知道为什么尤利安没有相信戴安娜（Diane）爱上恩底弥翁（Endimion），阿波罗（Apollon）引诱伊西丝（Issé），既然，我们教会的主教确信人类是上天的智者到人间来享受一位弱小女人的恩惠。对所有的事情应该不偏不倚，前三个世纪的主教让这些天使做的事情并没有被这些叛教的一半神灵实现。

我唯恐给出太多的论说来证实基督教前几个世纪中的重要人物都曾相信过关于最基本教义的一些荒谬的观点，这些观点在尤利安时代之后被澄清。

奥利金（Origène）谈起上帝就像毕达哥拉斯的信徒所谈论的那样，他把他构想成细小的火焰，由飘逸的方式组成。他把世界的管辖权交托于一些天使，如果有一天他们不能完成他们的使命，理应受到责罚，这是对于这些一半的神灵和异教的仙女的观点。

帕皮亚（Papius）、泰奥菲尔、塔提安（Tatien）、朱斯坦、克莱芒·德·亚历山大，终于，先前所有的主教断言，在最后一次判决之后，所有遵守教规者将在耶路撒冷生活一千年，在那里他们将繁衍后代，过上富裕的生活。这种观点和学者杜宾先生（M. Du Pin,

1657 – 1719）的观点有相同之处，他将之称为"古代的幻梦"。[1] 这种幻梦由异教徒的田园乐土幻想分离出来。

我们可能会惊讶地发现这些主教的教义和不同异教派别的很多东西多少有些相似之处。听一听著名的博叟贝（Beausobre）[2] 的说法，他向我们解释了原因。他讲述了这些主教（即基督教初期的学者）的观点带有上帝的性质。并没有文字来清楚地阐释这一主题，学者只是遵循他们的情感，遵循他们曾经就读过的哲学学校中老师的教诲。一个伊壁鸠鲁学派信徒的信仰被赋予了人道形式的神性，像伊壁鸠鲁一样，把这种神性定义为不朽且幸福的动物。一位柏拉图学派的哲学家正相反，像他的老师一样支持上帝是非物质的；毕达哥拉斯的信徒和恩培多克勒（Empédocle）学派、赫拉克利特学派的信徒相信智慧之火的神性，或者万物归一于智慧之光。另一位学者想象神圣的本质是建立于真理上的有形物质，却巧妙、纯洁地渗透于每个身体。还有一位相信这种物质和组成我们世界的成分毫不相同，和亚里士多德想象中的第五种性质相似。

基督教博士的观点繁复多样，而且，他们有些观点的荒谬性还没有完全显现出来，此时的基督教还处于一种昏暗、不明朗的状态之中，众所周知，它陷入了困境；然而一旦当它成为国家的主流宗教，受到君主的保护和宣扬，这些不同的教义就会彼此融合。从那时开始，基督教徒一心只想打击和他们争论不休的那些异教徒。因此，应该召开几次主教会议使宗教一体化。这便是在君士坦丁大帝（Constantin）的主持下，在尼西亚举行的第一次全体会议所作出的决议，但是，会议的很多决定推行起来还是比较困难，在几个世纪之中被大部分的基督教徒所拒绝，比如新教义的确立，这在当时并

---

1 Du Pin, *Bibliothèques des auteurs ecclésiast.* t. I., art. «Papius» p. 160.
2 BEAUSOBRE, *Histoire de Manichée et du manichéisme*, t. I, p. 207.

没有被接受。这些教义是比较基本的东西，就像耶稣基督神性的问题。在尼塞会议（le Concile de Nicée）不久后，阿里乌斯教派的信徒和东正教徒相比，前者就占了上风。

我刚刚列举了一些明显的谬误，然而这些谬误曾一度被最伟大的哲学家和最著名的基督徒博士所信奉，这足以证明尤利安大帝的虔诚。但是我还要说，行之有效的恩泽不能说服我们相信宗教的圣洁，我们不能不在此之中发现一大批让我们厌恶的事情，一些像我们所批判的异教一样不同寻常的事情。圣保罗（Saint Paul）说，基督教对于犹太教徒来说是一桩丑闻，而对于异教徒而言，是疯狂的举动。我试着比较一下这两种信仰主要教义的梗概。真理总是纯净的，并不惧怕面对欺骗。所以，我们神圣的宗教也并不惧怕和异教相比较。基督教晦涩、难以理解的教义是为了讨好上帝，蒙蔽脆弱人类的眼睛而设置的秘密；异教难以理解的观点对我们来说是同样的荒谬。试想向一个中国人阐释这两种信条会怎样？

理性的异教徒相信存在至高无上的造物者——上帝，管理所有的事物，在他之下有很多小的神灵。基督教徒认为存在唯一的上帝，但是他们说，上帝分身成三个不同的人。这三个人有所区分，三个人都是上帝，然而他们又不仅仅等同于一个上帝。中国人首先说："这些我完全不能理解，有悖于我的理论。"基督教徒回答："这些都是真实的，但是我们只需服从信仰。我们应该相信而不是阐释道理。如果您能理解一件事情，这件事将变得不再神秘。"中国人又说："那对于任何宗教，我们都可以这样解释；对于异教徒、土耳其人、基督徒，这是一个共同的论据。"

异教徒认为丘比特（Jupiter）从大脑中生出了密涅瓦（Minerve）。基督徒支持这种观点：上帝是一位处女的儿子，他道成肉身，生活在人类之中。中国人觉得这和他平时认知的概念相反，一个上帝的母亲是一个处女，而不是从另一个上帝的大脑中分离出来而获得生命。

异教徒声称尼普顿（Neptune）和阿波罗放弃了天上的生活，默默无闻居住在托瓦得，建立了托瓦得城墙，教化人类。基督教徒认为上帝乔装在犹太（Judée）生活了三十年，扮成一个木匠的儿子。

异教徒的神灵可能被人类伤害；狄俄墨得斯（Diomède）伤害了维纳斯和玛斯（Ajax Mars）。基督教徒的上帝被钉到十字架之上，忍受了耻辱的死亡。中国人首先提出疑问，这让一个上帝怎样能够忍受。他觉得异教徒的观点和基督教徒的观点同样是荒谬的；但是，基督教徒说上帝是为他们而死，这样的情感对他来说简直荒谬之极。他问道：为什么上帝会死；人们回答他说："为了让人类更加完美。"中国人说："什么！应该说他们已经完美，他们也本该完美，因为任何结果都是遵循至高无上神灵的意愿。"

在异教徒的想象中，河流、城市、山脉都由仙女和半神主宰着；基督教徒认为存在神圣的智慧生物，人们称它们为天使，天使照看着人类和一切仰望它们的生灵。

异教徒把兴趣投给了神灵而不是人类；基督教徒把他们的上帝当作一个可怕的上帝，他把不相信基督教的人投入了万劫不复的地狱，然而他却每天创造上百万的灵魂，这些灵魂根本不能被教化。

异教徒的一些神灵不乏风流韵事；基督教徒认为在前三个世纪中，他们的天使为了引诱人类而变得罪恶。

异教徒还信仰丘比特的化身，他负责管理云、牛和鹰；基督教徒认同上帝幻化成一百万个祭坛，面包进入他的身体，葡萄酒流入他的血液。中国人说："丘比特化身成鹰的神奇，对我来说，不亚于自然之光。因为即使丘比特变化成鹰也不可能分身；但是依照基督教徒的说法，应该有和祭坛数量同样多的神灵，或者上帝有同样多的身体接受人们供奉的面包。因为上帝即使强大也不能改变事情的本质。他做不了的事情，我也不能，即使我不是上帝；他不可能创造没有两端的木棍，因为那根本不是木棍；同样道理，他也不可能仅凭唯一、独有的身体同时到一千个不同的地方，因为这有悖于事情的本质，这种本质上帝也不能改变。"

中国人是如此阐述的：真理对他来说无异于谎言，他带有偏见的思想看不到光亮。如果他不能被恩泽所照亮和救赎，对他而言，基督教不比异教更具说服力。一些非常著名、学识渊博的人偏爱异教，直至被它摧毁，但是这种摧毁是借由暴力的手段，而不是用说服这样温和的方法，这同样使中国人感到厌恶。西马克（Simaque），罗马的大法官，在异教衰落的时期，极力地为其辩解。他是在那个世纪最诚实、最具美德的人。

第一百一十六封信
图索致陈渊哲

亲爱的陈渊哲，在德国的犹太人非常多，而在中国很少。今天在我们幸福的祖国，人们几乎不知道有犹太人存在，他们的数量也从未多过，基督徒的立法人诞生的二百零六年前；汉朝开始统治，一些以色列人来到中国。但是，不像在其他地区，这些人的数量没增加，反而逐渐减少了。目前，整个帝国仅存在七个犹太教家庭，他们互相保持联系，在河南的省会开封只有一个犹太教教堂。相反，在德国犹太教徒数量出奇之多。使我惊奇的是，这个国家的人经常迫害他们，而且几乎每天都在迫害这些犹太教徒，以一些无中生有并且可笑的借口；在中国，却给予这些教徒极大自由的空间，让他们做他们喜欢做的事情。

亲爱的陈渊哲，你不会相信欧洲人有时对待犹太人的野蛮与残酷，以将他们导向真正的宗教作为堂而皇之的借口，用某些杜撰的罪行来惩罚他们，而强加的罪行往往是这些可怜人想都没想过的。

我曾在旅途中认识了几位学识渊博的犹太人；我很用心去了解他们的宗教和重要的礼仪，但却没发现有什么是近似基督教作家称之为荒诞的故事，这些作家编造了可笑至极的神话，借此对这些悲惨的人施加骇人听闻的迫害。

我觉得基督教徒对犹太人的重复不休的谴责简直是太荒谬了。他们控诉犹太教徒对他们恨之入骨。除非是想让所有的犹太教徒都成为哲学家，成为苏格拉底、爱比克泰德（Epictète），要不然谁会不憎恨那些将他们驱逐出家园、并且大肆掠夺和屠杀，还不断鼓吹要把他们全部毁灭的人？我早就发现了，通常，欧洲人，在许多事情上思考的方式是极度不理性的；但是，只有在这件事情上，我眼见他们如此直白的荒谬行径。

不仅是无知的人与出身卑微的人觉得应当迫害犹太人，神学家与教皇也都写了好几本书，证明应该摧残他们，把他们当成奴隶，剥夺他们的财产，将之据为己有。然而，更好笑、更奇怪的是，这些神学家与教皇谴责犹太人居然还敢痛恨基督徒，并将此视为丑闻。下面是一位主教解释的应该如何对待犹太人的方式。这位主教游历整个欧洲，尤其在意大利，被视为一流的天才；但是明智的人和真正的哲学家仅仅将他看作最愚蠢的神话的编造者。他说："犹太人不值得被给予这样的荣耀——让他们生活在我们中间。像人们所说的那样，应该将他们放逐印度之端。曾经一度人们认为他们可以更人性化，为了减轻他们亵渎灵魂的罪过，应该将他们所著的离经叛道的书籍投入火中：这本书被他们称作《犹太教法典》。在书中，他们从未停止过亵渎神灵、仇恨我们、诽谤我们、发出可怕的誓言，因为他们没有丝毫的良知。最好的方法是迫使他们阅读新、旧《圣经》，听取神圣的讲经布道，用圣洁的文字来阐释。另外，他们应该保护文献，令他们学习手抄本的作品，教授他们机械科学，用严格的学习使他们回到正确的意识。很多既不缺乏虔诚又遵守教义的伟大人物，都赞同我的观点。"[1]

亲爱的陈渊哲，谦和的人表示类似的好感难道不是一件很自然

1　Les Jours caniculaires de Simon MAJOLE, évêque de Volture, traduit par Rosset, t. III, p. 45, édit. in -4°.

的事？一个犹太教徒不喜欢一个宣扬如此温和、人道、符合自然律法的精神的教士，这样的人岂不是与众不同，难道不应被看作是魔鬼，被民众、社会所痛恨？

亲爱的陈渊哲，如果你相信在所有的基督教神学家——对待敌人宽容、耐心的伟大布道者中，此教士是唯一高唱这个论调的，那你就错了。一个非常著名的神学家曾经著了一本书来抨击犹太教徒的《犹太教法典》；他在书中以最仁慈的、虔诚的态度来阐述有必要完全摧毁犹太教堂，阻止犹太人继续留在自己的家中，必须让他们像流浪者一样在大路上生活，悲惨地睡在某个马棚中。他希望人们烧毁他们的书籍；如果某些犹太教教士教唆他们的兄弟，应将其处以死刑；禁止犹太人掌控钱财；而且犹太人没有权利签署任何协议。他认为我们应该剥掉他们的衣服，压迫他们，让他们像奴隶一样在土地上种植、耕种、劳作。他始终赞成对犹太教徒的驱逐和消灭是公正所致，如果他们拒绝服从这些条件，那是因为对于他们来讲这些条件还是那么的温和。亲爱的陈渊哲，你将不得不承认一个犹太教徒必须是厌恶人类的人，才不会发觉这个神学家的告诫和那位主教一样符合人权。真是比犹太人苛刻百倍、可恶百倍的人！他不喜欢他周围慈爱的基督教徒，而偏爱为了给人利益、睁大眼睛、以神圣的名义摧毁犹太民族，虔诚地将他们沦为奴隶，仁慈地将他们赶到马棚里栖身，剥夺他们全部财产的那些基督教徒。

亲爱的陈渊哲，有些心平气和、良善的神学家主张虔诚地用烈火摧毁犹太人。如果要列举这些神学家，可就永远说不完了。著名的、受人敬重的皮亚琴查学院（académie de Plaisance）签署了一项法令，贝尔纳丁·德·卜思提（Bernardin de Bustis）神父和其他六个仁慈的修士建议，消灭犹太人是一个好基督徒的责任。这条法令让犹太教徒双眼大开、唤起他们对基督教徒的温情。法令是这么结尾的："上述事宜，在怡和城，受人敬重的学院，法官与博士一致赞成,要坚持而且要下结论,同时要听取可敬的贝尔纳丁·德·卜思提神父的建议;以此为证,要求加盖惯用的印章,此公文由院长签字,我——安东尼·德·尼塞利(Antoine de Nicellis),法学博士、该学院的院长亲手划上十字。"[1]

不仅仅最近几个世纪,欧洲人,尤其是教会,所给予的慈爱、同情,能够让犹太教徒免于变得冷酷无情,能够唤起他们从未有过的对基督教徒的评价和感情。米兰的主教圣安伯罗修(Ambroise),处在异教还存在的时期,认为我们不应该有任何的痛苦和顾虑来容忍那些信仰唯一全能、永存神灵的人驱逐米兰的犹太教徒,掠夺他们所有的财产,神圣、彻底地迫害他们;欧洲人确信这个圣安伯罗修是一个伟大的圣人。基督教徒中,那些在去世后得到幸福的人,都曾经以神圣的热忱摧毁、消灭犹太教徒。圣区利罗——亚历山大的主教,有名的圣人(是不是因为用铁器和烈火杀害了一大批犹太教徒而得名?),对于犹太教徒所表现的热忱和友谊更胜于圣安伯罗修。他在本国人民的头脑中攻击犹太教教堂,是他挑起、加剧了这场勇敢无畏的战争。他把他们驱逐出亚历山大,下命令剥夺他们的财产,决不姑息任何试图抵抗的人。这就是他之所以受众人爱戴的行为方式。以温和的方式说服人,通过此种方式让他们感受到自己的情感,这是卑鄙暴君的做法;而以死亡和丧失财产的恐惧来限制人的意识,却是获得人心的正确途径。啊!区利罗主教是多么的明智、多么的值得犹太教徒的爱戴,而两位王子与之相比就显得越发的愚蠢,他们表示我们并不能把宗教强加于人们的意愿!第一个王子是狄奥多里克(Théodoric),他说:"尽管我们批判错误,然而我们却允许错误存在;我们相信没有权利要求他人更改宗教信仰,因为根本不可能强迫人类相信他们拒绝相信的事情,在此之上,也决

---

1 Les Jours caniculaires de Simon MAJOLE, évêque de Volture, traduit par Rosset, t. III, p. 200, édit. in -4°.

不可能产生出任何信仰。"[1] 第二位王子特奥巴勒（Théobald）的想法和特奥多里克一样的荒谬。他致信查士丁尼大帝（l'empereur Justinien），信中写道："神灵接受多种宗教的存在，我，普通的人类，尽管是王子也不能命令人类追随唯一的宗教。而且，记得在书中曾看到这样的观点：对天主的信奉应该是心甘情愿的，并不能基于官员、君主、法官的威慑。"[2]

亲爱的陈渊哲，这就是不深思熟虑的王子。狄奥多西（Théodose）大帝对教士言听计从，畏惧十分，就像一个品学兼优的小学生面对喜欢表现学究的老师。这位皇帝的思虑比较有智慧。他效法圣安伯罗修和区利罗的热诚。查士丁尼大帝不仅对犹太教徒的态度极端温柔，说是为了他们的前途与幸福着想；而对那些在宗教上与他的看法不同的人也持同样的态度；以把他们处死为己任，并深信这是非常值得嘉许、非常有爱德的行为。[3]

很多欧洲君主也都曾对犹太人异常礼遇。一些欧洲君主为了强迫犹太人接受洗礼，让二十多万的犹太人死于饥渴贫病；另一些君

1　[1751年版本中的注释] CASSIODORE, livre II, épître XXVII.
[1751年版本中的注释]"我们允许——虽然在理智上回避——在谬误之中的那些人的地域局限性。我们不可以强加一种宗教，因为没有人能够背叛他内心的意愿。"
2　Ibid., livre X, épître XXVI.
3　我使用尼古拉·阿尔玛纽斯（Nicolas Almanus）的拉丁文翻译。在这一段中，可以看到查士丁尼的被几个谄媚的史家阿谀奉承，还能发现他的妻子狄奥多拉皇后（Théodora）、法学家特里波尼安（Tribonien）的性格特征，这位法学家比最不忠诚，最不诚实的大臣更逢迎，更加懦弱。译文如下："由于这种不当的虔诚，大规模的屠杀玷污了查士丁尼的名声。他希望所有人都信奉基督，并为之而斗争，不惜牺牲他人的性命，他认为对于持异己之见的人采取任何做法都不为过。这样一来，他随时准备好要让百姓丢掉性命，于是他与他的妻子狄奥多拉皇后从不错过任何威胁百姓的机会。虽然他们善于隐藏他们之间的不和，使国民走向毁灭，但是他们的贪婪和道德上的不诚实是很相似的。查士丁尼的灵魂比一颗尘埃还要轻，容易被左右，但就是不会受人道左右，同时，让他屈就于卑鄙是再容易不过了。他只信任那些阿谀奉承的人，并且经常陶醉在他们的溢美之词中。狄博安纽斯，常伴其左右，声称担心他因为他的虔诚而随时会被老天带走；在他的灵魂深处，长存着赞颂，更确切地说是似是而非的情愫。"
[1751年版本中的注释]"由于这种不当的虔诚，大肆杀人玷污了他的声名，他甚至要求所有人对于基督采纳同一种观点：根据这种宗教，剥夺持不同观点的人的性命不算是犯罪。"

主把他们像疯狗一样驱逐。总之，没有一项恩惠是犹太教徒没得到的。经历了这一切后，他们怎么会不背信弃义，心变得很硬，痛恨那些如此善待他们的人？

亲爱的陈渊哲，玩笑开够了，但一想到欧洲人疯狂的要求，还是忍不住要发笑；但是，当我一想到，一些被当成是文明、讲礼貌的人对可怜人施加的野蛮行为的时候，就不禁吓得发抖。这些可怜人是很值得同情的，他们很不幸，只是因为他们听信了自己的良知。很肯定的是，很少有比犹太人更坚决相信认识了真理的民族。倘若要说服他们，也应该通过正确、坚实的论据，而不是将他们变为奴隶。我们使用温和的方式去说服他们，更有利于他们的内心和精神倾听我们的道理；暴力甚至会激起最温顺性格的反抗，妨碍他们去品味和体验最显而易见的论证。一位古代的作者不无道理地说过：最凶猛的野兽也比不上人类之间的厮杀更加残忍。[1]

亲爱的陈渊哲，保重身体！

自德累斯顿，某月某日

1　"他没有见过对人类如此凶残的猛兽，就像把基督徒送入口中的猛兽那么凶残。"AMMIEN MARCELLIN, livre II, chapitre V, p. 233.

致陈渊哲

第一百一十七封信

亲爱的陈渊哲，越是了解了真正的英雄与伟大君主所应有的优点，我就越是发现查理十二世（Charles XII）[a]，既不应被视为英雄，也配不上伟大君主的头衔。确实这个君主有过一些超乎平凡的举动，他顽强、勇敢、慷慨、朴实、正直。他鄙视让无数君主破产、百姓遭殃的奢侈与浮华，但是，很严重的缺点却抵消、掩盖了他所有的优点。国民的不幸已经到了最残酷、最悲惨的地步，无以复加。持续的战争[b]，经常是不公正的，几乎总是没有意义的，也是轻率的，更不幸的是，查理十二世使他的王国走到了尽头。虽然瑞典人的勇猛让他们的祖国免于瓦解，但是，这位君主却在本德马赫发动了对莫斯科人的战争，最后被迫逃亡到土耳其。

要是查理十二世征服了整个波兰，把史坦尼斯拉斯（Stanislas）推上王位，他就可以返回自己的领土，成为欧洲的主宰，凭借他的伟绩，人们就不能拒绝给他冠以伟大的头衔。作为英雄，他已经征服了一个王国，并赋予它伟大的灵魂；作为这些人民之父，他想使他们幸福，带给他们和平，作为国王，他成为欧洲其他君主的调停人。如果查理十二世这样明智地思考，那将是多么的荣耀，对他的王国又将是多有裨益！但是，实际上，他以屠杀为乐趣，当他将进入一个广阔帝国的中心的时候，他却不知道怎样出来，不屑去预见任何可能发生在其身上的意外。亲爱的陈渊哲，我越是审视查理十二世的行为，我越不想用"伟大"这个词来形容他。古斯塔夫·瓦萨（Gustave Vasa）、亨利四世、威廉三世（Guillaume III）ᶜ都配得上这样的头衔，但对于这位君主却不行，他没有其他的目的，只是效仿亚历山大，而且最终还效仿得如此糟糕。ᵈ

　　查理十二世本应听沙皇的话。这位君主曾向他提出过非常优惠的和平条件，而查理的回答却十分傲慢："我将在莫斯科和沙皇进行洽谈。"沙皇知道他的回答后说："我的查理兄弟，他总是声称要做亚历山大；但是我肯定他在我身上绝看不到大流士（Darius）的影子。"沙皇的确是查理十二世的一个可怕的敌手，随时有可能将他流放到鞑靼与土耳其境内，而且使他做出了一系列疯狂的事。另外，我们又怎样定义查理十二世在本德马赫的大部分行动？怎样看待他对土耳其近卫军ᵉ发起的斗争？近卫军搭救过他，让他受到国王应有的礼遇。当善于攻击和防卫的近卫军对一支仅有十二个官员、七八个仆人、三四个厨子的军队发起战争，哪个明理的人会不指责他们的荒谬与癫狂？土耳其人监禁了查理十二世身边的三百士兵，他曾在他的住处和这些驻军密谋战争。我们不得不同意帕夏（le Pacha）ᶠ的说法，是他借此机会把查理十二世送入了监狱，"这就是滥用勇猛最坏的例子。"

　　我发现查理十二世有时不能观察到适度、公平、谨慎的法则。这个国王用侮辱、可憎的方式对待六十多个年老的近卫军士兵，他们并没有以符合他们的胜利者的姿态来讲话，而是哀求着希望得到恩惠，建议他避免不必要的损耗。这六十位值得尊敬的老人胡须全白，拄着长长的白色木棍来找他。他们请他的主事大臣转达，他们愿做瑞典国王的侍卫；如果国王愿意，他们将带领他到阿德里安堡，在那里他可以亲自和大领主对话。查理十二世怎样回答这样友好的建议？他的态度强硬得令人可怕。他令人撵走这些近卫军士兵，根本不接见他们，为了能加深对他们的羞辱，他命人告诉他们，如果他们不退休，他将让人剪掉他们的胡须；这无疑是对一个土耳其人最惨痛的耻辱。这样的行为难道不是由于他对最浅显的适度法则缺乏认知？但我们思考引起他此种举动的目的，还是会觉得太不可思议。查理十二世根本不想离开本德马赫，因为他担心土耳其人在途经波兰时，将他送交到奥古斯特国王手里；但是如果他愿意，还可将他由黑海渡船送达君士坦丁堡，从那再前往马赛。虽然在法国，他可获得和在瑞典同样的自由，是不是他又害怕在法国被捕？为了他的行程，他向苏丹索要千元，他还有一千二百元；这是一笔他意料之外的慷慨馈赠。在得到这笔可观的收入之后，他还想继续待在土耳其，并强迫土耳其人发动对莫斯科人的战争。他所有的行为都流露着小说主角的气息，并且都是仰仗他的臣民的理智与鲜血来让自己显得与众不同的。

  查理十二世自感在本德马赫做一个小亚历山大十分愉快和荣耀；自从波尔塔瓦战争（la bataille de Pultawa）[g] 之后，他极其恶劣地效仿狂怒的马其顿人[h]。最好的方法是利用一个法国诗人所作的英明的评论[1]，而不是撕毁他著作中的那一页纸。查理十二世同时期的历史学家记录了他独特的行为；下面就是深深激怒了瑞典国王的诗篇，人们应该给所有的统治者每天读上两三遍，作为给他们最重要的提示之一。

---

1 VOLTAIRE, *Histoire de Charles XII*, t. I, livre V, p. 287.

什么！对你们而言，这是位如同亚历山大的疯子？

谁？这个把亚洲化为灰烬的蠢材？

这个暴躁的昂日里，他的血液已经变质，

全世界的主人，自认为思维缜密？

他如此狂躁，出身为一个省的首领

他怎么会成为明智的统治者，

疯狂地离开，梦想自己是上帝，

像一个既没有火把也没有居所的强盗；

带给人们战争的恐惧，

他大肆的疯癫充斥了整片大地。

由于一百个正确的理由，在他的时代，他如此的愉快。

马其顿有许多小房子，

一个智者令其居住在这里，

奉祖先之命，应趁早将其监禁！[1]

亲爱的陈渊哲，我一点不惊奇，查理十二世会撕毁诗篇所在的那一页；他看见和他自己过分相似的肖像。这个肖像的刻画丝毫没有阿谀奉承之意，确实艰涩和使人不悦。

出走的勇猛和过度的雄心并不是查理十二世最大的缺点。有时更加残忍的是，他甚至忘记了人权。如今，全世界还在抨击帕特库尔（Patkul）[i]的刑法，沙皇派去见奥古斯特的那位不幸的使臣，被查理十二世掠获，因为他要逼迫这个被废黜的国王达成他所有的愿望。接下来，这个悲惨的使者活生生地被处以车轮刑，借口是他已经背叛了自己的国家。在土耳其，使臣不像在其他国家受到尊重，却也

---

1 ŒUVRE de Boileau.

不可能干出类似的明显违反人权的蠢事。

　　人们还控诉查理十二世在战斗之后，冷血地屠杀七千名手无寸铁的莫斯科人，长达六个小时之久，可是在此之前，他们已经得到了仅仅监禁、可以保留性命的承诺。与他同时期的史学家就这一前所未闻的残暴事件给予了解释。这位作者说："关于莫斯科人，我们谈到弗瓦文斯塔特之战（la bataille de Frawenstadt）时，他们屈膝求生；然而兰琪尔德（Renchild）毫无人道地对他们施行了长达六个小时的战后屠杀，只是为了惩罚他们的同胞所犯下的罪行，为了消灭这些囚犯。"[1] 另一个在瑞典国王身边很久的作家，对他野蛮的行为有不同的说法；他认为过错完全应归咎于查理十二世，完全为这位君主的将军开脱。他在书中写道："你们都说兰琪尔德（Renchild）将军在弗瓦文斯塔特之战结束后六个小时之中毫无人道地对所有被囚禁的莫斯科犯人进行了大肆的屠杀，丝毫没有顾及他们的哀求和眼泪；很多瑞典的官员都曾向我证实，是国王本人下命令屠杀，而这位将军从来不是残忍、无人道的，他曾徒劳地劝说国王撤回命令。他确实经常用骑兵将莫斯科人赶到立陶宛的边境；当战斗打响时，他在距弗瓦文斯塔特六里之外，或者至少在迎接新的战斗。"[2]

　　亲爱的陈渊哲，我根本不能分辨两个作者谁说的是事实；他们都声称有人能够见证这一次比任何凶猛的民族都更加野蛮的行为。我不知道罪魁祸首到底是将军还是国王，但一件事情是可以确定的，不容否认的，对莫斯科人的屠杀是真真正正的发生过。是不是查理十二世的命令？如果是事实，他比下面诗中描述的更残忍、更无人道：

1　VOLTAIRE, *Histoire de Charles XII*, t. I, p. 180.
2　LA MORTRAY, *Remarques critiques sur l'Histoire de Charles XII*, p. 220.

……卡利古拉，尼禄，

魔鬼，很遗憾在这里我列举他们的名字，

他们保留了人类的皮囊，

用脚践踏罗马所有的法律。[1]

如果查理十二世没有参与令人可憎的谋杀，他就应该惩罚真凶，给瑞典军队制定永久生效、不可撤销的法令。什么？查理十二世常常严厉地惩罚最轻微的错误，对一个作出重大贡献、功大于过的将军，难道就可以对他最卑劣、最野蛮的行为置之不理？我希望他不是屠杀莫斯科人的凶手，他的不加惩罚难道不也是犯罪？一个真正宽宏大量的君主，也同样憎恨残忍的行径，为此难道他应该使用自己的权力？无论从哪个角度看待对莫斯科人的屠杀，我们都不能完全为查理十二世开脱。

亲爱的陈渊哲，以上就是我对这位历史上争议颇多的君主的看法。作为一个哲学家，我认为他不能被称为一个真正伟大的君主，他天性勇猛，但是他不够公正、高尚、谨慎。但我不否认查理十二世是一个非凡的人，一个令人生畏的战士；但是他的这些品质都不足以称为一位值得称道的君主。古斯塔夫·瓦萨和查理十二世有什么不同？我们越是比较这两位君王，后者越是失去可比度。你从以前我写给你涉及瑞典人的书信中，就可以发现我一直是偏向于他们的，根本不存在怨恨和厌恶，相反，我必须压抑着我内心的这种偏爱；这样，你就不应该怀疑我没有对查理十二世表示足够的称赞，是由于偏见。

---

1 RACINE, *tragédie de Bérénice*, acte II, scène 2.

祝健康！

自斯德哥尔摩，某月某日

a. 查理十二世（1682—1718）从1697年至1718年是瑞典的国王。伏尔泰曾为这位国王写了一本书：《瑞典国王查理十二世传》(*Histoire de Charles XII*)，对这位国王有极高的评价。查理十二世在盛年去世，1718年，他在与土耳其作战中被俘，去世时年仅三十七岁。
b. 这里指的是发生于1700年至1712年的北欧战争。在这场冗长的战役中，丹麦的腓特烈四世（Frédéric IV）、波兰的奥古斯特二世（Auguste II）、沙俄的彼得一世（Pierre Ier）联合攻打瑞典，向查理十二世宣战。
c. 威廉三世，英国国王，以在1688年发动英国光荣革命而著称。
d. 本书作者与伏尔泰之间极大的不同之处就在于对国王的评价方式与观点上。本书作者从不歌颂国王的战绩。他认为一个国王最重要的使命是发展经济、科学、艺术，造福百姓。他对一个国王的评价建立在他对国王个人操守与才智才看法上。
e. 近卫军（janissaires）是奥图曼帝国（Ottoman）的司令军，具有极高的政治军事权力。
f. 帕夏，奥图曼帝国各省的总督。
g. 是指1709年沙俄彼得一世与瑞典国王查理十二世之间的战役。在这场战争中，瑞典丧失了在北欧的军事强势。
h. 指亚历山大。
i. 瑞典军队的上尉，1707年在北欧战役中被处死。

第一百二十一封信 刁致陈渊哲

在我到达柏林的几天前,普鲁士国王刚刚去世[a],他原本住在这个城市;他的儿子[b]继承了王位。这位国君很受臣民的爱戴,并赢得了全欧洲人的赞赏。亲爱的陈渊哲,他身上具备了让一个统治者受瞩目的所有优点,后人对他的敬重会无止境地持续下去。他是一国之父,他对百姓的重视就像家长爱护他的孩子;他细心、愉悦地了解他们的需要;他毕生所学都是为了使他们生活富足。他的朝臣们应该以他为榜样,努力协助他不断增长国民的幸福;当一个人具有了利于他臣民的品德,每日他都会细数又做了多少件好事,如果他的时间虚度,与他人民的幸福无关,他都认为是一种浪费。他慷慨、高尚、和善、仁慈、宽厚。他拥有了这些奥古斯都的品德,又融合了恺撒的优点:勇猛、大度,他同样得到了敌人的尊敬和友谊。他还是学者,喜好并且保护科学。亲爱的陈渊哲,欧洲还没有比他更名副其实的君主。欧洲其他国家给予他的称颂是如此的公正、无私、全面,最终汇集为一个钦佩的呼声。啊!如果一个民族被这样一个统治者管理该是多么的幸福!他们莫大的幸福,也是十分罕见的。吝啬的天神给予人类的称职国王的数量确实相当之少。有奥古斯都

（Auguste）和亨利四世，但又有多少提庇留（Tibère，公元前42年—公元37年，罗马帝国的第二个皇帝）、尼禄（Néron，公元37—68年，罗马帝国的皇帝）、卡利古拉（Caligula，公元12—41年，罗马帝国的皇帝）、菲利浦二世（Philippe II）和查理九世（Charles IX）？

令人惊讶的是居然有这么多的昏君，然而与美德比较，犯罪却不能与美德所能带来的益处相比。[1] 一个人犯了错误就会偏离荣誉的道路，越走越远，这一点我并不感到惊讶。当一个人失去了别人的信赖时，也能记取教训，善用自身的缺点来增进自己的成就。必须有坚定的信念，凌驾人性的弱点，才能克服借助非法手段获得富贵的欲望。当一个君主是正直的，他就是伟大的，受人尊敬、重视、仰慕；当他做坏事时，就会让别人恐惧。谁也不希望被子孙后代称为暴君，不希望被同一时代的人憎恨，被跟随他的人或者后世之人轻视、侮辱、愤怒地指责；一个君主品德高尚、受到人类的爱戴，却想成为让人憎恨、恐怖的人，只是为了起到威慑的作用，这无疑让我感到异常的奇特。

亲爱的陈渊哲，我深信所有智慧、明事理的君主都是有品德的，而行为专制的君主如果不是愚笨，就是疯狂，再不就是才智粗疏。好好想想我说的，以历史为借鉴，你会发现我说的完全符合真相。啊！除了疯子，或是笨蛋，谁会不希望受他人爱戴？谁喜欢被人痛恨？没有比造福人类更辉煌的荣耀和更纯粹的满足了；这是对神灵的仿效。没有比让人类受迫害更羞耻的处境了，这被欧洲人称为撒旦的鬼才。如何判断一个君主的天赋？有些君主本可以被认为是上帝，却宁可被看作恶魔？因此，亲爱的陈渊哲，可以确定的是应当将这么多的君主所犯的暴行归咎于他们判断力的缺乏。毫无疑义，

---

[1] ［1755年的版本］令人惊讶的是，有如此多糟糕的君主，他们偏爱罪行而不是品德的原因是这能为他们带来如此多的利益。

如果上天乐于给予人类几个像普鲁士国王一样才智横溢的统治者，那么人类可能将会被符合他们最美好愿望的君主所统治。一个真正有才华的君主根本不可能不喜欢最为纯粹的荣耀，却宁可喜欢被恐惧、内疚和烦恼的幽灵萦绕的强盛。

君主内心的善良通常源于他们的理智、公正和广博的知识，因此欧洲人应该特别关注君主的教育；然而，这在欧洲却是极受忽视的。科学是培育天才的要素，但是欧洲人不仅不培养君主对科学的爱好，反而是激发他们的虚荣心、自尊心和对他人的轻视；这些都是执政者常有的缺点，在教育年幼的王子时，要特别注意防止这些缺点。如果许多能人在王子年幼时就开始塑造、培养他们，那原本会有很多明君；然而，一旦年轻的君主接收到了危险的印象，在往后的岁月里，这些阴影将不会消除。在阴影的笼罩下，君主看不到一个普通人眼中看到的真理。谁敢指责君主的缺点？只有这样的胆量才能纠正从小养成的坏习惯。需要有惊人的天赋力量才能克服根深蒂固的爱好，然而，即使君主已露出犯罪的端倪，他的这些偏好却往往受到朝廷里充斥的胆怯、卑屈的奉承者的认可。很少有君主可以超越自身的弱点，纠正自我，仅借助理智就可以弥补所受教育的缺失；这是一点都不可能的。路易十四^c，在无知和游手好闲中成长，却是艺术和科学的保护者，这是他所有的荣耀；但是这位伟大的皇帝即使再有才华都无法超越他的缺点，除非他接受的是另一种教育。

君主选择的朋友与亲信还会对他的决策造成许多影响。如果君主与思想行为放纵的人（libertins）[d]接触，或是信任性情残酷的大臣，即使他有再温和的性情、再高尚的品格，也会因而受损，变得粗暴。亨利三世宠幸的人诸如他的情人（les mignons）[e]是他的败笔。路易十三顺从黎塞留（Le cardinal Richelieu）[f]所有的残酷行径；对这位大臣的行为，无论好坏都加以赞许。反之，有德行的人可以改变君主残酷的脾气，至少不让其表现出来。尼禄有布鲁斯（Burrhus）和塞内卡（Sénèque）作为朋友与参谋时，他的表现完全是一个有品德的人；自从到了纳西斯（Narcisse）身边，他的本性就立刻显现了出来。有多少君主原本可以毫无瑕疵地把他们的荣耀带进坟墓，假如他们没选不称职的大臣和亲信。这些佞臣让他们最美妙的功绩黯然失色?! 选择朋友对君主固然重要，然而，通常君主在年幼时就必须作选择，那时他还不了解他信任的人的性格；等到能够了解时，这些人的性格却深藏不露，因此君主根本不可能发现真相。

这些亲信做的坏事往往比最失德的君主还要多。跟赛扬努斯（Séjan）相比，提庇留就显得纯良许多。引导梅迪西斯皇后（Catherine de Médicis）[g]和她的儿子查理九世、亨利三世执政的人才是在暴政下发生的所有罪行的始作俑者。如果没有伪善的耶稣会士拉雪兹（La Chaise）[h]，法国的人口今天可能达到一百多万。如果有人想描述欧洲近二百年来由宠臣引发的祸事，用这个题材，足以写好几本书了。亲爱的陈渊哲，幸福的普鲁士人在今天根本不用惧怕他们君主的朋友：睿智、善良的君主选择的朋友绝对和他极为相称，对他的合理计划和辉煌统治非常有利；他们辅佐君主给人民带来更多的幸福。

祝健康！尽快回信！

自柏林，某月某日

---

a. 此处指的是普鲁士国王腓特烈一世（Frédérique – Guillaume 1er de Prusse, 1688—1740），他于1740年5月31日去世。
b. 腓特烈二世（1712—1786）在他的父亲去世后，于1740年6月登基，举行加冕典礼。在同一时期，本书作者应这位国王的邀请，到了柏林，筹划柏林学院。本书事实上是献给这位国王的，因此，在这封信中，作者对国王的描述也特别正面。腓特烈二世热爱法国哲学、

文学和语言。他邀请了当时全欧洲著名的法国作家，如伏尔泰，到他的朝廷。他被视为哲学家国王。但是，他发动了七年战争（1756—1763），与法国正式敌对。在七年战争期间，本书作者是国王极为亲近的朋友。

c. 路易十四幼年丧父，由母亲与教父抚养长大。作者在此影射天主教对皇室的影响。作者对路易十四的教育的批评事实上反映了清教徒与天主教徒之间的争执与矛盾。

d. 在 17 世纪的欧洲，所谓思想放纵的人，事实上是受了古希腊怀疑论哲学家影响的、反宗教的思想家。到了 18 世纪，这个词才同时影射道德操守不正、行为放荡的人。

e. 法国国王亨利三世周围有很多被他宠爱的年轻男子，因此这位国王以断袖之癖闻名。

f. 黎塞留是路易十三的大臣。他创办了法兰西学院，对当时法国的政治、外交影响极大。本书作者在这封信里对他的描述依旧是丑化教士干政。作者的目的是借此弘扬腓特烈二世对法国哲学家的推崇与他的哲学政治理想 。

g. 梅迪西斯皇后（1519—1589），法国国王亨利二世的妻子。她年轻守寡，她的两个儿子查理九世与亨利三世执政期间是法国政治的黑暗期。

h. 耶稣会士拉雪兹（1624—1709）是法国国王路易十四的亲信，他支持国王在教皇面前的自主性。

第一百二十二封信 习致陈渊哲

亲爱的陈渊哲，我刚到哥本哈根几天，就发现这是一个还算美丽的城市；但是历史并不太悠久，也不太大；是丹麦国王惯常的住处。城市有良好的防御，有一个港口，确实是波罗的海上最好、最安全的港口；甚至斯德哥尔摩港口也不及之。港口的一边有漂亮的城堡，另一边是大炮堡垒。

哥本哈根的房子一般都平凡无奇，缺乏建筑的品位；风格既称不上美丽也没有特色。大部分的房子都像大鸟笼，先搭好构架，再用砖瓦填充。有几个公共建筑倒值得游客注意，其中有商人聚集的交易市场与兵工厂。至于国王的宫殿，全然不像伟大君主的住所；倒像是富商的府邸；中国的官员如果住这样的房子，可显得太简陋了。虽然我告诉你哥本哈根贵族的府邸并不很奢华，但还是有一些很让我喜爱，胜于大皇宫（le Palais Royal）[a] 的房子，你一定会相信。

丹麦国王在哥本哈根之外还有几所住宅，环境在首都王宫之上。丹麦人非常以菲德烈堡宫（le château de Frederiksborg）[b] 自豪。确实这个宫殿耗资巨大，但是有很多缺陷，不符合良好的建筑规格。可能是一个无知的建筑师设计建造的：卧室的屋顶过于低矮，内部结构混乱，各个房间之间缺乏呼应与协调。礼拜堂的设计倒是有些精巧，但是长度和宽度比例差异极大，更像是一个走廊而不是教堂。礼拜堂里面被一条长长的走廊环绕，入口处的设计糟糕至极，十分可笑。整座房子处于湖心之中，地基打在水中，造价相当可观；其实为了节省开支，应该选取一片干净、清洁的陆地，这个国家既寒冷又湿润，居住于湖中心确实有诸多不适合之处。

丹麦人把菲德烈堡宫看作艺术的代表作，却发现不了让外国都震惊的缺陷，反而将其视为奇观，难道他们甘愿蒙在鼓里，只不过是因为他们对祖国的热爱？

无论从土壤的肥沃还是生活品质的角度而言，我觉得丹麦这个国家比不上瑞典。这不仅没改善，而且每况愈下。一个在哥本哈根住了很久的英国人把当地土地贫瘠的原因归咎于丹麦繁重的赋税。他说："年景好的时候，雨水丰沛（因为像其他北方国家一样，多沙的土地需要大量的雨水），黑麦的收成丰硕，远超过居民的饮食需求。听说大约四十年前，每年都有十或十二支荷兰大船在启约——这个美丽富足、距英国和哥本哈根二十英里左右的城市——装载满满的收成；但是近年来，人民只要可以收获满足基本需求的小麦就感到满足了。并非是产量减少了，而是经济状况不如往昔，人们不再有从前辛苦劳作的勇气，从前人民的税赋没有这么繁重，让人比较能承受。"[1]

这个英国人对丹麦人沉重的赋税感到惊讶，是有道理的。他提到了让所有外国人都难以置信的一项税收。他说："修筑沙特堡垒的税收将让人难以忘怀。1691 年建堡时，采用的就是高税收制。王室成员支付每年收入的百分之二十。军队官员，上尉及以上级别，上

---

1 *Mémorie de M. de MOLESWORTH*, etc., p. 190.

缴工资的百分之三十,尽管一般他们被免于此类的税收。贵族和绅士按等级和财产比例上缴。最高等级,像顾丹烈伯爵等人,每人上缴从七百到一千里克斯(Rixdales)ᶜ不等;资产者的税依资产比例缴付。最富有的一些人,每人上缴从一百到四百不等;资产仅六或八千里克斯的小商人上缴四十。药剂师六十六,卖酒的商人五十五,普通的资产者每人八到十;最贫穷的人一到两个里克斯,还有其他情况。此项税收带来了另一项税收,被称为'期艾格—斯图尔(Kriegs-Sture)',从战争开始时征收,一共大约七十万里克斯元;但是,目前,人民已经拿不出这么多钱了,此税收的数额必须大大降低。"[1]

  亲爱的陈渊哲,丹麦承担了如此沉重的赋税,当然是不可能富足的,因而成了北方最贫穷的国家。大部分拥有土地的人都负担沉重,甚至上缴的赋税比土地收入的盈利还要多。农民、劳动者甚至绅士的苦楚都难以言表,让我十分震惊。如果不是对丹麦很了解的人证实了我说的话,你一定会认为我对丹麦人的好感是有偏见的。而我的说辞体现不了一个诚恳的游客的想法。听听我跟你提过两次的那个英国人怎么说。他说:"所有的贵族目前都处于一种低迷的处境中,无论是他们的权力还是他们的数量,每天都在减少。他们的财产只够付清应缴的税收,因此他们只好压榨可怜的农民,获得满足他们基本需求的收入。甚至一些曾拥有丰硕产业、有名望的贵族,向我确认他们将在泽兰岛的大量地产直接送给了国王(而非透过缴税)的事实。即使他们不情愿,也必须接受这样的压榨。我问其理由,得到的解释是:这些捐赠了财产的绅士,如果其他的收入高于税额,只要还有能力缴纳赋税,就应该付其他财产的税;以至于有人会调侃地说,'国王真是既慷慨又善良,取用了他们的财产。

---

1 *Mémoires de M. de MOLESWORTH*, etc., p. 190.

"通过这个方法和很多其他的方法,许多家庭都走向了没落;原本宫殿般的乡下住宅都荒废了,他们只得过着清贫、黯淡的生活,除非有好运让他们在朝廷谋得一个文职或者一个武职,这是唯一可以寄托自己雄心壮志的事情。事实上,这也是维持家庭生活、让家人免于征税的侮辱与不公的必要条件。文职工作的职位很少,而且收入不高,因为贫穷国家通常由军队掌管;以至于很少人能以此为生,大部分人只能乖乖地忍受贫穷之苦。过不了多久,他们的聪明与气度只能变得狭隘,以至于他们的谈话、神情已经流露不出绅士的风范了。"[1]

通过贵族的处境便可判断出农民的处境。亲爱的陈渊哲,你可以想象农民的生活是多么悲惨,尤其是,一整年中,农民还必须面对强占了民宅的士兵的贪婪和蛮横无理。除此之外,他们还要提供战车和马匹的费用,因为朝廷要征战日德兰半岛、荷斯坦或者泽兰岛。这样的征战十分常见,更糟糕的是通常在收获的季节,对农民来讲这段非常珍贵的时间,却不能好好地利用。对这些悲惨的人的补偿就是领主家奴的棍棒相加,这便是对于一年中剥夺他们农田和一部分劳动成果所支付的特殊货币。

丹麦人民的悲惨状况使得人口数量不断减少。亲爱的陈渊哲,你知道大批的瑞典和丹麦战士分布在罗马帝国各省,屈从了他们的主人。今天,继西班牙之后,我清楚有哪个国家的人口少于丹麦。我们不应该对这种变化感到震惊;并不是妇女的生育少于以往,精神上的忧伤、不良的饮食和贫穷是繁衍后代最大的障碍。这三种不幸,使几乎所有的丹麦人都受其所害。我认为不幸源于猖獗的传染病;中风和癫痫无情地折磨着他们。一些贵族、资产者和农民死于丹麦人称为伊拉特(Ilacht)的疾病,也是司空见惯的事情,这种病

---

[1] *Mémorie de M. de MOLESWORTH*, etc., p. 209.

也是中风的一种，是由于过度的忧伤和精神困扰所致。提到癫痫，使人惊奇的是，发病的情况是如此的普遍。走在哥本哈根的大街上，会以为这个城市的居民是一些习惯抖动、异常兴奋的人。出门的时候，如果没看到趴在地上的人，实属罕见，他们口吐白沫像库迈的女神（Sibylles de Cumes）。[d] 人们冷漠地围观这个不幸的人，认为只不过是发病的可怕症状，却已经习以为常。

我把可怕疾病的诱因归咎于丹麦人恶劣的饮食：因为贵族有较好的食品，很少得病。然而，丹麦人通常吃得很不好，即使是在相当富足的家庭中。肉类通常瘦骨如柴，口感极差。海鱼非常稀少，品种也不好；河鱼还算不错，但需要会料理鱼的人。这里的厨师对我来说和下毒的没有丝毫差异。自从我到了哥本哈根，很是怀念在斯德哥尔摩的生活方式。丹麦的小旅馆条件几乎和莫斯科的旅馆一般，而且令人恶心；我是不是不应该再在如此悲伤的国家呆上这么长的时间。没有任何表演活动，唯一的乐趣就是冬季里的滑雪车。天气不允许我参加太多的活动，我只能包裹着厚厚的皮毛大衣在冰面上滑行，好像一个拉普兰人从他的茅草屋出来去拜访他的一个同胞。一个中国人在幸福的天空下生活，习惯了享受大自然的柔美，根本不能理解这种寒冷冰霜的简单乐趣。还有，过去的丹麦人也不是现在这种处境；在我稍后的信中，我将向你解释他们失去原先状态的原因。

保重身体！

自哥本哈根，某月某日

a. 建于 1628 年，原本是黎塞留与路易十四居住过的官邸。后来变成巴黎重要的历史文化区。
b. 这座城堡建造于 1560 —1630 年之间，象征丹麦王朝的强盛，是北欧最显赫的建筑物。
c. 钱币名，15 世纪开始在荷兰发行，是北欧重要的货币。

d. 这个希腊神话源于公元前 13 世纪,在库迈这个城市有一个祭祀阿波罗的庙宇。庙宇中的女神向朝圣者传达神谕,说出预言时,全身颤抖。

第一百二十七封信 致陈渊哲

亲爱的陈渊哲，丹麦人二百多年以来一直信奉路德的教义和观点，他们对罗马主教有很多抱怨[a]，于是离开了教廷。德国人称之为福音的宗教几乎是丹麦唯一的主导宗教。几个法国的流亡者在哥本哈根有一个小的礼拜堂；天主教徒也可以得到几个小教堂；但是和路德教教徒相比，其他教派教徒的数量就要少得多，也只有路德教值得我们稍作评述。

丹麦的神职人员还根据教皇时代的划分，分为普通的教士和主教。虽然改变了信仰，他们却没变得比较谦逊和仁慈；他们还是和以前一样很有野心；如果他们有权力，就会将王国很大一部分的职责招揽于自身。他们完全听命于朝廷，对朝廷绝对忠诚，而且希望朝廷能给他们一切财富。他们对国王的命令和意愿的遵从使他们获得了随心表现宗教狂热的自由。他们用虚假的忠诚，以纠正错误为借口，在讲道台上指名道姓地指点那些品格优良但他们不喜欢的人。面对教士对国家的种种助益，朝廷不得不忍受、包容他们的蛮横。因为人民是一般大臣的衣食父母，必须谨慎地维持人民对他们的友好，使人民爱戴他们并遵守法规；朝廷甚至容忍他们以宗教为借口所做的蠢事。除此之外，他们不再被授予其他政府公职。这个禁令成了他们一生的束缚，因此他们对基督教教派怀有强烈的怨恨。因为后者受到极大的尊敬，享有特权，并能拥有与非神职人员一样的职务。他们把罗马教徒看作极端的异教徒，至于英国国教徒，虽然谈论他们的方式很体面，但是实际上却不喜欢他们。

一位英国作家非常清晰地梳理了丹麦神职人员对于其他基督教派教士和主教的真正看法。这位作者说："事实上，丹麦的神职人员对那些不同信仰的人没有任何爱心，除了英国国教之外。这是唯一一个被丹麦人用溢美之词来谈论的教派，他们总是说英国国教和他们自己的宗教在最基本的观点上没有任何分歧，他们还希望将两种宗教融合。他们并不是想降低他们神职人员的地位；而是意图让他们的教士和主教们变得与我们的神职人员一样伟大、有权势、有财富，这就是我们让他们仰慕的最主要的美德。他们拒绝承认教皇的至高无上，还有几个其他的教义；但是他们十分愿意保留这罗马教会的浮华，他们对我们的赞同，也是由于我们在这一方面模仿得如此之好：因此，只要君主们都认为这种融合是值得努力的，我确信圣体同在论[b]这个教义不会成为争辩的主题。另一方面，他们像憎恨教皇主义一样憎恨加尔文派的教徒，他们给出的理由是因为他们反对独裁政府，而且可以毫无罪恶地反对。"[1][c]

教士的知识水平很薄弱；甚至可以说，他们是既不仁慈又很无知。[d] 没有任何教士的作品是值得一读的。不时出版的一些批评天主教与加尔文派教的论战书籍也几乎是全无价值。要不是全欧洲早已充斥了对这类作品的厌恶，这类卑微的作品将引起同样的效果。如果我是君主，为了让我的大臣对宗教争论感到厌恶，我会让人翻译几本丹麦

1　*Mémoires de Molesworth*, etc, p. 381.

教士所写的论战书籍，并命令每个家庭每天至少读一页。

在这个国家，通常，非神职人员几乎不会比神职人员博学。丹麦以前出现过非常伟大的人；以其天体学说而为你所知的第谷·布拉赫（Tycho Brahé）[1]，著名的数学家巴塞林那斯（Bartolinus）[e]，医术高明的医生波利丘斯（Borichius），著名的解剖学家萨克索·格拉玛提库斯（Saxo Grammaticus），享有盛誉的学者安德烈·威尔卢斯（André Vellejus）[f]，学识渊博的人。自从这些有名的学者去世之后，科学和人文都陷于极可怜的境地。受可笑、愚蠢的虚荣心驱使的贵族，是轻视科学、不重视做学问的人。此外，大部分的丹麦人处于一种衰退、贫穷的状态之中，这也不利于激发他们潜心的钻研。需求的确是工业之母，但是不应该把这种需求导向极端：这不仅削弱了人的精神，甚至使精神全部磨灭。丹麦人民普遍无知，这不是由于气候的寒冷，这个国家曾经出现过十分出色的人物[g]，像一个德国评论家曾经说过的，丹麦人的才华足以让他们在各个科学领域做出成就。应该把这些学者的缺点归咎于人们对他们的重视程度不够。一个民族的精神往往由于缺乏对成就、荣誉的鼓励而日渐衰弱。[2]

哥本哈根有一所大学[h]，没有雄厚的经费，也没有受到足够的重视。如果哪天政府需要钱，甚至可以把学校完全取消，所得的收入上缴国王，就像前几天我们对索拉大学（Université de Sora）所做的那样。索拉大学曾经比哥本哈根大学要著名得多，入学率也比较高，却突然间变成一所小学校，目前这里只教授最基本的语法规则，因

---

1 "这位少有的，令人羡慕的天才第谷·布拉赫值得受到高度的赞誉，他放弃寻常的道路之后，在天文学方面取得了卓越的成就。" JO. - JUSILI VON EINEM, Goettingensis, *Commentariolus historico – litterarius de faits eruditionis apud potiores orbis gentes*, chapitre V, «De fatis eruditions apud Danos», p. 39.

2 "即使北欧的风吹过丹麦的上空，麻痹了丹麦人的精神，但是他们仍能致力于所有学科的科学研究。很多伟大的科学家都来自这个国家。见安德烈·威尔卢斯。" ibid.

为朝廷侵吞了学校的收入。

丹麦人既不博学也不仁慈。他们对医院,就像对学校,不太关注。以前有几间公共用房分散在乡下,用于治疗和缓解贫穷患者的病痛;医院的收入和索拉大学的命运相同。我觉得丹麦人并不希望他们的国家有学问渊博的人,因为他们的行为一贯没有改变,很轻松地便能达到他们的目标;他们认为病人根本不存在,对于我来讲,这简直是不可思议,尤其是在饮食条件极其恶劣的家庭。不应该拆除医院,本应该把废弃的大学改作诊所。

在我曾经写给你的关于瑞典人的信件中,谈到过丹麦的军队大不如从前了。一个德国人认为贵族是致使他们的祖先这一自然的价值退化的主要原因,以前的丹麦人曾一度征服了欧洲一大部分领土,受到欧洲人民的敬畏。这位作者说,对于经商的喜爱使得丹麦的居民变得松懈和害羞。贵族巧妙地利用这一变化,把人民沦为奴隶;如果资产者和农民继承了他们祖先的价值观,贵族阶层就不会实现他们的企图。[1]

这个德国人的阐释在我看来是如此的明智,在这里的经历每天都证实着他的这一情感。今天到丹麦来旅游的人,当他们通过历史了解了这个王国原来居民的才智和价值观,与之相比,现代丹麦人巨大的差异使他们无不感到惊奇。一位英国旅行者说:"丹麦人的共同特点是没有思想,也没有了以前的勇猛。他们生性容易受骗;他们总是怀疑另一人企图欺骗他们;因此他们无不遗憾地总是偏离已

---

[1] "丹麦人英勇无比,崇尚武力。这个好战的民族见证了统治整个欧洲的时刻;大部分欧洲国家都臣服于它:这种价值观现在已经有减缓的趋势,对于战争的热情转化成经商的热情;武器的响声变得使人恐惧。这种转变是从贵族开始的,他们是权力的掌握者,认为政治是为了让人民屈服,而不是让人民感到被囚禁,至少是为了让人民不动摇统治的桎梏。一段时间以来,丹麦人仅仅使用预备军队来支援战争,慢慢地就改变了品味,把松弛和懒散当作荣耀。" JO. - JUSILI VON EINEM, Goettingensis, *Commentariolus historico – litterarius de faits eruditionis apud potiores orbis gentes*, chapitre V, «De fatis eruditions apud Danos», p. 39.

经习惯了的道路。如果你为一件不太畅销的东西付给他们大量金钱，会遭到他们的拒绝，因为他们怀疑你发现了这件东西中潜在的利益，即使他们并不清楚到底是什么。"

亲爱的陈渊哲，你看所有的民族对现代丹麦人看法一致。德国人和英国人说的一样，英国人和法国人观点相同。这里适合一句欧洲常见的谚语："人民的声音就是上帝的声音。"不可能这么多不同的民族聚集在一起就是为了证实一个谎言，把它说成真理。

如果我建立的原理能够使人确信，因为我相信它是无可置疑的，接下来要说的是，丹麦人是严重的酗酒者，并得到英国人和德国人一致的承认。这两个民族都是品酒的专家，他们认为没有任何一个民族比丹麦人餐桌上的酒品更加丰富。听听一个由苏格兰权威人士所支持的德国人的话，便可以证明在丹麦酗酒的现象要比在德国厉害得多。他说："通过巴克莱的判断，丹麦人天性好饮酒，他们对于葡萄酒的过度饮用远远超过德国。"下面是最近一个英国人的评价："丹麦人习惯了饮酒。上流社会最流行的利口酒是莱茵河葡萄酒、樱桃酒和所有法国葡萄酒。男人们十分热衷，女人们也并不拒绝。而小百姓只能靠劣质的啤酒和大麦制成的葡萄酒作为消遣。"[1]

亲爱的陈渊哲，值得注意的是所有的丹麦人都饮酒，贵族、资产者、农民、妇女、女孩、男孩，而且酒量很大。我听说丹麦人对他们的酒醉感到很高兴，对批判他们醉酒的民族说，

宇宙万物都在畅饮，
月亮饮用海水

---

[1] JO. -JUSILI VON EINEM, Goettingensis, *Commentariolus historico - litterarius de faits eruditionis apud potiores orbis gentes*, chapitre V, «De fatis eruditions apud Danos», p. 40.

最后，他们推崇饮酒的各种宴会和聚会，以至于巴克莱断定丹麦对酒的热衷超过了德国。"

大地饮用雨水，太阳饮用空气。

树木饮用大地的汁液来供给营养；

人们甚至说空气饮水。

亲爱的朋友们，为什么在我们品尝这新款葡萄酒的时候，对我们发动战争？

阿纳克里翁（Anacréon）[i]的这首诗歌可以作为所有酗酒者的借口。确实没有多少人的品位可以像这个古代的诗人一样给人快感。而且我承认：丹麦虽然有很多的醉酒者，却很少有像阿纳克里翁这样的人。

希望你能保重身体。我要从这里出发去荷兰了，在那里我要坐船回到我亲爱的祖国，很高兴在这次长途旅行之后能再次拥抱你。

自哥本哈根，某月某日

---

a. 900—1520 年，丹麦是天主教国家。从 1537 年开始丹麦正式接受路德教派。
b. "圣体同在论"是清教徒路德对基督教弥撒中耶稣圣体的定义。路德反对天主教派对圣体的定义。
c. 这位英国作家的最后一句话是对欧洲君权神授说的反讽。
d. 对于基督教神学而言，爱德与聪明是一体两面的。
e. 巴塞林那斯（1625—1698），物理学家、数学家、医生。他发现了光线的绕射。
f. 安德烈·威尔卢斯（1542-1616），丹麦学者，史学家。
g. 对本书作者而言，科学与艺术是一个国家的根基。他与《波斯人信札》的作者孟德斯鸠的不同之处就在于他并不认为自然环境和气候会对于一个民族的智慧和财产有决定性的影响。
h. 哥本哈根大学，成立于 1479 年。
i. 阿纳克里翁（约公元前 540—约公元前 480），古希腊著名的抒情诗人。他的诗充满了神话色彩，尤其是赞颂希腊酒神的诗歌。他的文风也深刻影响了法国 17、18 世纪的诗歌创作。

第一百二十八封信
图索致陈渊哲

亲爱的陈渊哲，在我上一封信中，我向你承诺过告诉你我所知道的关于犹太人的习俗和礼仪；现在我将履行我的诺言。这个著名的民族要庆祝一个持续九天的节日，人们称之为复活节，为了纪念埃及奴隶制的结束。当节日临近，每个家庭的一家之主准备好一定数量的又纯又好的小麦，为了在那个庄严的时刻供自己和孩子们食用。最贫穷的犹太人只能在这个时刻食用普通小麦做成的面包；谁要是违反了禁忌，就会被看作亵渎神灵者。

为了保证制作复活节面包的面粉既纯正又干净，犹太人把他们的小麦放进清洗过的袋子中，然后拿到磨坊磨成粉；磨坊的磨石也是新的，还没有被使用过。

复活节前夕，犹太人的清洁工作不仅仅局限于他们的面包；他们非常认真地打扫他们的屋子，但平时家里总是又脏又臭。至于他们的餐具，他们用力地擦拭；当他们认为已经彻底干净的时候，他们来到犹太教教士那里请求一件一件地检查，判定他们清洁得好与坏。我认为教士的佣人比教士本人更适合做碗碟、盘子、小锅的审查者；很少有做学问的人对家务事非常的精通。我深信我的文人同胞并不擅长擦亮饭锅之道；我认识的欧洲学者也几乎不能胜任。

必须承认的是把碗碟拿给教士的仪式是多么的幼稚；然而一个现代的主教发现这个仪式涵盖了基督教所有的根本点。亲爱的陈渊哲，你应该不会相信欧洲的教皇基于犹太教的思想建立了他们的宗教。然而没有什么比这更真实了，我和你谈到过的神父用了三大页来证实这一事实。我在这里将就他所讲的进行阐释；借此也可以让你来评判意大利神学家的精神特征：因为这个人被看作他们其中很重要的一位。他说："这些犹太人，在整整一年中让他们的房子保持肮脏、发臭、不堪的状态，但复活节来临，他们尽其所能清洗干净，代表了一个罪人在污泥中摸索，找不到方向，寄身于肮脏、污染、发臭的居所，这一切都发生在上帝的面前，上帝来祛除他的错误和罪孽，用光亮照进他内心的各个角落来检查是否还存在污秽，确保意识中的这个房子被清洁干净，便可进去清洁他的心灵，坏的精神被祛除，扔到外面，最后垃圾被拿掉，被扔进火中，不留任何罪恶的痕迹；也可能房子继续保持肮脏、污浊的状态，因为里面没有清洁彻底，同样道理，这样的房子也配不上让上帝来居住。"[1]

亲爱的陈渊哲，你不能相信，节日前夕清扫房间的习俗，标志着清理内心肮脏灵魂的必要性，去掉所有的罪孽，来换取一千件美好的事情。但是这还不足够；刷洗碗碟包含了清扫房屋以外的神秘。博学而天资秉异的主教说："在复活节临近的时候，犹太人清洗普通的碗碟，主要是用于盛放食品和饮品的碗碟，必须全部被清洗，甚至包括木质器具，节日期间不能使用；这意味着基督徒应该放弃不正当的交易和所有罪恶的行为——至少是有犯罪危险的行为——以

---

1 *Les Jours caniculaires*, etc., de Simon MAJOLE d'Ast, évêque de Volture, traduits par Rosset, t. III, p. 150.

及所有由工作、商谈、审判、建议和借贷引发的丑闻、欺诈和舞弊。"[1]

亲爱的陈渊哲,你很难想象基督教徒不应当放高利贷,应该放弃牟利过多的生意,就是因为犹太人清洗了他们的碗碟?亲爱的陈渊哲,像我们一样普通的人是很难想象出的。只有拿撒勒教皇在最简单、最最不值得一提的事情中发现了如此美好的规则;但是这并不令人震惊;因为主教受了上帝精神的启发。他们十分确信自己从不会弄错,但是他们之间感情也总是相悖的。

回到犹太人的碗碟,回到欧洲著名的博士的罕见发现。他说:"至于碗碟,犹太人不满足于将其洗涮干净,还将其拿给犹太教教士让他们来判断,这些还向我们揭示了一个人要忏悔他的罪恶,他就应该来到神父面前诚心、谦卑地坦白他的过错,如果教士觉得他有这个资格,他就可以参加羊羔盛宴;圣保罗这样说。每个自我进行审判,这样便能吃面包、喝圣酒。"[2]

亲爱的陈渊哲,能敏锐地指出寻求心灵忏悔的明确原因是要很精明的。哪个新教的论战家能够反对犹太人彻底清洗碗碟的习俗,在这之后,又否认"一个人要忏悔他的罪恶,他就应该来到神父面前诚心、谦卑地坦白他的过错"这样的说法?忏悔是对冒犯神灵感到真正的后悔,依据拿撒勒教皇,犹太仆人的擦拭使得饭锅干净、发亮;而神父,是检验锅底没留有任何残余污秽的犹太教教士。

亲爱的陈渊哲,犹太人关于他们的碗碟和厨具的一些习俗还能让这位主教讲出无数美妙的事情。首先,我们看犹太人的习俗,然后我们再来分析这位意大利教皇的解释。犹太教教士小心地观察呈

---

[1] *Les Jours caniculaires*, etc., de Simon MAJOLE d'Ast, évêque de Volture, traduits par Rosset, t. III, p. 151.

[2] Ibid., p. 152.

上的碗碟，放入一个渔网里，再将其浸入一个充满沸水的小锅中。他们将其重新提出来，洒上冷水，念三遍这个词："公正地"。然后，碗碟的主人再拿回去，在一条清澈、流动的小溪中将其浸湿。

盘子、碟子、小锅、饭锅等等，都被洗干净之后，犹太人又将洗擦一遍他们的房子。每个家庭的男主人都不满足于孩子们和仆人所做的工作，他会亲自检查一遍是不是一切都井然有序。他点燃一支蜡烛，从地窖到阁楼不放过任何一个角落。如果碰巧他发现某些垃圾，就捡起来，扔到火中，让其化为灰烬。

亲爱的陈渊哲，这些就是在犹太教教士书中占大部分篇幅的迷信的风俗；完全是一群生活在空想之中的人。我们现在来看意大利神父从这些习俗中所获得的利益，还有他给出巧妙、美丽的解释。他说："所有碗碟被放进沸水的小锅中，向我们表明当一个有罪的人对教士坦白了所有的罪恶，他也忍受着罪行带来的沉重的压力，他听到这个罐或锅里煮沸的声音，像是听到国王的愤怒，预言家耶利米（Jérémie）这样说。"[1] 亲爱的陈渊哲，难道你没发现这些精彩的发自肺腑的忏悔必要性的新证据；这个主教难道没遇到与沸水锅里的圣怒相似的事情？《圣经》中的预言家耶利米，他看到的滚开的锅，难道没有带来？但是在犹太教教士的仪式中有一些精细、敏锐、博学的东西，将碗碟放入沸腾的水中。基督教最伟大的神秘完全包含在其中：我们看到有罪的人的辩白，三位一体，基督教立法者的死去。

可能你认为你十分了解基督教，你知道欧洲人尊重他们的这些神秘，他们不可能荒谬到和疯狂的犹太教教士有相似之处；然而没有什么比这更真实的了。这可能使你陷入了迷途。这里并不是一个

---

[1] *Les Jours caniculaires*, etc., de Simon MAJOLE d'Ast, évêque de Volture, traduits par Rosset, t. III, p. 152.

不好的作家，无名无姓的作者，这是一位著名的教皇，甚至他的同僚，一些意大利的高级教士也公开发表过许多溢美之词。

下面便是他就这一主题所作出的解释。"犹太教教士把碗碟从沸水中取出，再用冷水冲洗，然后默念三遍这个词：'公正或者公正地'；这向我们揭示了教士怎样让我们了解到，他把我们从愤怒和沸腾的罐子中提出来，他把我们从上帝的怒气中解救出来，将我们浸在赦罪之水当中，有三件东西为我们鉴证：上帝的慈悲，基督的满意，圣灵的宽恕。"[1]

这位神父发现犹太教教士将几个肮脏的锡制盘子放入一个装满水的小锅中，此种行为好处甚多。还应该解释一下，盘子从热水中提出，再浸入普通的水中意味着什么。下面是关于这一点合理的解释："一旦盘子被浸入到普通的水中，表示我们这些悲惨的罪人，尽管由于忏悔和耶稣基督的宽恕摆脱了所有的肮脏，但是我们也不应该自视过高，好像我们已经使上帝满意了，我们还应该为自己的罪行而痛哭。所以，大卫（David）、玛德莲（La Magdeleine）和使徒圣彼得（Saint Pierre）都是这样做的；因为他们的罪行得到赦免之后，他们并不能停止为过去的罪行而哭泣，不能阻止他们唤醒灵魂中痛苦的记忆。然而，犹太人在复活节那一周为清洗自己罪恶的灵魂所做的准备，基督教徒更应该做。"[2]

亲爱的陈渊哲，可能你并没有期待大卫，玛德莲和使徒圣彼得出现在这个行列；但是为什么在谈论打扫房屋的问题时，主教解释了忏悔的不同程度，却没有涉及这些人？亲爱的陈渊哲，你判断得很正确，清扫房屋的扫帚和在意识中有同样作用的"告解"之间的

---

[1] *Les Jours caniculaires*, etc., de Simon MAJOLE d'Ast, évêque de Volture, traduits par Rosset, t. III, p. 153.
[2] Ibid., p. 153.

对比并没有被忘记；我们来看看主教自己的话："复活节的前两天，犹太人重新打扫他们的屋子。我们也应该清理我们的内心和意识，认真地寻找是不是有什么污物留下，考虑是不是我们又陷入了罪恶，我们用忏悔和告解的方法自我清除，认为再一次的堕落比最重的疾病还恐怖。"

"这就是为什么一家之主拿着蜡烛寻找他的仆人可能遗漏的垃圾，如果他发现，就会将其投入火中。"那个意大利主教说："一家之主点燃蜡烛，不放过任何一个角落，查找垃圾的痕迹。而我们必须审视我们的意识，体验我们自身，为我们的罪恶而感到不适，以真诚的信心向耶稣基督忏悔。

"就像犹太人将遗留在房屋里的垃圾扔入火中，最终为了节日那天把家里完全清洁干净，同样的道理，我们应该放下、脱离所有可饶恕的罪过，并将它们扔入风中，化为粉末，并且承诺不辜负神圣、仁慈的希望，不再重蹈覆辙。"[1]

亲爱的陈渊哲，如果我要评点基督教教皇在实际生活中效仿犹太教教士发明、规定的仪式，那真是不胜枚举。我们称之为对事物的萃取；只有一个意大利的神学家和辩论家观察入微，能够从基督教中提取证据，证明几乎所有的犹太教习俗都是在最近一段时间内创造的，和以色列人以前的风俗并没有什么相似之处。

这个支持教皇绝对权力的主教解释犹太教教士戒律的方式，和他所给予这些戒律的有利阐释，使我相信在意大利，除了保证人民认真阅读《圣经》，尤其通俗译本之外，可能会允许人民，甚至要求他们阅读《犹太教法典》。可能某个博学的神学家，他应该具有沃尔特主教西蒙·马若尔的才能，被委任起草一部《犹太法典》的精彩

---

[1] *Les Jours caniculaires*, etc., de Simon MAJOLE d'Ast, évêque de Volture, traduits par Rosset, t. III, p. 154.

译本，并在其中加入我们刚刚看到的非常好的注释。这本书迟早会在法国公之于众，这不是不可能的，耶稣会士可能将这本书翻译出来，作为和奎斯内尔（Pierre Quesnel）[a] 的交流馈赠出去，而他们确实也严格捍卫基督教立法者信徒的书籍。亲爱的陈渊哲，有趣的是，我们可能没有权利告诉这个意大利主教，和他同民族的一位主教怎样向一位诗人评价他的著作：Dove diavolo, Signor Arioste, avete, pigliate tante coionerie?（魔鬼啊，阿里约斯特大人，您是否看到过这样多的蠢事？）能够肯定的是，神话、幻梦，对于诗人、编故事的人是可以存在的，但是，对于理智的人，对于神学家和哲学家是应该禁止的，而且他们为从未偏离真理和事实而自鸣得意。意大利主教的疯狂和视角让我对犹太人的习俗也失去了判断的能力；我将又回到我第一封信中的内容。

亲爱的陈渊哲，祝健康！

自德累斯顿，某月某日

---

a. 奎斯内尔（1699—1774），法国文学家，他曾写了耶稣会士的历史，也评论了冉森派提出的问题。

伊涂礼致陈渊哲

第一百四十一封信

亲爱的陈渊哲，上一封信即将完成时，脑海里一直想着我曾经和你谈论过的那些大城市的前途。这些城市建立的时候，强大、有力、坚固，好像会永恒不灭；然而，现在大部分已经不存在了，仅能看见遗址。如果认真寻找，呈现在眼前的是过去宏伟迹象所留下的残垣断壁。多么的富有戏剧性，人们本应该看见它们的辉煌！如果那些为美化城市作出贡献的伟大君主中有几位能够回到世上，看到这些如此繁荣、兴盛的城市，如今只剩下无边的荒凉，是多么的震惊！当时的宫殿不见了，却只见散落的石块。街道和华美的建筑再也不会出现；到处是荆棘和树林。河岸规整的沟渠变成了满是污泥的池塘；没有了众多急于向他俯首称臣的人民，取而代之的是有毒的畜生和凶猛的动物，这些荒芜的地方成为了它们的避难所。

亲爱的陈渊哲，这些想法让我觉得在宇宙中没有什么是永恒的。最稳定的事物反而会变化和消融；事物往往像我们穿在身上的衣服一样慢慢变旧、破损不堪。今天我打算和你谈及的那些大城市将和我以往的信中谈到的那些城市遭受同样的命运。肯定会有其他的城市强大起来，使它们毁于一旦，并最终代替它们，然而这些城市在世界上也只是昙花一现，也逃不过相同的命运。所有的事物都存在一个它们无法逾越的期限，我们可以将之视为：诞生、成长、延续，最后像所有的动物一样灭亡。我们甚至可以作出更形象的比喻，就像感染了疾病，可能一下子被夺去了性命，或者不知不觉间慢慢地侵入体内，直到不能够再支撑，也就渐渐地死去。战争、鼠疫、地震、洪水、火灾等等，这些都是可怕的疾病；君主和统治者的暴行，邻国的良政、诸如此类一些其他的特殊环境都是致使城市乃至国家毁灭的慢性毒药。在我读到的历史中，世界上所有的民族，没有任何一个民族比我们存在得更持久。我们经历了几个世纪却没发生过任何毁灭性的变革，也曾遭受自然界中某些不可避免的微恙；但是我们机智、灵巧的医生立刻将其治愈。亲爱的陈渊哲，这一切都得益于什么，莫非是我们政府的仁慈？我真心希望它能够长久地保持这样健康的状态。

目前世界上几个最大的城市根本不可能与巴比伦和尼尼微的宏大相提并论。我从罗马开始谈起，那里是大部分基督教徒的教皇所在地。这个城市极为古老，因为其占据着创立者罗慕路斯（Romulus）所创建的旧址。亲爱的陈渊哲，你知道这个城市和其他城市一样经受了无数次的变革，所以我们不能说今天的罗马与帝国时期的首都一模一样。现代的罗马建立在古罗马的废墟之上，然而，城中保留了原先的几座宏伟建筑，仍然是新罗马城最美丽的装饰。尽管它不再是世界的主人，但是保留了皇家的尊严。教皇——这座城的主人，受到了古罗马盛气凌人特征的影响。但是确实比不得从前的优雅，一些大国的君主都在嘲笑这种高傲的方式，尽管这样的高傲曾让他们恐惧得发抖。现代的罗马帝国极度地超越了界限，好像想要以扩张城市的方式赢回所失去的东西。它的围墙比原先宽出了好几千法尺,它的面积是一百七十七平方斯塔德[1],比以前延伸出了许多。亲爱的陈渊哲,你由此可以看出,我们不能从都城面积宽广而判断一个帝国的伟大。

我在上一封信中跟你谈起过,古君士坦丁堡的面积和现在差不多;还应该注意到这个城市的居民大部分都住在郊区:如果说是这些市郊居民组成了城市的人口,那就是说,现在这个城市比从前大了很多。这个城市是一个强大帝国的首都,这个国家的领土分布在欧洲、亚洲和非洲。

巴黎是法兰西王国的首都,以面积广阔和建筑精美而著称;城池中大量的美丽园林占据了大约十一万五千三百法尺的土地。由于轮廓不规则,不能很容易准确计算出城市的面积,大约为一万四千三百六十平方斯塔德。

有人认为英国的首都伦敦比巴黎大;但是他们很可能搞错了,伦敦的城池不过一千二百五十四平方斯塔德。就像锡拉库萨由两个城市联合组成。在其中,我们也可以找到花园,但是数量上比巴黎少很多;几个美丽精湛的建筑物为装扮这个大城市作出了自己的贡献。

阿姆斯特丹比前面说到的那个城市面积要小得多,然而却值得一提。这是荷兰的主要城市,原先只不过是个小村庄,渐渐地发展到今天看到的样子。一切应归功于明智的官员和政府,尽管先天条件不是很有利,却吸引了大量商人到此地,使商业繁荣了起来,在短时间内成为世界上最富有、最商业化的城市之一。很多我们的同胞在巴达维亚经商,这个城市可以被视为殖民城市。阿姆斯特丹在美洲还有其他的殖民城市,但是比在东印度要少得多。这些殖民地

---

[1] 古希腊长度单位,约合一百八十米。

并不能真正算是阿姆斯特丹的属地，却对其有重要影响；但是其份额之大，是其他城市不可相比的。其所占的土地只有五百六十平方斯塔德；正如你所见，比巴黎和伦敦的广阔差得远。

在欧洲，还有一些大城市，我不太清楚其面积。这里面有瑞典的首都斯德哥尔摩；俄国的城市圣彼得堡，几年前才建立的；意大利一位公爵领地的首府米兰；波西米亚首都布拉格；诺曼底的鲁昂；奥地利首都维也纳。维也纳面积很大，算上郊区，应该说和布拉格相差不多；但是，通常来讲，这些城市都比我说的小，以我看到的很难作出实际的判断。

在介绍中国和日本的城市之前，我要跟你说一个词——利马（Lima），这是一座美洲城市，秘鲁的首都。利马的围墙石砌得非常结实。但是里面的住户不多，很大一部分没有人居住。如果我们计算城墙之内，利马名下的区域，面积不是很大；但是我们算上所有围墙内的土地，是六百一十二平方斯塔德。在护城河之外，还有一个郊区与城市相连；如果我们将之也加入到计算之列，还应该在总数上另加五十四平方斯塔德。

还有一些其他的大城市，不可辩驳地比我刚刚描述的那些城市还要大，但是去过那些城市的旅行者意见也不完全一致；因此，我也不想冒险去决定一件我没有把握的事情。例如，人们说今天埃及的首都开罗，有十或十二法里[1]长，八里宽；可以确定的是，每个人都认为老城、新城，开罗、布拉克是同一个城市，还加上郊区的广阔区域。一些人认为波斯的首都伊斯法罕方圆十法里；另外一些人说，不用上两天的时间不可能环城一周。我们对下面一些印度城市的面积也不十分的确定：德里、亚格拉、阿默达巴德。

1　一法里约合四公里。

亲爱的陈渊哲，要不是我和到过我们那些主要城市的传教士保持来往，这么多年来身在国外，我可能早已经忘记了年轻时的所见所闻。当说到南京的宽广，丝毫没有夸张，方圆超过二十法里；按照我们的长度单位也就是二百多里。他们还绘声绘色地描述了许多看似荒谬的事情，我想应该对你发发慈悲，不应再考验你的耐心了。无须任何夸张，我们城市的规模事实上已经超越了欧洲的城市。

北京，像你知道的那样，有两个城区组成，一个被称为汉城，另一个被称为鞑靼城[a]，两个城都很规则。鞑靼城在北边，几乎呈方形：每一个边都很长，大约十三里；以至于方圆四个法里，或五十二里。中国城在中部，呈平行四边形，长度多出一法里；以至于两个城加在一起方圆大约有七法里，或九十一里。由于形状规则，不太难算出所占的土地，大概有六千两百一十一平方斯塔德。欧洲怎么会有如此大的城市？如果加上城边的几个郊区，将是何等的广阔？

南京，从前是我们帝国的都城，今天不再是我们父辈时的那个样子了；外形不再那么规则，不再宽广得使人震撼。虽然已经衰落了，但是曾给予欧洲一些最大的城市以深远的影响。方圆八十法里，占地面积一千八百二十二平方斯塔德。在最辉煌的时期，围绕着三重城墙，是中国最坚实的城市之一。

Sin, Ngare, Han, Su 面积几乎不相上下。根据最精确的计算，它们方圆有四十里；占地因形状不同而不同。第一个，包括市郊区域，有两千二百九十三平方斯塔德；第二个，两千三百九十五平方斯塔德；最后一个，有一千九百二十平方斯塔德。尽管对我们来说，这些城市不足为奇，但是也超过了很多欧洲最大的城市。

广州，广东省的首府，比前面的城市要小一些。这个城市由两个城区组成，命名为汉城和鞑靼城。位于河流沿岸，因此，在此生活惬意。方圆大约三十到三十五中国里，包括郊区，面积为一千六百四十平方斯塔德。城市西部的区域以环境美丽、地势有利、居民富足而闻名。

日本也有几个大城市，值得在这里说上两句。两个最著名的城市是京都和东京。前者是国家皇权的所在地，后者是天皇居住之地。两个城市被精致地修饰，好像是因为这是君主的住所，所以不应有丝毫的吝啬。下面是这两个城市一些精确的尺寸。

京都，大约一法里，或者十里长，半个多法里，或者六里宽；占地一千七百六十七平方斯塔德。但是对于东京市就不能十分的确定。最深入了解这座城市的旅行者说它有七日本里长，五日本里宽，方圆是二十里。如果他能够确定听到的是日本里，那么就非常清晰了；但是那些想换算为欧洲计量单位的人并不同意。时而他们说应该是十六或者十九日本里，或者二百五十里；时而他们认为是二十四、二十六、二十七，甚至更多：以至于在这个问题上没有准确的说法。不管我们用什么样的比例计算，不论在古代还是现代，东京都是日本最大的城市。城市中心的皇宫，本身就可以看作一个非常大的城市，方圆至少有五日本里。

亲爱的陈渊哲，现代城市和古代城市的比例往往发生着变化。我刚刚说过，当今世界上比从前多了很多大城市。在古代被认为宏伟的大城市，现在却显得十分微不足道。你可能也注意到了最大的城市一般都在东方，人们喜欢自然式的房屋，建筑通常只有一层；而欧洲人把他们的房子建到四层，甚至更多，因此他们的城市占地少，却能容纳更多的居民。东方城市比较有规则，在这一点上，比欧洲略胜一筹。我们注意到后者在建筑方面比较随性，偶然性占据主导。以我来看，这是一种缺陷；欧洲人似乎也感觉到了，因此在美洲建立新的城市时，改善了这一方面的问题。美洲新城市都比较规则。

保重身体！

自罗马，某月某日

---

a. 意大利传教士卫匡国（Martino Martini）曾将清朝初年迁居北京的满族、蒙古族、赫哲族、朝鲜族人口以及被编入八旗的汉族人，统称为"鞑靼人"。清朝入关后，清政府在主要城市实行满汉分居，荷兰传教士在北京时注意到了这一情况，并作了记载，此后，一些西方传教士多次提到北京"鞑靼城"（满城）与"汉城"的区别，《中国人信札》的作者德·阿尔让应该是沿用了这种说法。

陈渊哲致伊涂礼

第一百四十四封信[a]

亲爱的伊涂礼，我相信我在上一封信中提到的特殊情况一定让您不高兴。但是知道自己的祖国正在发生的事总是一件令人愉悦的事情，尤其这些事件和我们现今所处的国家有联系。你目前在罗马，在那里，人们对于在这里发生的问题意见纷纭，看法非常不一致。教皇和他的追随者批判基督教仪式和中国仪式的混合。但是传教士得到了他们修会中教友的支持，尽一切可能来掩盖他们的行为，洗刷由此而遭受的责备。可能某些人并没有过多的想法，因为他们从未去研究来自各方面的理由，或者以他们的处境根本没办法去了解。如果有适当的机会，你可以把我在上一封信中和你说的，还有今天我将要说的事情告诉他们，因为所有这些都是千真万确；我是从熟知传教士惯用手段的人那里获悉这些事情，而这些传教士对最后一任教皇特使所做的事起到了积极的作用。

当特使抵达中国的时候，并不是所有在中国的欧洲人都和传教士的思想一致；一部分人不赞成这种变异，希望遵从教皇的命令。为了避免有人向这位新到的使者揭露传教士们的支吾和躲闪，亲爱的伊涂礼，你可以想象，他们不惜一切代价阻止闲杂的人去接近他；

他们监视他，不允许其他人和他讲话，除非有那个人的神父的许可。如果有人请求大人^b 得到这样的殊荣，将遭到拒绝，直到他去询问这些传教士。传教士们警惕着对他们来说可疑的人；尽管有这些防范的措施，他们也不能阻止特使收到很多信件，其中讲述了正在发生的事情。

特使所选的翻译并不完全站在传教士一边。传教士们需要一个机敏的人，依照各方的观点来传达讯息，而非传达事实；但是向教皇特使提出这样的建议不是很容易，因为他很快就识破了这个圈套。所以，这些传教士去求助于大人，他总是心甘情愿地为人们解决问题。于是，他在一次和特使的谈话中，巧妙地暗示最好更换翻译，并启用他所推荐的人。一般来讲，这个级别的官员提出的建议总是不好拒绝的。

在使节的陪同下，大人前往北京，向朝廷汇报了与教廷使节的各方面交流内容。要不是传教士又提出了意见的话，公使团的外交使命原本可以就此大功告成。他们认为特使长途跋涉，目的不可能仅仅是获知皇帝身体的状况，和感谢皇帝给予的庇护；他应该还有和国家利益息息相关的隐秘目的，就这一方面，应该对他提出一些新的问题。朝廷相信了传教士的话，于是派遣了四位官员，要求他更清晰地解释公使团此行的目的。

这四位官员在离北京三千米的地方会见了特使，说明了他们的差事。特使回答说，他还受教皇的委托，希望得到许可，作为最高级别的传教士能在中国长期居住，请求给予这个帝国中的基督徒遵守教皇关于宗教仪式决议的自由。传教士们已经预先猜到了他这样的回答；因此，他们提醒官员代表说，此种要求违反帝国的祖制；这相当于要求皇帝根据教皇的命令修改仪式事宜，这会给予教皇在中国过多的特权。特使不能够很好地对此作出答复。他们还规劝特使最好别提出类似的要求，如果他不想遭受他前任所遭受的不幸。他们还补充说，教皇是太高估了自己才派人到中国企图废黜皇家的法令，改革已经建立的习俗。说完之后，他们就退下了。

你应该明白，传教士们巧妙地利用了特使的回答。他们把他演绎成一个被派来为中国皇帝制定法律的人；一个为了废黜祖先遗留的习俗、在国家中挑起争端的人。他们使这些精神变了味儿，第二天，军队包围了特使住的房子，通知他立刻回到欧洲，带上所有不愿意服从帝国法律的传教士。这样的命令让特使十分沮丧，他想尽一切办法让他们的态度变得缓和。

表面上看，这是为了恐吓他。转天，他们又试图增加他的恐惧，他们使用各种手段让他不赞同他前任的行为。他们威胁他，谄媚于他但是所有狡猾的伎俩都无济于事，特使坚定不屈。看到他的态度，他们对他说皇帝已经减缓了判决，不是明天就让他出发，而是有碍于冬天的严寒，给他一个期限。如果把所发生的事仅仅看作一个游戏，那么其中皇帝只负责颁布诏书。

最后一次谈话时，官员代表由一位特使从未见过的传教士陪同，以非常高的级别礼遇他；给予他的尊敬已经超过了特使，在各种场合中，特使也不得不对他望而却步。这个传教士是官员的翻译，他巧妙地阐释了种种说法中的利弊，还有大人给予特使的利益。

第二天，特使得到通知皇帝要召见他。他被带到一个寺庙，一位官员和那位传教士也在那里；随后，其他人也丝毫不敢耽搁地来到这里。谈话的内容总是围绕着公使团。官员们和这位传教士继续声明反对批判中国的仪式。尤其，这位传教士态度强硬，甚至不避讳教皇，并援引他的决定。他说："教皇是什么？教皇命令，他是谁，他，命令？他不敢对英国人，也不敢对荷兰人给予命令，他要求中国服从他的意愿？事实上，英国人和荷兰人非常明智地拒绝服从他的决定。"

晚上，一位官员来找特使要一份教皇给皇帝的那份文件的副本。在知道里面的具体内容之前，人们不能决定是不是应该将文件交给皇帝。即使使用了某些技巧，传教士仍然不能准确地知道特使此行要解决的涉及仪式的事宜；然而，知道这一点很重要，可以采取某些预防的措施。他们早就要过副本，但是没有得到。他们认为以特使当前的处境，再做这件事的困难不是很大。他们反复要求，跟第一次相比，取得了一定程度上的成功。

在为不能满足官员这一要求而道歉之后，特使因为根本不存在这封信的副本，而且他也不敢对自己的记忆力抱有过分的自信，为了忠实原文，他抄写了这封信的概要，并另附上一份无损害的声明，以防他没有恰当地表达教皇的意图。他还加上一份圣父给中国基督徒关于仪式习俗的许可书。官员一拿到这两份文件，回到朝廷，所有的传教士和他们的朋友也一起回去作翻译。以下便是这些许可：

"容许中国的信徒在特殊的房间里，使用画像，或者牌位，刻上死者的名字，旁边加以适宜的注解，并注意到这种场合没有任何迷信色彩，不会引起公愤。

"容许所有为纪念死者而进行的非迷信的、不令人怀疑的、非宗教的中国的仪式。

"允许对孔子纯民间性质的崇拜，在牌位上仅能写上他的名字，不能出现其他汉字，不能出现带有迷信色彩的碑文，可以加入适宜的注解；牌位前，点燃蜡烛、上香、摆供品都是合法的。

"允许在牌位前，或者棺椁前，或者死者前屈膝跪地，磕头叩拜。

"允许在葬礼中，使用蜡烛和香炉，施上面提到的叩拜之礼。

"允许在死者的坟墓前，摆放供桌，并供奉水果、肉类、所有普通的菜肴，在此之上是，带有必要声明的祖先的牌位；所有这些都作为一种民间的尊敬，对于死者的尊崇，并保证期间没有任何迷信的风俗。

"还允许在面对祖先的牌位时，在每年的第一天，和其他需要祭拜的日子，施以表示尊敬的礼数，称为'叩拜'。

"最后，允许在上述的牌位前，上香、点蜡烛，并遵守所规定的条件；在棺材前也是一样，人们可以用菜肴供奉，像前面所提到的那样，并且可以磕头叩拜，遵守应注意的事项。"

所有人对这一系列的许可都感到非常满意，也相信我们的令人敬畏的君主也十分满意教皇给予中国基督徒的这些权益。实际上，如果教皇不完全放弃他的宗教，他也不能给得更多了。他允许我们使用所有我们的仪式；我们可以用画像来追念生活在我们中间的重要人物；我们可以保留正在使用的对于逝者的仪式；我们可以在所思念的人的画像前跪地叩首；我们可以供奉菜肴，上香，点蜡烛；我们可以在庄严的日子对他继续做出表示尊敬的行为，"叩拜"；最后，我们可以对我们伟大的孔子表示敬意，像我们一直以来所做的那样。如果是我们本身来制定包含所有这些许可的条款，恐怕也不能要求更多了。满足于所有的这些让步是理所当然，这时，一个地位举足轻重的传教士，看到公使团重现的生机，愤然地发表了这样的言论：

他十分热忱地对官员说："稍等，先生们。请稍等。教皇给予我们的许可并不像我们相信的那样有利。这其中肯定有陷阱。你们难道不知道，根据罗马宪法，应该在死者的牌位上去掉这几个关键词：'这就是某人之位'？教皇不允许这些词，他禁止。"

尽管官员们有无数的证据不容许他们怀疑传教士对于中国仪式的热忱；然而他们也没有预料到这些神父在这一问题上如此认真，尽管这些并不是他们的仪式、习俗。因此，他们解释说，没有关系，教皇已经允许了其他的仪式，下跪、磕头、上供、上香等等，主要的都已经有了。一位重要的官员进一步说："先生们，这已然很好了，你们还想要什么？对于我而言，应该公平地说，这些许可足以让我们保留我们的习俗，应该满意了。"人们递呈给皇帝，他也大加赞赏，对特使表示出极大的友谊；但是对于那些传教士，这并不能使他们高兴，除非特使回到欧洲。

亲爱的伊涂礼，传教士们坚持地反对，让我也感到十分的惊奇。我曾对你讲过，这些反对的背后应该存在很难为人所知的利益因素。如果我对这一点进行揣测，我觉得这些传教士希望脱离罗马教廷；在中国他们希望像在欧洲的英国人和荷兰人一样独立于教皇。他们中的一个人不经意间对特使的谈话，证实了我的猜测。他简明地对特使讲，教皇没有权利要求中国接受在英国人和荷兰人身上所不能实施的命令；如果他想摆出同样的架势，这些先生可能也不会理会。尽管在教会中传教士也不得不经常需要教皇，他们只是希望将他的权力限制到某个程度。这件事没有完全将他们的面具揭开；但是不应该怀疑，他们或早或晚都会爆发。

祝健康！

自北京，某月某日

a. 这封信反映了17世纪末期在欧洲发生的礼仪之争。17世纪法国国王路易十四派遣到中国康熙皇帝身边的耶稣会传教士，对中国的历史、行政系统、尤其是道德理念十分景仰。他们不仅翻译了中国的四书，同时也很尊重中国儒教中的祭祖观念。但是，在欧洲，一些修会和教徒都反对耶稣会传教士对中国宗教的认同，尤其是反对他们对中国儒教中的"天"的观念的诠释，以及对"上帝"、"天主"等词汇的翻译。法国的哲学家帕斯卡，在他著名的作品《致外省人书》中就很尖酸地批评了中国人的礼仪信仰。另一个修会的教士严嘉乐（Charles Maigrot, 1652–1730）于1693年3月29日提出了反对有关"天"、"上帝"等词汇的翻译。1700年，在巴黎大学也发生了礼仪之争。教皇克莱芒十一世（Clément XI）于1704年11月20日派遣教士铎罗（Carlo Tommaso Maillard de Tournon）为大使到北京去宣布他的决定。

b. "大人"是指教廷的大使，"使节"是大使的代言人。

第一百四十六封信 陈渊哲致伊涂礼

亲爱的伊涂礼,当我看过你的信,已经不再感到惊讶。我听说过所谓的西安府纪念碑,但是,是在一本书中,很明显地只被当成是假设,被一笔带过。我认为传教士们在欧洲应该不会做这样的事;但是,在世界的这一部分,他们以自己所希望的方式与我们交往,他们有自由推进在他们意识中判断为恰当的事情,并且没有人去揭穿。使我惊讶的是,在这些基督教徒中,像你说的那样,竟然有人敢质疑这个纪念碑的真实性;由于不能发现自身疑惑由来的线索,他们又能怎样质疑传教士们滔滔不绝的言论?可能在欧洲产生了对这些先生的不信任,对他们信用的一点怀疑;依我看来,这是解决这一问题的唯一方法。

亲爱的伊涂礼,你知道,历史是我潜心学习的一部分。我年少时就把研读我们祖国历史这门科学当成乐趣。我认真阅读古今中外与之相关的书籍;甚至不忽视任何与这个主题有关的作品,即使有些作者直接探讨的并非历史问题。然而,你能相信吗?在所有的这些书中,依照他们欧洲人的纪年方式,我从未看到过任何迹象来让我们怀疑基督教在16世纪中叶前就传入我们的帝国。这个负面的论据显然是十分有说服力的,因为我们祖先总是很严谨地记录发生在帝国中的一切事情。我们不能说,基督教的建立是一件无足轻重的事,没有必要记录在年鉴中;因为当谈起西安府纪念碑,来自犹太地区的传教士们曾经让很多人相信:他们说服了好几位皇帝;这些君主给他们很多优惠,有时甚至超过了给主导宗教的优惠;唐太宗甚至颁布诏书,严正声明,认真审查过传教士介绍的新教义,认定基督教阐述世界创造的理念,传达救赎之道,是令人激赏、没有丝毫浮夸的,对臣民极为有用,值得让他们了解。很难想象我们的史学家居然没提到这些事件以及雕刻在这个汉白玉石碑上、在我们帝国中发生的事情。基督教在当今皇帝的统治时期并不像纪念碑提到的时代那样兴盛。然而,你相信在我们的年鉴中会找不到任何痕迹吗?我们翻阅皇家史料,会发现近一段时间中,基督教所发生的所有的事。难道我们在最后一任教皇特使那里也找不到证据?我们伟大的康熙皇帝非常善于从我们的历史财富中发现所有他所需要的文献。仅这个理由就足以用来抨击这个风潮。

这座汉白玉石碑提到的君主应该给予了基督教各方面的照顾,而且有些君主成为了基督教徒,有些则差一点成为基督教徒。然而,这就一定意味他们应该支持中国的宗教,优待僧人,加入我们的宗教信仰吗?他们可能会容忍这些宗教;但是,从他们的作为中却看不出他们拥护僧人的宗教的迹象。否则,这违反知识,违反他们的良知,违反基督教一切行为准则。在这种情况下,他们是不是还配得上纪念碑上对他们的颂词?人们本应该这样评价他们,他们尽一切所能使此宗教兴盛,他们保护信仰;他们不遗余力地为此教的传播作出贡献,他们以自身的言行来巩固教义。他们的行为难道不是一种懦弱的掩饰?难道不是把宗教当成一种游戏,或者是一件无足轻重的事情?然而,当我们读到关于这些君主的历史,应该承认他们是尊崇偶像崇拜的，就像传教士眼中的我们，而且他们支持、推崇偶像崇拜。我们看不到一个词是他们倾向另一种信仰的迹象。这个石碑上的主人公被人所知吗？是那些神灵吗？基督教徒借助于这个石碑为这些神灵无所畏惧地祈祷。应该说，我毫不怀疑这些君主信奉、推崇偶像崇拜，但他们好像并不知道基督教；我不仅求助于我们的年鉴，还求助于传教士们。这是他们中的一个所说的，但他也支持这个风潮的真实性。"我仅仅敢保证这些皇帝与人们称赞他们的美德极为相称；至少可以说他们确实优待教会的传教者，他们不遗余力地对偶像崇拜的教派给予保护。"对于偶像崇拜教派的保护基于什么？是基于我们的历史。给予传教士的保护基于什么？基于石碑。因为他又接着说："基督教徒最近一段时间才来到中国，在这个帝国中还没有留下一点基督教的遗迹。"这两个证据之间有多大的差别呀。

  我乐于向传教士承认这个运动的真实性，对他们又有什么好处？有人到中国给我们的祖先传教，好几位君主都对其非常友善。好，就算我赞同他们；但是，这个宗教是否与现今的传教士所传的类似？如果真要作比较，还真有不容置疑之处。我还真不能理解，这个宗教的布道者能够将一小块儿面包变成上帝，也不能把一个人身上的良好行为转化到另一个需要赢得尊敬的人身上。我并没有看到他们喜爱耶稣的母亲，也不喜欢一大批被称为神仙的人物；我没发现他们承认教皇，服从他的决定，认定他从来不会犯错；我也没看见任何幼稚、迷信习俗的迹象，而往往新的传教士都将这些习俗当成宗教的本质；我没看到他们做非法买卖，只是一大批小玩意儿之类，适合作为孩子们的玩具；但是我看到"他们有神圣的、精神的、非常简洁的，没有任何夸大、炫耀的律法；教授人真正的品德，谦卑、平和、容忍他人的缺点，为所有人创造财富"；这些传教士"致力于所有人的平等，不管他们正在遭受敌人的攻击，还是处境安逸；他们不是为了聚拢财富，而是自愿地和别人分享仅有的一点点所得；他们尊敬他们的上级，对善良的人高度地评价；最后，他们拥有他们先师的二十七卷教义，可以用来改造世界"。我认为，最后一条是最基本的不同点。新的传教士向我们证实，他们有先师留给他们的书籍；但是他们还没敢让我们看到。和这次运动中所讲的不大相同；如果这其中有某些真实的东西，他们将把他们的书呈献给我们的祖先，并不惧怕书籍暴露在光天化日下。亲爱的陈渊哲，在以前的传教士和新的传教士之间有多大的差异，在这一种教义和那一种教义之间存在多大的差异！怎么可能我们竟然还认为是一致的？

我听了你的建议，没忘记去咨询欧洲人的意见。最近，我一直与一位诚实的商人有来往，他保持着孜孜不倦的学习习惯，尽管生意忙，也没有放弃做学问，并以学者身份到各国游历。我向他谈起你的信的内容，询问他在欧洲是否听说过这个石碑，以及人们对此的看法。他给了我肯定的答案，并向我证实了你信中提到的观点。他仅仅补充说，大部分传教士都是互相诋毁，学者不费吹灰之力就能识破他们的谬误。他们说："如果有人还相信的话，可能是没看到我们的反驳，或许他们看了，但是我们的说词却没能影响他们故步自封的思想。其他人不要我们让他们看清事实。"他继续说道："这就是为什么时间会让姑息的错误变得有理，传给了后代，无法辨别事实的真相，只能将错误视为真理。其实，没有任何证据控诉一个人是骗子，也是不公正的。"他刚刚对我所讲的一番话使我产生了一个想法，我建议他陪我到西安府去对这次运动作一个调查。他同意，并且规划了出发的日期。

汉白玉石碑就像你描述的那样；但是碑文你并没有如实抄写。从前的传教士的教理中，提到"炼狱"，但是被你删去了。我的欧洲朋友对我说，删除这个词是有目的的，因为这个词在石碑建造的时候还不为人所知；很久之后，教会史学家才开始使用这个词。可能，刻碑文的人没有熟读这些作者的著作，因此，没能避免触及这个暗礁；除此之外，还有一个类似的错误，碑文上说："国王们认出了这颗星星，前来赠予这个神圣的孩子礼物。"[b] 这个欧洲朋友对我说："摆放祭品的人被称为祭司，然而，却被翻译成国王；但是这样的翻译方法不是非常的古老。考证这个翻译日期的人都只能透过相关史证推究到 12 世纪的作家？因此，怎能去对这样一座新作的痕迹如此明显的纪念碑存有敬意？"

然后，我们十分认真地端详这座纪念碑。雕刻的精美使我们震惊；所有的字迹都保留得非常完整，完成的时间应该不会太久；这更加深了对于纪念碑建造年代的怀疑。按所知的日期，应该有九百四十年之久，为什么看不到任何的侵蚀迹象？汉白玉之上的雕刻，只要不经受摩擦，是可以持续多年的，字迹会很完整；但是我们看到的纪念碑就是这样。碑如此的沉重，很难想象它封存于某个建筑物的废墟下面，坍塌或者一些石块的掉落都没有给它造成缺口。这也真能称得上奇迹。

古叙利亚文字让我的欧洲朋友感到惊讶。他发现这跟普通的文字有些差异，他不很确定这些文字是古代还是现代的。在观察良久之后，他对我说，他刚刚弄清困扰他的一点。从各方面来看，这些字母和真正的叙利亚人所使用的并不相似，反而比较接近马拉巴尔海岸的基督教徒使用的文字。他给我看了他偶然发现的一些片段，他觉得和碑文极其相似。所以，我们认为这座纪念碑的基督教作者是马拉巴尔的叙利亚人，而不是来自巴勒斯坦。

碑文上提到公元 636 年，阿罗本（Olopüen）从犹太地区到中国传福音，碑文猜测他和在我们国家的其他传教士讲叙利亚语，这种语言是他们的母语。然而，很长时间以来，巴勒斯坦的基督教徒在生活中通用的是希腊语；古叙利亚语是不再通用的语言，只有一些学者会这个语言。这些传教士在他们的言谈中、在碑文上使用后者而不是希腊语，难道不只是一种假象？来到了中国，难道他们有什么顾虑去讲一种不是非常熟悉的语言？没有什么迫使他们非得这样做，他们讲古叙利亚语，简直是荒谬的揣测。

我的欧洲朋友还对我说，阿罗本来到中国的时间让他非常的怀疑。一个饱受迫害的教会，要维护信仰，保留宗教自由已经很难了，不会想到派遣教士到外国传教。这个教会需要尽所有的力气来自保，怎么可能由于不慎而脱离保护者？然而，石碑上的假象又是怎样呢？传教士来到这个帝国的时间，犹太正在经历伊斯兰教徒的入侵；基督教会对于来自令人生畏的敌人的攻击感到万分困扰；尽管这些障碍，他们仍然来到中国。是不是存在这样的可能性？

这些思考是否足以使你相信这个著名纪念碑的不真实性；为了就这个问题不给你留下任何幻想的余地，我必须告知你我们从当地居民那里所了解的事情，关于这座汉白玉碑伪造的方式，还有传教士为了一个类似的欺诈而编造的理由。这将是我第一封信的主题。

祝健康！

自北京，某月某日

---

a. 这句话是对耶稣诞生、三王朝圣的反讽。

陈渊哲致伊涂礼

第一百四十七封信

亲爱的伊涂礼,僧人也不比传教士对自己宗教的利益关心得少,而且一见到这个纪念碑就毫无疏忽地指出这是假的。为了使世人知道在材质上、在碑文中都没有任何古代的迹象,他们首先制造了一个类似的石碑,并将其树立在西安府石碑的对面。有些人甚至认为他们也让石碑借偶然的机会出土,就像传教士所做的那样;但是这一点不能十分地肯定。基督教徒为他们的宗教在中国修建的这个时代久远的纪念碑而自豪;僧人则为更古老的、为他们宗教布道的石碑而骄傲。基督教徒赞美他们教义的圣洁和杰出;僧人也作出同样的称颂。基督教徒因为受到了我国某几位君主的保护而深感自豪;僧人也一样自豪。总之,后者极力想让人们看到在各个方面他们与基督教徒相比都具有很大的优势。一位身为传教士的作家朋友说:"为了对抗另一个体现基督教荣耀的纪念碑,他们面对面竖起一座相似的汉白玉铭文碑,在上面雕刻了他们伪造神性的颂扬。"

在我们亲自鉴别这两座纪念碑的时候,一个老人靠近我们,非常礼貌地要求为我们讲述我们想知道的内容。亲爱的伊涂礼,我们不能拒绝如此殷勤的帮助;在谢过这位老人之后,我问了几个关于这两个纪念碑的问题，比如我们目前看到的状态已经持续了多久的时间。他的回答和传教士们公布的非常一致。然后，我们又问当其出土的时候，怎么判断它是基督教的纪念碑。他对我们说，当地的官员并没有怀疑它的真实性；几乎所有人的判断都和他一样；但是几年以后，不再有人厚颜无耻地认为它是真实的。我们非常好奇地想知道为什么会有如此大的转变，我们问其缘由；在印证了一部分我在前一封信已经谈过的事情之后，他作了如下的回答：

"你们知道，尽管有严格的法律控制外国人在帝国定居，但是，传教士们发现了进入这个国家的秘诀，在首都组建了一个机构，在好几个省份都建造了教堂。很多的官员，有的出身望族，有的官居要职，都加入了这些新的外来者宣传的宗教。起初，传教士的对象主要是以知识服务于国家的文人；新的宗教作为一种新的知识被他们所接受；但是，当我们的僧人发觉他们的信誉正在下降，而传教士的威信正在上升，他们开始害怕事态继续这样延续下去。欧洲人说，他们是为上帝的宗教布道，上帝是天主。他给予追崇者的回报完全是精神层面的，在死后能够享受到快乐。僧人们提出了可以和传教士和平共处的想法，他们说：'我们不反对你们的上帝是天主；你们也不要反对我们信奉的神灵是大地之主。'传教士并不接受这样的和解，因为他们的上帝也是大地的主人，尤其在中国，这比做天的主人更重要。僧人们对传教士的拒绝恼羞成怒，因而动用他们所有势力驱逐这些欧洲人；要不是他们对手灵巧的反击，他们本来可能凭借在朝廷中一个权力非常的修会而取得胜利。传教士使一个对君主稍有不敬的讽刺小册子在宫廷中流传，再让他们那些比较有权势的朋友劝说君主相信这本书是僧人所为，想要报复皇帝对僧人组织负责人给予的保护和款待。僧人们因此受到严厉的惩罚，最有影响力的僧人都没能让和平共处的提议免于一通残忍的打压，而后它便悲惨地不了了之。

"对于讽刺小册子成功的喜悦促使他们进一步萌生了伪造纪念碑的想法。僧人和他们的支持者还是不断地指责他们是外国人，他们的宗教新来到中国，而且还不被大部分人所知。僧人劝告君主和帝国中的大人物，国家的基础法律应该驱逐欧洲人，禁止他们实施宗教活动。传教士们担心这些劝告或早或晚会对他们产生负面的影响；而且他们渐渐地也有些这样的感受。唯一的预防方法是证明基督教从前在中国已经被接受，中国接受来自外国的布道者没有任何问题。因为我们习惯于从来不违背祖先的习俗，他们相信只要证明了这一点，就可以让他们的对手闭嘴。他们确信他们宗教缔造者的信徒已经听从主人的命令，把这种宗教带到了世界各地；毋庸置疑，他们也曾来到中国；但是，他们没有任何证据，我们的年鉴所证实的却与之相反，没有人会相信他们。因此，应该求助于纪念碑的伪造。

"所有的一切被规划为一个天大的秘密。因为他们揣测首批传教士来自犹太地区，据说那里使用叙利亚语，他们想必须在石碑上以这种语言刻上某些东西。遗憾的是，当时在我国的传教士中没有一人听过这种语言。如若向外国人求助，就泄露了这个秘密；穷途末路之际，又能做些什么呢？突然他们想到他们的修会在瓦皮克塔，靠近马拉巴海岸有一个神学院，那里的几位神父谙熟叙利亚语。他们立刻给上级写信要求得到这种语言的铭文，再三强调这对他们来说十分的必要。等待答复确实极为漫长，以至于这座纪念碑不能按他们原定的时间被发现。还有另一个更为不利的破绽。马拉巴尔的叙利亚文字和犹太地区不完全相同，日后，正是这一点首先让人对这座纪念碑的真实性产生了怀疑。

"当一切准备就绪，剩下的问题就是找一个合适的地方将它掩埋。如果将其放在一个信徒众多的地方，那就会使人对石碑产生怀疑；如果是一个没有任何信徒的地方，那这件事情就根本没有可能性；因此，对这个地点的选择应该非常谨慎。陕西对他们来说是上演这部闹剧最恰当的地方：它是全中国首选的居住地，在帝国中的地位举足轻重；以至于如果基督教曾经被我们所接纳，理所当然，大部分的教会组织应该在这个省份。传教士在西安府没有教堂，但是他们倒是有几个信徒在这里。其中一个人为官员，在信奉基督教之后，以菲利浦为教名。这个人对传教士唯命是从，他负责小心地掩埋汉白玉石碑，并事先计划好让它在偶然间被人们发现；他彻底执行了这个计划。他将石碑藏在一片建筑物废墟的土地之下，几年之后，他再劝说主人重新使用这片荒芜的地方。当主人听从建议请来工人，清除瓦砾，进行挖掘的时候，你们目前看到的这座纪念碑就露出了地面。当地的这个官员宣布这个石碑确为真品，引来了一大批由于好奇前来观看的人群，其间还有好几个欧洲人。后者之中，有一个传教士在几年前专程从澳门请来的工人。当时他初到中国根本不懂得汉语；但居住一段时间之后，渐渐可以听懂，说得却不是很好。当他看到汉白玉石碑时流露出惊讶的神情；在场的人追问他原因。因为他没有过多地参与此事，也不知道传教士们想从中得到的利益是什么，所以，没有任何顾虑地讲出了其中的缘由：'是我切割的这块石头，并且在上面刻上碑文，他们请我从澳门来到这里就是为了这个事情。我在石碑上刻字的那段时间，我并不知道我正在做什么，因为那时我根本听不懂汉语。我也并没保留任何副本，直至今日，我也并不知道在这座纪念碑上写的是什么。'说过这席话之后，他却不知道他坏了传教士的事。自此开始，僧人们开始大肆宣传这个手工艺人所说的一切，让所有人都知道这个石碑是伪造的。随后人们又发现了好几处可疑之处，我在前面也已经和你们讲到过。在此之后，是否我们还应该对关于这座纪念碑的揣测和议论感到惊讶？"

这位老人又和我们讲述了好几件事情之后，便离开了。

刚刚获悉的事情使我们陷入了沉思。我的欧洲朋友对我说，在基督教的初期，一些教派分支曾经无所顾忌地伪造某些文字，甚至认为像这样的人为造假是维护真理的过程中可以被接受的，这样的行为不应被看作是罪恶的，相反，是值得称赞的。他们给予自身的此种自由曾经导致，而且每天还正在导致学者研究探索中极大的障碍：他们终日忙于分辨真实和伪造的文字，非常的辛苦。由此甚至产生出一门科学，被称为"评论"。

他还补充："尽管我们皆已感到了这些伪造带来的不便，但此种风气仍在盛行。确实有一大批基督教徒批判这样的行为，厌恶这种行为的基准，但是也确有一些人在今天仍然还在毫无顾虑地进行这样的伪造行为。这也是大部分传教士的思想基础，他们做好准备不惜一切代价在你们中间建立基督教。"

就此我对他说，他们借助于此种欺骗行为的理由并不能够成立。真理根本不用依赖于谎言来支撑，不论在何处，都可以光辉熠熠，而传教士的此种不自信反而使我疑虑重生。他回答我说，应该区分基督教本质和这些现身所宣传的东西。"基督教，纯洁、真诚地寻找真理，我们情不自禁地说这样的宗教才是真实的；但是，传教士却在此之中搅入了这样不堪的东西，泯灭了它的光辉。我们看到他们把它和暂时的利益联系起来。令人不解的是，在此之后，他们开始怀疑起自己的理由，他们认为他们的建筑需要欺诈来支撑。"

为了证实他刚才所说的，他让我想想刻于纪念碑上那些事情的性质。他对我说："他们在石碑上写到'智慧、圣明的君主太宗派他身边的 Colao[a] 在皇城边找到阿罗本传教士，并且下令将其带到皇宫'。一位明君所做的一切对于他的继任者来讲都将成为律法，他们必须模仿他所有的决定，并认定为不可改变的法则，你们的君主自此给予现代的传教士相同的尊敬。帝国的第二个人必须以相当的礼遇接待他们。在太宗去世之后，这样的尊敬并没有停止。'他的儿子高宗继续给予阿罗本教士崇高的敬意，在各省为真正的上帝建造庙宇。'有一个激发你们君主好胜心的例子；然而这还不够，应该再加上一个困扰的例子，高宗补上了这个缺失，'他命令五个王侯到教堂的祭坛前叩拜，在其他的城市建造教堂以表对上帝的尊敬。'因为你们的君主认为应该尊敬主要的传教士，因此谨慎地，'他格外地尊敬从犹太地区新来的一位名叫奇奥（Kiho）的传教士。'他们还又补充进肃宗的例子。这位君主每年从四个教堂里召集教士，在四十天内亲自以极高的礼遇招待他们。新的传教士更渴望受到尊敬，他们对你们的皇帝要求得更多，他们希望得到更多的利益；因此，在纪念碑上经常提到他们的前辈们热衷于建筑教堂。高宗奉上'百匹丝绸在祭坛上'。肃宗也在祭坛上'供奉过祭品；给穷人发放食物；给衣不蔽体的人提供衣服；给生病的人治病；埋葬死去的人'。更多的事情，应该让这样的一座纪念碑告诉大家。"

  我的欧洲朋友还对我讲了一些其他的事情，在这里我没有时间对你一一讲述了。

  祝健康！

自北京，某月某日

---

a. Colao，源于葡萄牙文，意指贴身随从。

伊涂礼致陈渊哲

第一百四十八封信[a]

亲爱的陈渊哲,你有没有思考过为什么传教士们即使在有中国人的教堂也坚持使用拉丁语?而我离开自己的祖国之后,对这种语言有两种看法:第一,所有的基督教徒都听得懂;第二,他们的圣书都用它来书写;因此,拉丁语被赋予了其他语言所不能替代的圣洁感。我曾借机对此进行过研究。中国人并不比大多数基督徒更懂拉丁文,仅有一些学者对其精通,但他们的圣典没有一本是用拉丁语书写;一些用希伯来语,另一些则用希腊语。他们所有人都证实了拉丁语并不比其他的语言圣洁;甚至他们说的拉丁语比前两种语言更现代。但是,虽然如此,他们还是固执地在教堂中使用拉丁语,并且把在宗教礼仪中拒绝使用这种语言的人当成异端。因为按传统,认可教皇权威的人,继续在教会中使用这个语言,但是我不能忍受他们强加给新教会这种奇怪的事情:几个颇为明智的传教士跟我有同样的看法。

关于此事有一个人给罗马教廷呈递了一篇文章,他请求允许他和他的同僚们在中国的教堂里使用中国的普通话。没有什么比这种要求更合理更公正了;但是他们遭到了拒绝。因此,所有中国的教士都必须学习拉丁语，以便可以依据罗马教会的惯例在教堂中举行宗教仪式。这种必要性对于学习拉丁语的教士来讲并不是没有任何益处；他们是神职人员，每次宗教仪式也是对宗教的展示和宣传，不能让他们此时所讲的语言成为旁人的笑柄。

  我和一个已经被授予神职的中国人有些交往。一天，我们正在谈论他新职位的职责，他向我不断鼓吹他由此所获得的那些特权，我也非常好奇地想知道。在这之后，他对我讲，圣职授任礼赋予他能力，使他从一块面包成为了基督教创始人的信徒；他继续补充说他尝试了好几次。他的话更激发了我的好奇心，我问他怎样产生这样神奇的转变？他说："很简单，我说了四个拉丁词，变化就产生了。"他立即以一种奇怪的方式背诵起来，我甚至顾不得我的朋友难堪，就忍不住笑出来。他用汉语的发音来诵读这几个词，好像词与词之间并没有任何关联。这几个词如此神奇地烙印在了我的记忆中，一生都不会忘记："河流，权力，在脑后，东西，获得，工作，休息，每人，你，不，奴隶，驱逐，上帝。"[1] 对于我们信奉了基督教的同胞们，几个词不至于有这么大的功效使他们这样感动吧？顽固地坚持一种连发音都不懂的语言，也不会有什么趣味吧。

  罗马教廷应该同意在神圣的宗教仪式中使用汉语普通话的另一个理由是，这个语言在很多方面都超越了其他语言。没有任何语言比其更庄重、轻柔、具有说服力。这些特质在表达和书写两个层面都能体现出。极其精炼地表达所有的思想，不论是日常生活还是科学研究，哪种语言能如此凝重有力！其他语言大量的词汇反而显示出它们的贫乏：不能使用一个词去形容几个事情，必须不断创造新

  1　一个中国人不知道应该怎样发音：Hoc estenim corpus meum. 对于这个，他说：Ho kenge Si tungenim co nulpusu me um. 用每个词回答，按照每个词的顺序，就呈现出文章中的样子。

词来满足新思想的萌生。我们汉语就不会有这种情况：即使我们的思想翻倍地增长，我们的词汇数量虽然不是很多，但是足以用来尽情地表达，并不需要创造新的词汇，或者借用其他语言。仅通过这样的比较，这个语言的优势已经显露得很清楚了。中国的语言就像是一个面积不算广阔的宫殿，其中的建筑风格高贵而简单，房间数量不多；但是用处甚广，可以满足宫廷的所有需求。在整个建筑中，没有任何一个角落是专门为某个目的而设计；人们找不到绝对的必要性，但是可以看到所有想象得到的舒适；尽管布局精小，但绝对不缺失实用、便捷和惬意。其他的语言像是庞大的宫殿，随着时间的推移，持续地扩张，但是并没有一个固定不变的目的，因为每个曾经拥有它的人都会增加一些东西，不是为了它的规模，就是为了装点它的美丽。建筑的风格不统一；尽管房间众多，却缺少某些适用性。亲爱的陈渊哲，两者之中，你认为哪个是真正的精美和恢宏？作出判断应该不困难，当然答案有利于汉语普通话。在所有欧洲语言之中，没有哪一种比意大利语更轻柔。原因是发音的时候嗓音需要悠扬婉转，没有任何的坚硬和生涩，用和谐的质感愉悦我们的耳朵，激发出灵魂中的舒适感；尽管有这些特点，但比起中文依然望尘莫及。后者所有的音调都是那么的和谐，没有任何一个字母拗口、难以发音、刺耳难听。意大利人有时要注意让好几个生硬的字母发音时显得稍微缓和，但始终没有使其消除，因为他们顽固地保留这几个字母；我们却完全地避免了，或者更确切地说，我们从来没有在我们的语言中使用这样的字母。我们认为费力地说出难以发音的词来冲击我们的耳朵，是很可笑的事情；我们仅仅使用那些发音令人愉悦的字母，赋予我们的词适合的声调和语调来获得倾听者的好感。这些特质让我们的语言成为了当今所有的语言中最具说服力的。

　　说服别人不仅要在内容上让人信服，并且还要用令人愉悦的言辞表达出来。所有的语言都可以表达真理。在这个方面，所有的语言可以说都具有说服力。但在叙述的方式上却存在差异；这种差异仅表现在某些方面，因为所有语言都可以清晰表达完整的意思，利用巧妙的方法把倾听者的精神带入到说话人的思维方式之中。如果说话的人不能达到预期的效果，更应该归咎于他的语言而不是他个人。一种语言为什么会比另一种更有说服力？让我来告诉你：因为它的词汇柔和，遣词造句更和谐。因此，我们的语言比其他语言具有优势。我仅是提醒你我们的语言完全不会让人感到生涩与刺耳，但这已经足够了。即使一位说词精湛的演说家，如果有那么几个词或字母的发音不怎么悦耳，那他还是会逊色于无此缺憾的演说家。所有的语言，除了汉语，都属于这个演说家的情况。根本不可能，一种语言有生涩的词，久而久之，人们便习以为常而觉得好听。我们的语言全部是令人舒适愉悦的。当我们张开嘴的一刹那，外国人都非常的羡慕；但他们开始讲话时，就让我们感觉非常刺耳。我们语言中每一个词的音调都富有弹性，愉悦耳朵，好像是由最灵巧的音乐家编排而成；它们联合起一切听觉器官，激起一阵轻痒侵入灵魂，使它产生出最敏感的喜悦。人们说耳朵是为了倾听汉语而存在，汉语是为了耳朵的舒适而产生。确实，欧洲人学习得最成功，他们取得如此大的进步是因为他们用音乐中的音符来代替每个字的音调。然而，对那些发明音符的人来说，没有音符怎样能愉悦人的耳朵？他们的目的不就是能把这些音符与听觉器官联合起来吗？这些难道不正是这些音调的魅力所在？

但是，每一个音符单独发音，引发的愉悦是不完美的；甚至汉语每个字分开来，仅仅能表现出一小部分这种语言的美感。这些音符连接起来才能组成音乐的魅力，我们的语言也是把单独的字连接起来才能有说服力。什么样的和谐可以和我们最聪慧的演说家的演讲相比较！汉语把音乐最美丽、最多样、最适合诱惑耳朵的因素汇集在一起。我们可以说，欧洲人中的一些老音乐家确实灵巧到可以让人们把听到的音乐烙印在灵魂中，并迸发适当的感情，然而这样的烙印仅仅是一种感觉，根本不能长久；我们的演说家使思想伴随的感觉进入灵魂，则会产生持续的印象。总而言之，他们在演讲中赢得了音乐的力量和理性的力量。迄今为止，哪种语言有这种优势？

在欧洲，人们颂扬一些希腊和罗马的演说家，他们的演说非常具有说服力，只要他们愿意，可以随意地使听众改变观点。可能有些夸张；但是希望并不是这样，我们可以从中总结出什么？这些演说家说什么语言？是希腊语和拉丁语，但是现在都已经消失了，我们不能像这些演说家一样使用这两种语言。此外，我认为这两种语言词句上的和谐很大程度上和汉语是一样的[1]：他们的词，有好几个音节构成，每个音节和一个特定的音相对应，组成一个悦耳的声音；聚集增加了愉悦，消遣了耳朵，在灵魂中产生了感觉，准备好让精神去品味道理。这些演说家之中的几位显然不是把他们的嗓音把握得游刃有余，因此加上了热烈的动作，在他们的身后要求一些音乐以便借助于乐器来加强他们的语气。尽管有这样的优势，尽管这两种语言在这个方面凌驾于现在的语言之上，但是我敢保证我们的语言更胜一筹；他们的语调不够多样，仅仅有很少的一些；我们的声调足以用来演奏一场完美的音乐会。这是欧洲人中最智慧的学者所承认的事实。

亲爱的陈渊哲，和其他民族相比，我们在用话语表达思想的方式上很具优势；但是这还不是全部，我们在纸张上的表达也是占领上风的。如果我们的话语拥有音乐的魅力，我们的文字就具有绘画

---

[1] 这一点在1756年版本的第一百四十一封信中得到补充。

的美妙。其他民族的人民使用极少的图形，而且和要表示的事情没有任何联系，他们只是用一千种不同的组合方式组成词汇、句子和言语。我们的一个汉字就能表达他们十或十二个词要表达的意思。有时我们用几个字写很多的事情，而他们要写许多的词却仅能显示一点点思想。确实，有些文字的力量接近我们的文字，但是他们只是将文字用作计算。此外，所有这些文字都不及我们文字具有美感；我们的文字是一种绘画，是视觉享受，永远不会使人疲劳：在我们的眼前，呈现出各种图形，小鸟、动物、植物和另外一些不规则的形状；它们总是与其所代表的思想相连；理解借助于想象，这样的和谐一致让人们非常容易地理解所有的事情。中文的多样性是另外一点值得赞许之处。任何时候其他语言中文字重复出现，都让人感到厌烦，而且使阅读索然无味；应该有一定的多样化让精神得以喘息，应该总是能看到新的东西。如果一个字只使用一次，我们也能编一本十二万字的书，尽管其中不乏生僻字。我们通常使用的书也超过八千到一万字；但这不妨碍为这些财富而自豪。

　　亲爱的陈渊哲，我发现欧洲人不是把大量的汉字看作优势，他们疯狂地认为这是我们语言的瑕疵。他们的理由是，不容易认全所有的字，识字的过程需要大量的学习；但是他们没有注意到，如果一个字一个字地去认识并没有这么的困难，学习拼读组成他们一个词的音节也没这么困难：只是由于一个字经常反复出现，小孩儿都能立即读出来，而不用一个音节一个音节地拼读。我确信他们学习语言花费的时间和精力肯定比我们识字要多得多；如果他们对很多词组成的句子只看一眼，能一下子明白，肯定这种搭配对他们来讲极其熟悉；但是要熟悉这么多的句子搭配，是不是和我们一样要大费周章？我想他们的困难更大，因为他们和我们的文字比起来拥有更多的单词。

最后一点，我们的文字之所以胜于欧洲和其他民族，还在于所有文字的精准，甚至精准到每一个最细小的笔画。在欧洲，一些人对于这种精准甚至嗤之以鼻，但是他们也各执一词。对于这一点，我认为他们永远不会拥有我们的细腻，因为他们的墨水品质粗劣，而他们也不像我们一样会使用毛笔。他们用某些鸟类大而丰厚羽毛，将其根部削尖，蘸上黑色的利口酒[b]，在纸张上书写，但是他们的纸比我们的硬而粗糙。

祝健康！

自罗马，某月某日

---

a. 中国的文字对欧洲 18 世纪的思想家来说，代表了一种文学神话。本书作者在这封信中对中文的描述，反映了当时中文在欧洲文化中所掀起的热潮。起初，17 世纪时，欧洲的一些耶稣神父将中国文字定义为单音节的文字，并将中文与法文和拉丁文作比较。法国的史学家尼古拉斯·弗莱雷（Nicolas Fréret）重视语言的哲学特质，并对中文真正感兴趣，还向一位中国人学习了中文。18 世纪法国的哲学家卢梭将中国的语言和文字比喻成音乐与绘画。欧洲学者对中文的看法至今仍然受到 17、18 世纪对中文评论的看法。譬如一位当代的法国汉学家让·莱维（Jean Levi）就对中文作了以下的评论："中文文字的神圣，源于文字与人的手势、神情和动作息息相关，文字因此不受话语、尤其是论述语言的束缚。传统的中国文人通常不重视论述的话语。"（*La Chine romanesque*, Paris, Seuil, 1995, p. 61）然而，中文在根本上真的与话语以及亚里士多德的"修辞论"有很大的出入吗？孔子的确是认为言多必失。对话语采取了既保留又谨慎的态度。但是，同时，他又鼓励他的弟子要学诗。"不学诗，无以言。"要成就外交与政治的大志就必须在辞令上下工夫。修辞是必经之途。这也是当代中西哲学比较的一个重要论题。《中国人信札》的作者的观点不仅脱离了 17 世纪的神学争论，更以一远离了意识形态，有距离、有见解的眼光来描绘他对中国文字的看法。

b. 利口酒（Liqueur），是法国的一种甜酒，酒精成分很高，属于烈酒。作者在此用 liqueur 酒来比喻墨汁，是一种文化上的嘲讽，因为墨汁并非法国文化的精髓。

第一百四十九封信
伊涂礼致陈渊哲

亲爱的陈渊哲，你应该从传教士那里听说了多种语言共同存在的原因。他们说在一段时间中人类讲同一种语言；但是上帝对他们的行为感到不满，惩罚他们每个家庭讲一种独特的语言，不同于以往的语言。所有的圣书都是这样写；但是欧洲的评论家要比在中国的大胆，就这一点，有很多的看法和揣测。他们说，从原始语言分离出来的语言有七十二种，保留了这种原始语言的是犹太人的子孙，就是你在祖国看见几个人的悲惨民族。基督教徒接受了这个民族的一部分圣书，并认为是用原始语言书写的。我曾给你看过一些他们的文字，我必须承认这些文字看起来确实更为古老；比我到目前为止所认识的文字都显得古老。然而有几个学者认为还有几种更古老的语言；他们认为一个名为撒马利亚（Samaritains）的犹太民族的分支，没有机会像其他民族一样改变文字，他们的文字显得比我提到的语言更古老一些。这相当让人信服。

虽然这些文字有些变化，但是可以确定的是书写这些圣书的是很古老的语言，三千年以来似乎没有变动；虽然这么古老，却不能证明这是原始的、最古老的语言，而仅仅是语言分化发生五个世纪之后产生的语言。难道就不是源于第一次语言分歧后的另一次分歧？按这些文字推测，上帝的分歧之后产生的语言有七十二种，将有七十一倍的可能性说，希伯来语是从这些语言衍生出来的，而不是最原始的。

但是，他们又说，不容置疑的是：最原始的语言在保留了真正宗教的宗族——而非其他宗族——中持续到今天。我并不觉得这样的想法有说服力。这种原始语言和宗教有什么关联？难道不是所有语言都可以用来信仰上帝？如果要否定这样的想法，那是否应该说：至高无上的神——语言划分的始祖——一开始就让几种语言与信仰不符合？然而这种想法是任何一个有理性的人都不会赞同的。此外，语言的混乱难道不是因为人的罪恶吗？所有蹚在这场语言分歧的浑水中的人[a]，其罪行也是共同的，因此，惩罚应该也是相同的。上帝怎么会给某个家族特权，而不是给予其他的家族？最后，即使犹太人的祖先是原罪的共犯，因此幸运地保留了原始语言，但却还不能证明他们的语言与圣书的文字是同样的语言。[b]

事实上，亲爱的陈渊哲，难道我们不能从这些圣书中读到这个家族到底有了多少的分支？我们都知道，每个分支的语言有其特殊性。但是，我想知道的是：为什么只有犹太人的这个分支能够保留原始语言，而其他分支不能？还是归因于宗教吗？难道我们还看不出来犹太人的首领和他的兄弟们一样，也崇拜偶像吗？他们需要至高无上的神瞬息的提示，以便脱离偶像崇拜。我想更深入地说，根本没有理由相信希伯来语是原始语言，因为其他民族同样是他们家族首领的子孙，为什么没有保留民族形成之初所使用的语言？

亚伯拉罕就是其中的一个子孙，离开了他的祖国，来到另外一个国家并且居住下来，这个国家用的当然是原始语言。他在这里生活了大约一百年，毋庸置疑的是，他已经习惯了这个国家的习俗。

怎么可能他不学习这里的语言？他的儿子和孙子在这里出生；这又是另一个让我们相信他会忘掉原始语言的理由，因为只说与他们一起生活的人民用的语言，原来的语言就毫无用处了。但他的一个孙子长大之后，便离开了家庭，到另外一个国家生活；又在那里待了二十多年，结婚，生了好几个孩子，而后，带着他的家庭回到了他出生的国家。这次旅行是不是已经改变了他出发之前的语言？最后，饥荒迫使他又一次离开这个国家；他迁移到一个邻国。他和他的家庭在此定居，他的后人一代一代地在这里生活了两个多世纪。难道他不学习这个国家的语言？我们假设当犹太人经过一连串的迁移之后，他们总是保留了他们祖先的语言，我们能够认为它一点没有变化？当看到一个民族在外国人中生活了四百多年，不使用这些人的任何一个词，仍然保持了他们语言的纯度，这种现象着实让人惊讶。

亲爱的陈渊哲，你会问我到底有没有最原始的语言，而且这个语言是否还存在。对于第一个问题，我觉得，如果接受基督教徒所教导的创世纪说，的确很难否认最原始语言的存在。这和我们中国主要的哲学家的观点不太一样。他们似乎承认世界有一个起源；至于是以怎样的方式开始，却和基督教徒意见不同。他们想象了几种对照，来表达他们对这个问题的想法；这些想法都让我认为他们相信世界是由一种"先存"的物质所构成的；我们今天所看见的世界的形象形成的时间也比基督教徒认定的要晚好几个世纪；最后，大地起初住着在四处生成的人类。如果按照最后这个观点，就应该相信这些在地球上各个角落生成的人类并不一定讲同一种语言；每个社会都有自己的语言，并与其他社会的语言一样是最原始的、最本源的。

亲爱的陈渊哲，然而，我承认这对我来说并不可信。基督教徒的看法基于的几个理由偏离了真实。至高无上的神总是用极其简单的方式，他从来不会使用奇特的方法，即使他不能通过普通的方法达到他的目的。他希望在大地上人口众多，是否有必要为此在各个地方造就人类？难道在各个地方造就人类就能达到他的目的？难道他就不能创造男人和女人具备繁殖的能力，散布在整个大地？难道就不能让他们有比较长的寿命，由此，有很多的孩子？如果第一对夫妇每年使一个孩子降生到世界上，第一代人在二十五或者三十岁结婚，自从第一个世纪他们的后代又繁衍出多少人？好奇心促使人们来计算这个数字，发现在第一个男人和第一个女人之后的十六个世纪，他们的后代达到两千九百三十三兆三千八百四十七亿六千六百零九万六千四百人。

另一个更有说服力的理由是，历史显示地球上一开始并不是到处都有人类居住；是随着时间的推移而渐渐发展的。历史学家知道这些部族是怎样发展起来的，在什么时间，在世界各地建立的部族是从何而来。如果仅从我们的发展史看，难道我们不清楚陕西省[c]是最早的居住地？难道我们没从书中读到，由于人口的增长，有些家庭发现环境过于密集，于是开始向河南、北直隶[d]和山东迁移？[e]他们就在南方发现了新的土地，使这片几乎荒芜的地方人口开始繁盛起来。继任者们在我们广阔帝国的其他地方继续效仿他们的祖先，随着时间的发展，人口的数量发展到了目前我们所看到样子。亲爱的陈渊哲，我问你，如果地球上的人口是一点一点发展起来的，那又怎么能说至高无上的神灵一开始就使居民遍布在各地呢？这是不是可以证明首先人类只是在世界的一个角落，随着数量的增多，开始到处地迁移？如果事情是以这样的方式发展，难道就不能确定地说，第一个人和他的后代使用一种原始的语言？

基督教徒说，大约在创造第一个人类之后的十六个世纪，至高无上的神使一场滂沱大雨降落在大地上，让居住在这里的所有创造物失去了生命，目的是惩罚人类的恶毒。只有一个人受到恩泽，任务是在大地上重新繁殖人口。他被要求建造了一艘形式独特的船，带着他的妻子、三个儿子和儿子的妻子、一对动物上了船，带上动物是因为他想保留物种；他用这种方式逃过了在全世界泛滥的洪水。

亲爱的陈渊哲，这个事件比较独特；但问题是了解这个神奇获救的人是否说原始语言。基督教徒是这样认为；但是这种观点并不能免除困难。人口数量的增加正像我所计算的那样，但是到处都保留了一种语言，这样说好像并不合适：因为在他们分散之后，沿袭了先前的所有思想，不需要再创造新的词；但是这究竟真实吗？第一个人的语言缺陷极多：他只是用很少的词去表达最必需的事情；可以揣测，经过了几年的反复使用，这些少量的词才被确定下来。刚开始他给一件东西命名，他经常想不起来这个词；我认为，在经过长时间的使用之后，当这个词深深地被刻在记忆中，这个词才被确定下来。后代不断地繁衍生息，可以推断，部落的四处分散是在语言完整建立之前。这种情况下，每个部落都可以自由地形成一种新的语言：他们继承了他们祖先的某些东西；但是，他们保留的词和后来创造的词相比，是很少的一部分，我们可以把这种现象看作异于第一种语言；他们越是偏离源语言，他们的语言中越是存在很多不同之处。我想早期的一些部落和他们的祖先有同样的思想，在学习母语之前就被送到荒无人烟的地方。他们只会很少的词汇，而且发音非常不标准，当他们一旦有新的思想出现在他们的精神中，他们就必须要创造新的词汇。由此又发生了什么？他们形成的语言和家乡的真理相关联，但是和家乡的语言又不相同。

亲爱的陈渊哲，我们假定在暴雨当中神奇获救的那个人保留了原始语言（我们所说的貌似是真理），在人种起源之后的好几代，仍然保持说第一个人类的语言。一个活了九百三十岁的人，能轻易地和逃脱了世界洪灾的那个人的父亲交谈。只要他们住在同一个地点，自然相信他们说同一种语言，他的儿子也是这样。在这种揣测的前提下，确实可以说原始语言是地球上唯一保存下来的语言，是在洪水之后人类使用的第一种语言：我们要进行多少次的推测才能得出这个总体上的结论？

不论这种语言是什么，可以肯定的是，根据犹太教徒与基督教徒的教导，根据《圣经》中提到的洪水的假设，世上只有唯一的语言。在洪水发生的几个世纪之后，其他语言也形成了，每个民族都有一种属于自己的语言。大家想知道的是，哪个民族、哪个国家保留了从洪水中得救了的人的语言。我已经跟你解释过了，这既不是犹太人使用的语言，也不是他们的典籍中所用的语言。我不认为应该与你交流学者们的其他推测，甚至是某些学者都认为今天已不存在、早已过时的观点。重要的是指出他们全部都弄错了；最原始的语言都不是他们想象中的；而且这个语言到现在还继续沿用着，有这个殊荣保留了这种语言的民族就是我们。

祝身体健康！

自罗马，某月某日[1]

---

a. 作者在这段话中影射的是《圣经·创世纪》中洪水的故事。原本人类都说同样的语言，但是上帝处罚了造了巴别塔的人类，使他们每个家庭讲不同的语言。因此，人类语言的分歧与原罪有关。
b. 本书的作者在此用冷静的嘲讽语气，讽刺了18世纪将希伯来文当成最原始语言的史学家与圣经学家。
c. 本书的作者采用了陕西省作为中国文化的发源地。这段话反映了中国源远流长的历史对欧洲的圣经学产生的影响。这也是17世纪欧洲对中国的礼仪之争的重要原因之一。
d. 明朝洪武初年，建都南京，明政府以应天府等地为直隶，意为直接隶属于京师的地区。永乐十九年（1421）移都北京后，又称直隶于北京的地区为北直隶，地理范围相当于今北京、

1　1755年版本中的第一百四十九封信在1756年的版本中变成了第一百五十七封信。

天津、河北省大部和河南、山东的小部分地区。清朝初年，北直隶改称直隶省，辖境依旧。《中国人信札》的作者应是沿用了明朝的地名。作者对这个地名的认识，取材于明末清初的传教士对中国城市的描述。

e. 大禹治水是众所皆知的神话故事。大禹是夏朝的创立人。司马迁在《史记》中将大禹当成定九州的皇帝，疏导九山、九河。因此"九"这个数字成为代表皇帝的数字。本书作者在此用大禹治水的故事与《旧约圣经》中的洪水作对照，但作者提到懂得中国人的迁移路径，疑与事实不符。

f. 指《旧约圣经》中诺亚方舟的故事。

第一百五十封信[1]
伊涂礼致陈渊哲

一位让人盛情难却的英国贵族，要求我和他一起游历意大利。在途中，游览的每个地方都引起我们同样的好奇心，我们把所有的时间都用在观察与记录那些值得我们注意的地方，从无遗漏；所以，可能会有好几个月不会给你我的音讯。我知道你对我深厚的友谊，我也知道我的沉默会让你担心；我觉得应该告诉你原因，以便消除你对我的健康的忧虑，感谢上帝，我一切都好。我非常庆幸我刚刚结交了一个值得尊敬的朋友——年轻的米诺尔。能认识这样的朋友是很珍贵的财富；在意大利的确可以遇到一些真正的朋友，但是很少是在当地出生的居民。这里的人不愿意把时间花费在结识新朋友这件事上，尤其是情爱的交往，除非是想玩命的人。在意大利坠入情网是一件致命的罪恶。在这里，就像在西班牙，这些叛徒，往往只为了微薄的酬劳，轻易地就为一个心存嫉妒的人解决疑虑，无论疑虑是否有根据，就冷不防地对被嫉妒之人给予冷酷的一击；他们还以教会为名，用同样冷酷的方式感谢上帝，让一个没有丝毫准备的人面临突来的死亡，说是魔鬼的愤怒，还夸口遵循了基督教的

---

[1] 这封信只存在于1755年的版本中。

原则。

米诺尔二十岁，具备一个睿智的哲学家所有的知识，加上英国人的品位和理性，还有法国人的礼貌和优雅；他可以讲六种外语，像母语一样流利。这位年轻贵族的良好教育，即使法国最优秀孩子所受的教育也难以企及；为此，我大概给你讲一下这些法国的青年贵族的教育情况。当他们一离开母亲的臂膀，就被交到督学和家庭教师的手中；从这些人那里能学到什么？几乎什么也学不到。肤浅的拉丁语、历史、地理、数学；也不懂怎样优雅地跳舞、有技巧地驾驭马匹、打开乐谱唱一小段歌剧咏叹调。他拥有了在社交圈中受人瞩目的才能。在这些社交圈中的人学着曲解自然，用可笑、矫揉造作的表情和动作取代自然的优雅。与优美的语言不相称的空洞辞藻使他们语言的美感黯然失色；这样可怜的语言被创造新词的人称为"讥讽"[a]。而讲这种行话的人却被看作是受欢迎的非凡人物。

我亲爱的陈渊哲，当我第一次身处在言辞如此巧妙的人群中，我根本听不懂那些受人仰慕的、有才智的人的谈话：我仅仅听到这些让人害怕得尖叫起来的串联词汇；这样的句子如此的独特，尽管我觉得我的法语还说得过去，我却感到是在外国而不是在法国，这让我感到很好笑。当年轻的侯爵发出一连串的声音"来、咪、发、嗦"，我自娱自乐，我的目光在这些女人的脸上飘来飘去，她们在巴黎被称为"小情妇"，有玩偶天然的姿态和动作，是小丑的原型。

在法国一切事物都受到这种优雅品味的影响；音乐形式单一，不像从前能制造更多的乐趣。自从法国人采用了意大利人的唱腔，他们的嗓音就像是锯树的声音。舞蹈原本是为了造就人体美感，但是，现今，只有当一些受过严格训练的翻跟斗的人执行了最可笑的扭曲时，舞蹈才受重视。

好的戏剧表演极为稀少，但糟糕的不计其数。天赋异秉的诗人本应该受到祖国的爱戴，却恰恰变成了令人反感的对象，直到临死之前才出版一部作品抨击神圣的事物。

亲爱的陈渊哲，这就是一个民族主导的品位，这个民族曾被看作是被大自然宠坏的孩子，但是却极少利用自己的天赋。我的朋友，米诺尔是这种形象的一个极好的对照；他拥有道德和才情，他也为此受到所有人的爱戴，因为这才是真正值得拥有的特权。

这位年轻的哲学家非常喜欢好的作品，他和欧洲最主要的一些书商都保持着往来，只要一有新作出版，就给他寄来。他刚收到一个小册子，题为：哲学梦想（Songes Philosophiques）[b]。这部充满智慧的作品带给我真正的乐趣，我肯定你已经阅读过。作者是一个法国绅士，他不认为有地位的人可以忽略学习；因此，他提供了几本非常好的作品，成为有品位的人书房的首选。我寄给你我可收集到的这个哲学家的作品；我也将要寄给你我的旅行日记，至少我是真诚的；这是一个旅行者不多见的品质。

亲爱的陈渊哲，再见，你可以继续给我写信到我在罗马的地址；等我回去，我也不会忘记告诉你我的近况。

中国人信札完

---

a. 在这封信中，作者嘲讽当代的文学潮流蓄意创新，但事实上却是造作。在当代的文学辩论"今古之争"中，作者很清楚地表达了他个人对古典文学与柏拉图美学的支持。
b. 这本书是作者德·阿尔让自己的作品。后文提到的法国绅士就是作者自己。这封信的结尾因而可以说是作者的自画像。

第一百六十二封信（1756）图索致陈渊哲

亲爱的陈渊哲，就在几天前，我刚刚阅读了一位学识渊博的作家[1]的著作，他曾在美洲度过了好几年的时间[a]，他对感兴趣的事物进行了真正的哲学思考。这位聪明过人的作家对野蛮人的刻画，完美地彰显了人性在没受教育改造、没有受制于偏见之前的本质。他说："如果要对美洲人有确切的概念，几乎是有多少民族，就得有多少种描述。就像欧洲的所有国家，语言、风俗、习惯都很不同。但是，在一个细心观察的亚洲人眼中，总会发现一些共同点。因此，我在旅途中有机会在不同地带遇到的美洲印第安人，彼此也存在某些相似的特征，即使有一些细小的差别，我觉得在所有人身上都发现了同样的性格特征。他们共同的特色是冷漠。我还要考虑，是否应该为之冠以淡漠之名，或者只是由于愚蠢之人的贬低。他们的冷漠可能体现了他们狭隘的思想，因为他们所谓的思想仅仅是他们的需求。他们的贪婪仅限于贪吃以便满足生活的必需，所有的需求在满足之后，就变得有节制，没有任何的欲望。如果没有酒精的刺激，他们就十分的胆小；他们敌视工作，对荣耀、名誉和认可非常淡漠，

1　Monsieur de la Condamine.

只是忙于眼前的、确定的事物，从不为未来担忧。他们毫无预见和思考的能力，当没有任何烦心事的时候，就沉浸于一种幼稚的喜悦之中，表现出盲目的欢欣雀跃，开怀大笑；他们在一生中从不思考，当他们逐渐老去，也未能摆脱童年时期就已经形成的缺点。倘若这些指责只涉及秘鲁几个省的印第安人，那他们只差被冠名为奴隶，我们或许应该认为这个头脑糊涂的人种产生于他们生存环境的奴隶依附性。现代希腊人的例子足以证明奴隶制度确实可以让人类失去尊严。但是，尽管布道的印第安人和尚未开化的享有自由的野蛮人是同样的目光短浅，换句话说就是同样的愚蠢，我们却不能不感到羞耻地发现：当人类受简单的天性支配，被剥夺了接受教育和参与社会的机会，那么和畜生还有什么分别？

亲爱的陈渊哲，如果我们认真地思考人性的弱点，就该发现我们的虚荣心应当受打击，自尊心应当受羞辱；我们微不足道的优点乃是受惠于他人；单单就自身而言，我们不过是卑贱的创造物，不断地思考，毫不保留地受激情的驱使。有多少人，尽管接受教育，并得到社会的援助，却和受简单天性支配的野蛮人一样被人轻视，因为他们唯一的行为准则只是欲望。他们的行为纯粹是虚荣心、易变和弱点的结果。在这么多的缺点中还得再加上骄傲，这简直比野蛮人更应受到批判，因为后者还可以被更正和教化，而对他们，一切将是徒劳，因为他们是如此虚荣、骄傲、可怜。老普利恩[b]对此具有真知灼见，关于人类，他说道，necmiserius quicquam homine aut superbius[1]。

一个人最大的不幸不是完全的放任自流，而是认为根本不需要听从他人的建议；因为他确信他比其他人更为渊博，他把缺点看作

---

1 "没有什么比人类更加的可怜，更加的骄傲。"原文出自 Pline l'Ancien，《自然史》(*Histoire naturelle*)，第二册，第五章。这句话被蒙田引用在《随笔》的第二册，第十四章。

是美德。他甚至被讽刺地比作一个病人并不能感受到他的病痛，把某些症状认定为健康的讯号，更不会预防疾病的进一步发展，即使这有可能将他送入坟墓，却只一味地使其恶化。根据一个人接受良好建议的程度，我们可以判断他是否不幸。然而，能够确定的是，一个懂得从施予他的教化中汲取经验的野蛮人，跟一个认为不需要学习的人相比起来，更有能力。蒙田[c]不无道理地说："不了解自己缺点的人，也不费心地想去改变；希望把自身的缺陷变得神圣的人，想方设法地要加重这些缺陷。"

还可以确定的是，一个生活在社会中的人，如果受制于野蛮人一般的激情，那是比野蛮人更令人蔑视的。在这个世界上真正值得称道的人少之又少，因为具有理智和道德的人极少。即使对于那些最智慧的人，我们也要抱着宽容的态度，才能将他们看成值得称赞的人。我更乐于把世界上比较明理的人、道德比较高尚的人比作生活在盲人之中的独眼人。当德尔菲（Delphes）[d]的预言认定苏格拉底是最智慧的人，仅仅是想表达这位哲学家真诚地承认弱点的存在，并一直努力克服，但是，却不否认，作为人类，他也是脆弱、不幸的。苏格拉底是独眼人，然而，他的那只眼睛比其他的独眼人都要敏锐。

你可能会想知道为什么我特别关注揭示人性弱点这个问题，为什么我试图指出人性不完美之处，甚至在毫无不完美迹象之处找出不完美？我现在回答你，这是为了让人类宽容地忍受身边的人，我将用拉布吕耶尔的一段话来为这次思索画上句号。"面对人类的冷酷、不公正、骄傲、自尊心和自私，千万不要发怒：这些只不过是他们的本性，就像忍受石头落地，火焰上升。"我在欧洲已经十五年了，我遇到过这位作者描述过的所有的人，还有我以前在中国结识的人也不完美。一位智者在一群恶人中间应该做些什么？如果不能让他们有所改善，那么就得忍受他们。

亲爱的陈渊哲，祝你身体健康！

a. 本书作者对于美洲的看法取材于拉恭达民（Charles - Marie La Condamine）。拉恭达民于1745年绘制了美洲地图，并由皇家科学院出版。拉恭达民于1760年被选为法兰西学院院士，是最早被选为法兰西学院院士的法兰西科学院院士之一。他同时也是伦敦皇家学会、柏林学院、圣彼得学院和不咯尼学院的成员。拉恭达民在地理、科学上的成就反映了1756年欧洲在地质学、数学等科学上的成就。由于本书作者是柏林学院的创始人之一，他在这封信中表达了欧洲各个学院之间的紧密交流。
b. 老普利恩，公元1世纪罗马的作家和自然学家。他以一部自然历史的百科全书著称。
c. 蒙田，16世纪法国著名思想家。他的《随笔》对后世的自传体题材造成了深刻的影响。他也对17、18世纪上半期的法国哲学有很深的影响。德·阿尔让的作品反映了蒙田的怀疑论哲学思想。
d. 古希腊帕纳斯山脚下的神庙，专司发布太阳神阿波罗的预言。

重大历史事件年鉴

公元前 2900 年—前 2205 年	中国神话政权时期
公元前 1121 年—前 256 年	由文王和武王为开创者的周朝时期
公元前 221 年—前 206 年	秦王朝的建立
公元前 206 年—公元 220 年	汉朝时期
公元 331 年（或 321 年）	尤利安大帝出世
公元 618 年—907 年	唐朝时期
公元 960 年—1279 年	宋朝时期
1045 年	中国活字印刷术发明
1271 年—1295 年	马可·波罗在中国
1368 年—1644 年	明朝时期——旅行的全盛时代，永乐皇帝多次派遣宦官郑和（1371—1433）航海探访东亚地区
1397 年—1523 年	卡尔马联盟（Union de Kalmar ou Calmar）集结了丹麦、瑞典、挪威三个斯堪的纳维

	亚王国，受一个唯一君主的统治。最终，以瑞典人对丹麦中央集权的不满引发冲突，导致失败
1456 年	古腾堡（Gutenburg）：活字印刷机第一次印刷《圣经》
1521 年	第一位葡萄牙使臣来到中国
1540 年	圣依纳爵·罗耀拉创立耶稣会
1552 年	方济各·沙勿略在敲开中国大门之际去世
1557 年	葡萄牙人占领澳门
1562 年—1598 年	欧洲的宗教战争
1565 年	耶稣会士在澳门建立一个寓所
1573 年—1620 年	万历皇帝（明神宗）统治时期
1576 年	年轻的万历皇帝在北京、南京发行流通货币，这成为中国高质量货币制造的开端
1579 年	罗明坚（le père Ruggieri）神父到广州，1582 年和利玛窦神父在此汇合
1584 年	利玛窦绘制中国地图
1598 年	4 月 13 日，南特赦令（Edit de Nantes）
1601 年	在明朝最后几任皇帝统治时期，利玛窦获得在北京永驻许可。荷兰舰队抵达中国
1616 年	《基督教远征中华帝国》（*L'Histoire de l'expédition chrétienne au royaume de la Chine*）拉丁语版本出版，（法语版本 1617 年）由耶稣会神父编写，并加入了利玛窦神父和金尼阁神父的注解
1625 年	基督教石碑在西安府出土
1635 年	日本明令禁止基督教

	世界经济危机开始
1637 年	多明尼加会士（les dominicains）因禁止中国礼仪而受迫害
1639 年	多明尼加会教士黎玉范（Moralez）书写关于中国礼仪的回忆录。日本除了保留和长崎某些中国及荷兰商人的接触之外，停止一切对外关系。中国经济危机。基督教徒徐光启（1562—1633）农业专著《农政全书》出版
1643 年	罗马教皇乌尔班八世（Urbain VIII）特使来华。《耶稣会士的道德神学》（Théologie morale des jésuites）出版
1644 年	4 月 25 日，明朝最后一个皇帝在北京自尽，明朝（1638—1644）灭亡。清朝（1644—1911）建立。进入顺治帝统治时期（1644—1661）
1645 年	教皇依诺森十世（Innocent X）颁布通谕禁止中国礼仪
1656 年	教皇亚历山大七世（Alexandre VII）命令允许中国礼仪
1660 年	尼古拉·布瓦洛（Nicolas Boileau）的《讽刺诗》（La Satire）出版
	帕斯卡的《致外省人书》出版
1661 年	马萨林枢机（Jules Cardinal Mazarin）去世，路易十四独自掌权
1662 年	康熙皇帝统治时期（1662—1722）开始
	莫里哀的《夫人学堂》（l'Ecole des femmes）

	出版
	阿尔诺与皮埃尔·尼古拉的《逻辑或思维的艺术》（la Logique ou l'art de penser）出版
1667 年	耶稣会士克齐尔（A. Kircher）的拉丁文版《中国图说》（La Chine illustrée）（法语版 1670 年）出版
1669 年	各个修道会的传教士拟定广东协议
	教皇克莱芒九世（Clément IX）通谕确定了前面两个通谕
1670 年	斯宾诺莎《政治神学论》（Traité théologico-politique）出版
1676 年	闵明我神父（le Père Navarrete）的《中国……政治历史论》出版（1679 年被禁）
1681 年	理查德·西蒙的《当今犹太人生活中所保留的仪式与习俗》（Cérémonies et coutumes qui s'observent aujourd'hui parmi les Juifs）出版
1682 年	皮埃尔·贝尔的《关于彗星的思考》（Pensée sur la comète）出版
1685 年	南特赦令废除
	路易十四派驻一个大使馆到暹罗，由索曼骑士（Chevalier de Chaumont）和舒瓦齐教士直接领导；以"国王的数学老师"的名义派遣六个耶稣会会士服务于康熙皇帝
1687 年	《中国哲学家孔子》（Confucius Sinarum Philosophus）由顾博来神父（Philippe Couplet）编译出版
	《对中国新基督徒辩护》（Défense des nouve-

	aux chrétiens de la Chine)、勒泰里耶（Le Tellier）神父的《保护中国新基督徒》（*Défense des nouveaux chrétiens de la Chine*）出版
1688 年	英国出版《光荣革命》和拉布吕耶尔的《性格论》（*Les Caractères*）
1691 年	教皇依诺森十二世派遣三名中立的副本堂神父到中国
1692 年	康熙皇帝颁布"基督教宽容赦令"
1692 年	阿尔诺的《耶稣会士的实用道德》出版
1693 年	巴黎外方传教会（Missions étrangères de Paris）传教士严嘉乐的训喻：支持多明尼加会士，反对耶稣会士
1696 年	李明神父的《中国现状新志》（*Nouveaux Mémoires sur l'état présent de la Chine*）出版
1697 年—1718 年	查理十二世成为瑞典国王
1697 年	白朴神父的《中国皇帝的历史形象》出版
1700 年	宗教礼仪争辩的高峰。索邦神学院批判李明神父关于中国的记述。巴黎外方传教会传教士致教皇的信：有关中国礼仪。圣多明尼加修会博士的一封有关中国礼仪的信。巴黎外方传教会传教士致教皇关于中国礼仪的信的回复。这件事赞誉了耶稣教士在华之所行
1700 年—1721 年	北欧大战（Grande guerre du Nord）
1701 年	龙华民（Longobardi）的《论中国宗教的几个要点》出版

1702 年	《中国耶稣会士书简》（*Lettres édifiantes et curieuses des jésuites de la Chine*）开始出版
1704 年	教皇克莱芒十一世（Clément XI）颁定通谕，反对中国礼仪
1705 年	康熙皇帝颁布诏书要求遵守中国礼仪
1707 年	铎罗大主教针对1704年的通谕反对中国礼仪，反对康熙诏书
1708 年	马勒伯朗士的《一个基督徒哲学家和一个中国哲学家的谈话》（*Entretien d'un philosophe chrétien et d'un philosophe chinois*）出版
1709 年	（俄国彼得一世与瑞典的查理十二世之间的）波尔瓦塔战争（Bataille de Poltava）
1715 年	教皇克莱芒十一世加强1704年的通谕
1716 年	莱布尼茨《致雷蒙先生书》（*Lettre à M. de Rémond*）（选自《论中国人的自然神学》）发表
1718 年	康熙地图册
1722 年	康熙皇帝去世，开始雍正皇帝统治时期 孟德斯鸠《波斯人信札》出版
1724 年	雍正皇帝禁止基督教
1725 年	孟德斯鸠进入法兰西科学院，意味着哲学家的伟大胜利
1733 年	伏尔泰《哲学信札》出版
1735 年	《德·阿尔让侯爵回忆录》出版
1736 年	乾隆元年 《犹太人信札》第一版出版
1737 年	《通识哲学》第一版出版

	伏尔泰的《牛顿哲学原理》出版
1739年	《中国人信札》在海牙出版
1740年	普鲁士国王腓特烈大帝加冕
1742年	教皇本笃十四世（Benoît XIV）正式禁止中国礼仪
1746年—1748年	在整个帝国中再次掀起迫害基督教徒的高潮
1746年	《哲学梦想》在柏林出版（另一个版本在海牙）
1748年	孟德斯鸠的《论法的精神》第一版出版
1749年	布丰（Georges-Louis, Comte de Buffon）的《自然通史》（*Histoire naturelle, générale et particulière*）出版
1751年	伏尔泰的《路易十四的世纪》出版
	《百科全书》第一卷问世
	德·阿尔让侯爵到巴黎期间，由于对荷兰与柏林的报刊很熟悉，将许多手稿交给了巴黎出版社总监艾美其（d'Hemery）
1752年	德·阿尔让侯爵在巴黎出版《对不同绘画流派的批评》。8月，他回到波茨坦
1756年	七年战争打响
	《中国人信札》印刷第五版
	《关于尤利安大帝的思考》开始出版
	伏尔泰的《风俗论》出版
1759年	葡萄牙耶稣会会士被流放
	2月6日，德·阿尔让侯爵的《通识哲学》被巴黎议会勒令停止出版

1764 年	法国撤销耶稣会
	《尤利安大帝对异教的维护》出版：希腊语和法语两个版本
1765 年—1768 年	德·阿尔让侯爵出版《人类精神历史》或者《文坛秘事》，共十四卷
1767 年	耶稣会会士被驱逐于西班牙
1768 年	德·阿尔让侯爵以另一题目重新出版《对不同绘画流派的批评》（*Réflexions critiques sur les différentes écoles de peinture*），新的版本为：《对不同绘画流派的批评研究》（*L'Examen critique sur les différentes écoles de peinture*）
1769 年	1768 年初冬，德·阿尔让侯爵离开普鲁士，定居在普罗旺斯的住所"我的憩所"（Mon repos）——艾谷耶城堡（Château d'Eguilles，今天的市政府）旁边
1766 年—1770 年	最后的耶稣会传教士抵达中国
1773 年	教皇克莱芒十四世（Clément XIV）取消耶稣会
1775 年	北京耶稣会取消

《中国人信札》的不同版本

Lettres chinoises, ou Correspondance philosophique, historique et critique, entre un Chinois voyageur à Paris et ses correspondants à la Chine, en Moscovie, en Perse et au Japon.

La Haye, Pierre Paupie, 1739-1740, 5 vol. in-8°.

La Haye, Pierre Paupie, 1739-1742, 6 vol. in-8°.

Nouvelle édition, augmenté de nouvelles lettres, de quantité de remarques, etc., La Haye, P. Gosse, 1751, 5 vol. in-8°.

La Haye, Pierre Paupie, 1755, 6 vol. in-12°.

Nouvelle édition, La Haye, P. Gosse, 1756, 6 vol. in-8°.

德·阿尔让的作品

Lettres juives, ou Correspondance philosophique, historique et critique, entre un Juif voyageur en différents états de l'Europe et ses correspondants en différents endroits, La Haye, Pierre Paupie, 1736, 6 vol. in-8°.

Les Mémoires du marquis d'Argens, édité par Louis Thomas, Paris, Aux Armes de France, 1941, in-8°.

La Philosophie du bon sens ou Réflexions philosophiques sur l'incertitude des connaissances humaines, à l'usage des cavaliers et du beau sexe, Londres, Au dépens de la Compagnie, 1737, in-12°.

Mémoires secrets de la République des lettres, ou le Théâtre de la Vérité, Amsterdam, Neaulme, 1744, 7 vol. in-12°

Réflexions historiques et critiques sur le goût et sur les ouvrages des principaux auteurs anciens et modernes, par Monsieur le marquis d'Argens, Berlin, Fromery, 1743, in-8°.

Mémoires pour servir à l'histoire de l'esprit et du cœur, par M. le marquis d'Argens [...] et par Mlle Cochois, La Haye, F.M. Scheurleer, 1745-1746, 2 vol. in-8°.

Songes philosophiques, par l'auteur des *Lettres juives*, inclus dans le volume VI des *Lettres chinoises*, La Haye, Pierre Paupie, 1755, in-12°.

Réflexions critiques sur les différentes écoles de peintures, Paris, Rollin, Grange, Bauche fils, 1752, in-8°.

Défense du paganisme, par l'empereur Julien, en grec et en français, avec des dissertations et des notes pour servir d'éclaircissement au texte et pour en réfuter les erreurs, par M. le marquis d'Argens, Berlin, CF Voss, 1764, in-8°.

Pour lire la bibliographie complète et récente de l'œuvre du marquis d'Argens, lire LU Wan Fen, *Le marquis d'Argens : de la philosophie au roman*, Septentrion, Lille, 2003, p. 750-777.

Voir également la bibliographie consacrée à l'œuvre de d'Argens et à ses critiques présentée par la l'Universitätsbibliothek Trier.

Les *Lettres chinoises* ont fait l'objet d'une édition intégrale aux Éditions Honoré Champion, Paris, en 2009.

编注者参考文献

Actes du colloque international de sinologie : la mission française de Pékin aux XVIIe et XVIIIe siècles, Centre de recherches interdisciplinaire de Chantilly, collection : « La Chine au temps des lumières II », Paris, 1975.

Ingvar ANDERSSON, *L'histoire de la Suède : des origines à nos jours*, Roanne, Éditions Horvath, 1973.

Philippe AVRIL, *Voyages en divers états d'Europe et d'Asie, entrepris pour découvrir un nouveau chemin à la Chine*, Paris, 1692.

Anne BECQ, *Genèse de l'esthétique française moderne, 1680-1814*, Paris, Albin Michel, 1994.

François BERNIER, *Histoire de la dernière révolution des états du Grand-Mongol*, Paris, 1670, in-12° ; *suite des Mémoires du sieur Bernier sur l'empire du Grand-Mongol*, Paris, 1671.

Jean-François BILLETER, *Li Zhi, philosophe maudit (1527-1602), contribution à une sociologie du mandarinat de la fin des Ming*, Paris/Genève, Droz, 1979.

Ninette BOOTHEROYD, Muriel DÉTRIE, *Le voyage en Chine*, Paris, Robert Laffont, 1992.

Ernest CASSIRER, *La philosophie des Lumières*, Paris, Fayard, 1966.

Anne CHENG, *Histoire de la pensée chinoise*, Paris, Seuil, 1997.

Alexandre CHAUMONT, *Relation de l'ambassade de M. le chevalier de Chaumont à la cour du roi de Siam, avec ce qui s'est passé de plus remarquable dans son voyage*. Paris, A. Seneuze et D. Horthemels, 1682.

François-T. de CHOISY, *Journal du voyage de Siam fait en 1685 et 1686*, Paris, S. Mabre-Cramoisy, 1687.

Henri CORDIER, *Les juifs en Chine*, Paris, Librairie Léopold Cerf, 1891.

Correspondance entre Prosper Marchand et d'Argens, Oxford, The Voltaire Foundation, 1984.

Louis COGNET, *Le jansénisme*, Paris, PUF, 1991.

Louis COUSIN, *La morale de Confucius, philosophe de la Chine*, Amsterdam, 1688.

Séraphin COUVREUR, *Les Quatre Livres*, cinquième édition, Taipei, Quangqi, 1972.

CUNÆUS, *La République des Hébreux*, Amsterdam, Mortier, 3 vol., 1705.

François de DAINVILLE, *L'éducation des jésuites (XVIe-XVIIIe siècle)*, Paris, Minuit, 1978.

Joseph DEHERGNE, s.j. et Donald Daniel LESLIE, *Juifs en Chine, à travers la correspondance inédite des jésuites du dix-huitième siècle*, Paris/Rome, Institutum historicum/Les Belles Lettres, 1980.

Mireille DELMAS-MARTY, Pierre-Étienne WILL (dir.), *La Chine et la démocratie*, Paris, Fayard, 2007.

Jerry DENNERLINE, *The Chia-ting Loyalists: Confucian Leadership and Social Change in Seventeenth-Century China*, New Haven, Yale University Press, 1981.

Georges DETHAN, *Paris au temps de Louis XIV : 1660-1715*, Paris, Hachette, 1990.

FIRMIN DIDOT Frères, *Nouvelle biographie générale depuis les temps les plus reculés jusqu'à nos jours*, Paris, 1865.

Jean-Baptiste DU HALDE, *Description géographique, historique, chronologique, politique et physique de l'empire de la Chine et de la Tartarie chinoise*, Paris, P.-G. Le Mercier, 1735.

Pascal DUMONT, *Descartes et l'esthétique, l'art d'émerveiller*, Paris, PUF, 1997.

Jean EHRARD, *L'idée de nature en France dans la première moitié du XVIIIe siècle*, Paris, Albin Michel, 1994.

René ÉTIEMBLE, *L'Europe chinoise*, Paris, Gallimard, 1989.

Charles P. FITZGERALD, *Tang Taizong, l'apogée de l'empire chinois*, Paris, Payot, 2008.

Marc FUMAROLI, *La diplomatie de l'esprit de Montaigne à La Fontaine*, Paris, Gallimard, 1998.

Antoine GAUBIL, *Observations mathématiques, astronomiques, géographiques, chronologiques et physiques tirées des anciens livres chinois, ou faites nouvellement aux Indes et à la Chine*, Paris, Rollin, 1729-1732.

Richard von GLAHN, *Fountain of fortune, money and monetary policy in China, 1000-1700*, Berkeley/Los Angeles, University of California Press, 1996.

Chantal GRELL et Catherine VOLPILHAC-AUGER, *Nicolas Fréret, légende et vérité*, colloque des 18 et 19 octobre 1991, Clermont-Ferrand, The Voltaire Foundation, 1994.

Thierry GUTHMANN, *Shintô et politique dans le Japon contemporain*, Paris, L'Harmattan, 2010.

Grand Larousse de la langue française, Paris, Éditions Larousse, 1975.

Edmond HUGUET, *Dictionnaire de la langue française du XVIe siècle*, Paris, Éditions Didier, 1952.

Jean de La Brune, *La Morale de Confucius*, Amsterdam, P. Savouret, in-8°, s.d.

Charles-Marie de La Condamine, *Voyage sur l'Amazone*, texte établi par Hélène Minguet, Paris, éditions François Maspéro, 1981.

Gottfried Leibniz, *Discours sur la théologie naturelle des Chinois*, présentés, traduits et annotés par Christiane Frémont, Paris, l'Herne, 1987.

Jean Lévi, *La Chine romanesque*, Paris, Seuil, 1995.

Littré, *Dictionnaire de la langue française*, édition des ateliers de Partenaires livres, 2001.

Karin Maag, *Melanchton in Europe: his Work and Influence beyond Wittenberg*, Grand Rapids, Baker Books, Carlisle, 1990.

Mémoires du président d'Eguilles sur le Parlement d'Aix et les jésuites, publiés par Auguste Carayon, Paris, 1867.

Christiane Mervaud, « L'Angleterre des *Lettres juives* » in *Le marquis d'Argens*, Actes du colloque international de 1988, Centre aixois d'études et de recherches sur le XVIIIe siècle, éd. par Jean-Louis Vissière, Aix-en-Provence, Université de Provence, 1990.

Charles de Montesquieu, *Lettres persanes*, éd. par Jacques Roger, Paris, Garnier Flammarion, 1964.

Sylvia Murr (dir.), *Gassendi et l'Europe (1592-1792)*, Paris, Vrin, 1997.

Susan Naquin, *Peking: Temples and City Life, 1400-1900*, Berkeley/Los Angeles, University of California Press, 2000.

Jean-Pierre Osier, *D'Uriel da Costa à Spinoza*, Paris, Berg International éditeurs, 1983.

Richard Popkin, « Les Caraïtes et l'émancipation des juifs », *Dix-huitième siècle*, 13, 1981.

Isabelle Robinet, *Histoire du taoïsme, des origines au XVIe siècle*, Paris, Cerf, 1991.

Philippe Sellier, *Pascal et saint Augustin*, Paris, Albin Michel, 1995.

Richard SIMON, *Lettres choisies de M. Simon, où l'on trouve un grand nombre de faits, anecdotes de littérature*, nouvelle édition revue, corrigée et augmentée d'un volume de la vie de l'auteur, par M. Bruzen La Martinière, Amsterdam, Pierre Mortier, 1730.

Cérémonies et coutumes qui s'observent aujourd'hui parmi les juifs, traduit de l'italien de Léon de Modène, avec un supplément touchant les sectes et des Samaritains de notre temps, par Don Récared Sciméon – Comparaison des cérémonies des Juifs et de la discipline de l'Église par le sieur de Simonville, Paris, L. Billaine, 1674-1681.

Histoire critique du Vieux Testament (1678), Nouvelle édition annotée et introduite par Pierre Gibert, Bayard, 2008.

Paul VERNIÈRE, *Spinoza et la pensée française avant la Révolution*, Paris, PUF, 1954.

The Cambridge History of China: vol. 7, 8 (*The Ming Dynasty, 1368-1644*, 1988, 1989); vol. 9 (*The Ch'ing Empire to 1800*), Cambridge, New York, Cambridge University Press.

The Cambridge History of Japan: vol. 1 (*Ancient Japan*, 1993); vol. 3 (*Medieval Japan*, 1990); vol. 4 (*Early modern Japan*, 1991), Cambridge, Cambridge University Press.

VOLTAIRE, *Essai sur les mœurs et l'esprit des nations*, éd. par R. Pomeau, Paris, Classiques Garnier, 2 vol., 1963.

VOLTAIRE, *Histoire de Charles XII*, préface de Yves Lemoine, Versailles, Editions TUM/Michel de Maule, 2000.

译者的话

阿尔让侯爵是18世纪的启蒙思想家、作家，和孟德斯鸠、伏尔泰处于同一历史时期。他赞赏中国文化，并借以批判法国漏洞百出的社会制度和宗教思想。但是，阿尔让侯爵虽然印证了伏尔泰的思想，却不像他那样对中国文化一味的推崇，他一直保持清醒的哲学头脑，一贯采取审视和辨别的态度。他仿照孟德斯鸠《波斯人信札》，撰写了两部书信体作品《犹太人信札》和《中国人信札》。

《中国人信札》里的中国游历家都有良好的欧洲科学教育背景，有在巴黎的图索（Sioeu – Tcheou），到波斯的庄（Choang），往莫斯科的刁（Tiao），赴日本的哲求（Kieou – Che）等，他们在旅行期间，把途中的所见所闻，或互相通信，或致信给在北京的陈渊哲（Yn – Che – Chan）。这些信件的主要内容涵盖了对代表中国儒家思想的孔子的解读，对亚欧各国不同习俗和宗教的分析，对世界上一切物质和人类由来的思考，对盛极必衰这一客观规律的感慨和叹惜。在偏爱中国文化这一点上，他和启蒙思想的主要先驱者有异曲同工之处，但从哲学这个角度来看，他这部作品的思想性和批判性更加的深入。作者张扬中国政治思想，也敏锐地感知到隐藏在中国道德之后的某些弊病。而且，他对形而上学的思辨持否定的态度，认为真正的智慧来自常识，来自以人类生活经历和对幸福的愿望确立起来的真理。

《中国人信札》是阿尔让侯爵继《犹太人信札》之后的又一部引起社会强烈反响的作品。自1739年起，作品几经出版，直到1755年才形成最完整的版本。华裔法籍学者陆婉芬老师，经过挖掘、整理，在总共一百六十二封信的基础上，精选了具有代表性的三十八封信，汇集成册，并加以注解。现在，我们把法文版翻译成中文，拉近了原作和中国读者的距离，便于读者更好地理解作品和当时的社会文化背景。

天津财经大学邵立群老师翻译了本书中的导读、献辞、概览及十六封信（七万五千字）；天津财经大学王馨颐老师翻译了二十二封信、一篇声明及历史重大事件年鉴部分（九万字）。需要特别感谢的是：天津财经大学的孙建成教授和巴黎大学的陆婉芬教授。前者对本项目的规划和实施给予了大量的支持和鼓励；后者为译稿的编辑出版提供了宝贵的建议，并承担了全书的译校工作，为译文质量的提升作出重要贡献。毫无疑问，没有他们的帮助，本书就无法如此顺利地问世。最后，尽管本书译者悉心谨慎并倾注全力，但终难免玉之瑕疵，若有纰漏和不当之处还望广大读者不吝赐教。

译者

2012年12月

Lettres chinoises
by Boyer d'Argens
© Desclée de Brouwer, 2011
本书简体中文版由中央编译出版社出版发行。
版权所有，侵权必究。

图书在版编目（CIP）数据

中国人信札/（法）阿尔让著；（法）陆婉芬，（法）贾乐维编；邵立群，王馨颐译；（法）陆婉芬译校.
—北京：中央编译出版社，2013.9
书名原文：Lettres chinoises
ISBN 978-7-5117-1690-3

Ⅰ.①中…
Ⅱ.①阿…　②陆…　③贾…　④邵…　⑤王…
Ⅲ.①书信体小说-法国-近代
Ⅳ.①I565.44
中国版本图书馆 CIP 数据核字（2013）第 136554 号

中国人信札

出 版 人	刘明清
出版统筹	贾宇琰
责任编辑	王　琳　霍星辰
责任印制	尹　珺
出版发行	中央编译出版社
地　　址	北京西城区车公庄大街乙5号鸿儒大厦B座（100044）
电　　话	（010）52612345（总编室）　（010）52612341（编辑室）
	（010）66161011（团购部）　（010）52612332（网络销售）
	（010）66130345（发行部）　（010）66509618（读者服务部）
网　　址	www.cctphome.com
经　　销	全国新华书店
印　　刷	北京瑞哲印刷厂
开　　本	787毫米×1092毫米　1/16
字　　数	215千字
印　　张	18.5
版　　次	2013年9月第1版第1次印刷
定　　价	58.00元

本社常年法律顾问：北京市吴栾赵阎律师事务所律师　闫军　梁勤
凡有印装质量问题，本社负责调换，电话：（010）66509618